浪華の翔風

築山 桂

ポプラ文庫ピュアフル

JN264594

浪華の翔風　目次

浪華《なにわ》の翔風《かぜ》

序　大塩平八郎

いいわけは通らぬ……と芹沢籐九郎《せりざわとうくろう》は覚悟を決めた。

目の前に座る上役は、強《こわ》ばった顔をしていた。

大坂東町奉行所与力《よりき》筆頭、大塩平八郎《おおしおへいはちろう》。大坂町奉行高井山城守《たかいやましろのかみ》の右腕と呼ばれる能吏である。

廉直の士である大塩は、かねてから袖の下に動かされる同輩に容赦なかったが、情には厚い男だった。大坂の町の安寧を守るためには、すべからく、役人というものは理詰めで動かなければならぬ。だが、だからといって、情が通わぬ御政道に正義はないのだ。

そう口癖のように言っていた大塩の判断をもってしても、今度の件に関して、非は明らかに芹沢にあった。ことを公にせず内々ですませようというのは、これまで一心に役目に励んできた有能な後進に対する、大塩の精一杯の譲歩に違いなかった。

(芹沢さま、どうか、どうか頼んます。お願いします)

抜け荷の証拠を押さえられ、のっぴきならなくなった伏見町《ふしみまち》の唐物問屋、美濃屋《みのや》の主人《あるじ》は、先日までの横柄な態度をかなぐり捨て、すがらんばかりに芹沢にとりついたのだ。二日前のことだった。

（何もお裁きを逃れようやなんて思てやしません。こないなったらもう逃げられんのは承知してます。ただ半日、半日だけ、待ってもらえまへんやろか）

同じ大坂におりながら長年離れて暮らしていた倅《せがれ》が、明朝、長崎に出立するのだという。幼い頃から武芸や学問に精を出し商いを嫌っていた倅と、何としても家業を継がせようとする父親は、長年にわたる確執の後に父親が折れ、娘に婿をとり、倅は生家の人別《にんべつ》を離れて蘭学の修業に長崎に出る結末となった。その門出が明日の朝なのだ。

倅だけは罪科から逃れさせたいという親心だった。抜け荷の罪は重い。家族といえど、その処罰は逃れられないだろう。だが、人別を離れ、大坂を発ってしまえば、奉行所の手も及ばなくなる。

芹沢は迷った。科人《とがにん》の家族を見逃すことは御法度だった。だが、この場合、十年以上も離れて暮らし、互いにいがみ合うばかりで意思の疎通のなかった相手である。美濃屋の商いと縁がなかったことは調べの上からも確かであるし、何よりも、不仲だった倅であってもせめてその将来だけは守ってやりたいと願う父親が哀れでもあった。

美濃屋が差し出した銀十貫目（金で約百六十両）の大金に目が眩《くら》んだわけではない。商《あき》人《んど》の町大坂において、賄賂《まいない》のやりとりはすでに慣習であるが、それには手を付けず、ちゃんと押し返した。清廉をもってなる高井山城守が町奉行に就任して以来、その山城守の片腕として同輩たちにも一目置かれるようになった大塩のもとで、贈収賄の悪弊を断つために尽力してきた芹沢である。

だが、親の情に負けたのだ。

芹沢にも九つになったばかりの娘がいた。天満《てんま》小町と呼ばれた美しい妻に似て、円《つぶ》らな瞳の愛くるしい娘だった。役目を終えて屋敷に戻り娘の笑顔に迎えられるたび、自分はこの子のためならどんなことでもやってのけるだろう、と思った。目の前で畳に顔をすりつける美濃屋の顔にも、同じ思いが浮かんでいた。

（それに……）

待つといったところで、たかが半日だ。美濃屋にはすでに四六時中見張りがついているし、奉公人として奉行所の手先を何人も入り込ませている。ここで半日待ったとしても、逃げることなど不可能だと思った。

美濃屋喜兵衛《きへえ》が蔵に火を放ち、東町奉行所が三年の月日をかけて捜し当てた抜け荷の証拠を、我が身もろとも灰にしたのは、その翌日、朝五つを過ぎた刻のことだった。

見張りの同心三名と奉公人部屋にいた手先四人の亡骸《なきがら》も、焼け跡から発見された。東町奉行所の与力、同心たちの骨折りは、後一歩で実を結ぶというときに、同輩たちの命とともに文字通り灰燼と帰したのだ。

大塩の怒りはもっともだった。予定通りに夜明けとともに踏み込んでいたら、このようなことにはならなかったのだ。

いいわけをしてはならないと思った。

上役の険しい顔をまともに見返すことすらできず、ただうつむきながら、非はすべて自分にある、どのような処分も黙ってうけねばならぬ、と芹沢は覚悟した。

妻子の顔が目の前を一瞬よぎったが、芹沢籐九郎は膝の上で拳を握りしめ、己が不覚を心のなかで彼女たちに詫びた。

だが、もしも――もしも、もう一度だけ機会が与えられるのなら、

（大塩殿が、汚名をすすぐ機会をくださったなら）

今度こそ身命をなげうってでも探索にあたってみせる、と芹沢は思った。

美濃屋の火事には不審な点が多かった。ことに、同心たちの死に、芹沢は納得がいかなかった。店のなかにいた手先衆はともかく、店の外で見張りをしていた同心たちまで全員焼け死ぬのは合点がいかない。そこを一から調べなおせば、あるいは何か新たな事件の芽が出てくるのではないか。美濃屋の一件をすべて灰にして終わらせないためには、それしか方法はないと芹沢は考えていた。部下思いの大塩も、同じ考えであるはずだ。

「見張りの同心たちも、このままではさぞ無念であろう……」

そう口を開いた大塩の表情に、芹沢は一縷《いちる》の希望を見いだした。長年同じ役務に精を出してきた者どうし、信頼の絆はまだかすかに残っている――そう思えた。

廊下を急ぎ足で渡ってくる気配がしたのは、そのときだった。

「大塩殿、そちらにおられますか」

障子の向こうから、同僚の与力、由比政十郎《ゆいせいじゅうろう》の声がした。芹沢は表情を歪め、顔を背け

た。目安方の与力、由比政十郎は日頃から仲のよくない相手だった。かつて芹沢の妻お篠《しの》を競いあった相手だということもある。実直な芹沢に対し、由比はあれだけ大塩に釘を刺されているにもかかわらず、今なお、こそこそと諸藩の蔵屋敷から袖の下を集めるような男だということもあった。一方で表面を取り繕うことだけはうまく、上役の信頼は厚いのだ。そんな相手に哀れな今の自分をさらすのは、生来穏やかな性質の芹沢といえど、やはり口惜しかった。

「どうした」

大塩の声に促され、由比は障子を開けて入ってきた。息を切らし、妙に慌てた様子だった。

額に汗を浮かべ、ひどく青ざめた顔で、由比は大塩の傍に詰め寄った。

「探しておりました美濃屋の倅、友太郎《ともたろう》が、ようやく見つかりました。長崎に向けて出立したというのは真っ赤な嘘、京街道を東に上る途中で網にかかりました」

どうにも反りの合わなかった同僚が失態を演じ、その穴埋めとなる手柄をたてたのだから、あからさまに得意げに言ってもよさそうなものだというのに、なぜか由比は妙に強ばった声でそう言った。ついにこいつにまで同情される羽目になったか――芹沢は情けない思いで自嘲の笑みを口元に浮かべた。その耳に、続いて信じられない科白《せりふ》が聞こえた。

「友太郎が白状しましたことには、捕り物が半日のびたのは美濃屋喜兵衛が十貫目の銀を包んだからだとか。倅だけは見逃してやるという約束とともに、芹沢殿に受け取っていただいたと申しております」

「――ばかな！」

反射的に腰を浮かし、芹沢は叫んだ。まったく身に覚えのない話だった。

だが、白々しく神妙な顔をした由比は、芹沢のほうを見ようともせず、額の汗を拭きながら続けた。

「芹沢殿に限ってそのようなことはあるまいと私も思いましたのですが」

念のために奉行所の詰め所に置いてある芹沢の私物を調べたところ、文箱の中から銀五貫目もの大金が出てきたのだ。もちろん、町方与力の扶持高から考えれば、容易に手に入れられる金ではない。

芹沢は真っ赤になって叫んだ。

「嘘だ、何を言う、そんなばかな――！」

思わず場所を忘れて由比の胸ぐらに摑みかかった芹沢の腕がそこで止まったのは、目の端に、たった今まで苦悩に強ばっていた大塩の顔が、一瞬にして、熾《おこ》った鉄の塊のように変わったのが映ったからだった。

情に厚く部下思いの筆頭与力、町奉行高井山城守も彼の言葉は一も二もなく信用するという能吏、権現さま手ずから弓を拝領したこともあるという名家の誇りを胸に抱く彼が、何より嫌悪しているのは、汚れた金で動く誇りのない武士……。

爆発寸前の火山にも似た上役の顔に重なって、由比政十郎が神妙ぶった目の奥で、かすかに――ほんのかすかにだが、にやりと嗤うのが判った。

その瞬間に、芹沢は悟った。

仕組まれていたのだ、初めから。ぐるなのだ。美濃屋もその倅も、そして、この由比政十郎も。おそらくその背後にはさらに……。

考えてみれば、あれだけの大がかりな抜け荷事件、美濃屋の背後に誰もいないと考えるほうがおかしいではないか。賄賂を受け付けない公正無比な能吏、大塩平八郎。その容赦ない探索にあぶりだされかけていた誰か、事件を公にされたくないその誰かが、奉行所内部の者まで抱き込んで、一か八かで仕掛けた罠だったのだ。美濃屋の焼け跡から見つかった焼死体が、本当に主人の喜兵衛のものだったかも疑わしい。

(だが……)

その罠にまんまとはめられたのは、他ならぬ自分だった。

芹沢籐九郎は、重苦しい闇が、自分を押し潰そうとしているのを感じた。その闇を作り出したのはいったい誰なのか、何のめぐりあわせでこんな目に遭わなければならないのか、判らぬままに、芹沢はただ茫然と闇のなかにいた。


大坂東町奉行所与力芹沢籐九郎が、収賄の科を責められ奉行所の白洲で切腹したのは、三日後の文政《ぶんせい》三年（一八二〇）十二月十日、粉雪の舞う朝のことだった。

十代続いた芹沢家は絶え、芹沢籐九郎がその生涯の最後の数年をかけて挑んだ美濃屋喜兵衛の抜け荷事件は、その後、公にならぬままに闇に葬られた。

断腸の思いで有能な後進を処断した名与力大塩平八郎が、町奉行高井山城守の辞職に伴って職を退いたのは、さらに十年が過ぎたのち、文政十三年（一八三〇）七月のことだった。

後に大塩の乱と呼ばれる事件の七年前――大坂の町が幕末の騒乱へと流れ始めるには、まだ少しの間があった。

一　鬼面

昼の八つ刻から降り始めた雨が夜になっても止まず、大坂城の外堀はいつになく水嵩が増していた。

文政十三年（一八三〇）、十一代将軍徳川家斉《とくがわいえなり》の治世である。

この年、夏の終わりから大坂はことのほか雨が多かった。

秋霖《しゅうりん》の季節も過ぎたというのに、いっこうに晴れ間が見えない。

河内《かわち》平野の南に広がる綿作地帯の村々では、真剣に出荷の懸念を始めていたし、市中でも、難波村《なんばむら》の西ですでに尻無川《しりなしがわ》の堤防が切れ、村人足が集められているという噂に、商人たちが一様に顔を曇らせていた。

江戸の八百八町に対し八百八橋《やばし》と呼ばれる大坂の町は、四方を川と堀川に囲まれ、水運をその命脈としている。町の玄関口である安治川《あじがわ》の湊《みなと》には、間を置かず荷を満載した百石船が出入りする。「天下の貨、七分は浪華にあり、浪華の貨、七分は船中にあり」とうたわれる水の都の人々は、しかしながら、この数日、あふれんばかりに水位を上げる堀川を見てため息をつく日々を送っていた。

なかでも、今日の雨はひどかった。

星も月もない闇のなかで、水面の激しくたたかれる音だけが辺りに響いていた。外に出ようものなら、三歩と進まぬうちにずぶぬれになるだろう。

実際、暮六つを過ぎた頃から、城のまわりはすっかり人の気配がなくなっている。

（こんな日に御門破りする奴もおらんわ。早飛脚かて雨宿りするような降りや。儂《わし》もちぃとばかし、眠らしてもらお）

京橋口《きょうばし》の番所で飽きもせず落ちてくる雨粒を眺めていた張番の同心は、大あくびを一つした。

闇に慣れた彼の目の端に何やら引っかかったのは、まさに、そのときだった。

外堀の向こう、筋鉄門《すじがねもん》の辺りに動く影が現れたのだ。

しかも、それは一つではなかった。二つ、三つ……全部で七、八人はいる。

（何者や）

同心は目を凝らした。だが、この距離にこの暗さで、判るものではない。

どないしよか、と彼は迷った。夜陰に乗じて城に近付く者を放ってはおけない。

（けど、儂一人でどないしたらええんや）

狼狽する彼の耳を、

「慌てないで。堀に何か浮かんでいます。奴らの狙いはあれではありませんか」

うら若い、娘の声がたたいた。

さきほどまで確かに気配はなかった。

なのに、いつのまに現れたのか――。

驚く同心の身体を押し退け、娘は格子窓に駆け寄った。

深い闇を見通すように鋭い視線を投げる横顔は、凛として美しい。結いあげずに背に垂らした艶やかな髪は、外を走ってきたからかぐしょぬれで、黒装束の腰にはいつもどおり一尺五寸の小太刀があった。

「私が近付いてみます。その間に城代さまへお知らせしてください。早く」

「え、あや殿、危ないで。止めとき……」

同心の制止を、娘は聞かなかった。

不思議に雨のぴたりと止んだなかを、あやは橋を渡り、外堀の向こうへと駆け出していった。


闇に動く人影は、七つだった。

どれもこれも茶染の装束で頭まで覆い隠し、雲の向こうから透けるわずかな月明かりを頼りに、外堀に浮かぶ何かをひき上げようとしている。鉤縄《かぎなわ》を次々に懐から取り出し目的のものに絡ませようと投げる、その仕草が手慣れていた。

指揮を執っているのは、ただ一人頭巾を被らず、代わりに奇妙な鬼の面を付けた長身の影である。あやの気配に最初に気付いたのもそいつだった。

身を隠す物陰もない堀端であれば、気付かれるのは計算のうちである。鬼の面が身構えるより先に、あやは賊の前に飛び出し、透き通る声で言い放った。

「大坂城の堀に浮かぶものは、木の葉一枚まで城代さまのもの。それと知っての行いか」

「……」

「いずれにしろ、闇に紛れての不埒な振舞い、見逃すわけにはいかぬ。番所までご足労願おうか」

そういうあやの言葉に素直に従う様子は、相手にはなかった。

だが、騒ぎになれば、すぐ北にある三之丸からも、伏見櫓《やぐら》からもさほど遠くない場所のこと、じきに人が気付く。門番からの使いも届くはずだ。それまでを持ち堪える程度なら、十分に可能だとあやは思った。

小太刀中条《ちゅうじょう》流免許皆伝の腕を持つ養い親に、直々に教えを受けた腕である。それに天性の敏捷さが加わって、城に引き取られて十年の間に、あやは、女にしておくには惜しいと言われるほどの実力を身に付けるまでになっていた。

あやは差料《さしりょう》を抜き放ち、左の下段に構えた。

肩で一つ、静かに息をつく。

それに誘われ飛びかかりかけた手下を、鬼の面は手で制した。控えているよう指示すると、自ら佩刀《はいとう》に手をかける。

鬼の手から刃が鞘走った。

次の瞬間、剣戟《けんげき》が闇に響いた。

目の前に迫る鬼の面をあやは信じられない思いで見た。ぎりぎりで斬り結び、離れた瞬間に、あやの髪が一房ふわりと地に落ちた。

(不覚……)

あやは唇をかみ、構え直すと素顔の見えない敵をにらみつけた。

油断した。敵は相当の使い手だ。

鬼の面があやを侮るように笑った——気がした。

(だが、負けはせぬ)

手加減はしない、とあやは地を蹴った。

あやの身軽さは、養い親も認めるところだった。その人並み外れた跳躍力をいかすため、あえて軽い小太刀を差料にしているのだ。

翼を持つように飛んだあやに、鬼の面は虚を突かれ動きを止めた。その頭上から、あやは一気に斬り下ろした。必殺の一撃である。これで仕留められなかったものは今までにいない。

「!」

驚愕の声が面の下から洩れた。からり、と音がして鬼の面が二つに割れた。

雲の切れ目から現れた月の光がその顔を照らしだし、相手の刀にはじきとばされたあやは息を呑んだ。仕留められなかったことも驚きだったが、浮かび上がる白い顔は女かと見紛う美貌だったのだ。

「なるほど……」

ぶざまに割れて転がった面を一瞥し、美しい若者は妖艶に嗤った。

もう一度、刀を上段に構える。体勢を立て直せずに地に膝をついたあやに、容赦なく再度の太刀をあびせようとした――そのときだった。

「何をしている――曲者！」

あやを守るように逞しい声が響いた。続いて、幾人もの足音が近付いてくる。

提灯の明かりから顔を背け、若者は身を翻した。

斬りかかる隙をあやに与えず、素早く地面に転がる割れた面を拾い、走り去っていく。

それは見事な逃げっぷりだった。

「待て……！」

定番同心《じようばん》が四、五人追っていったが、おそらくは無駄足だろう。あやは深く息をついて、小太刀を鞘に戻した。

「あや。怪我はないか」

背中から静かな声があやを呼んだ。さきほど鬼の刃からあやを守った声だ。

「大丈夫です。城代さま」

あやは乱れた髪を撫でつけながら振り返った。

大坂城代大久保《おおくぼ》教孝《のりたか》――あやの養い親でもある若き大名は、心配そうにあやの顔をのぞきこんでいた。

芹沢あやが大久保教孝に拾われたのは、十年前のことだ。

あやは九歳。大坂に赴任してきたばかりの教孝は、城代としては異例の若さで、まだ二十三歳だった。

徳川幕府のもとでは、大坂城に城主はいない。

代わりに将軍によって選ばれた譜代大名が、城の警衛と西国大名の監視を任とする大坂城代として、江戸から交替でやってくる。在職中は参勤交代も免除され、任期は長いもので十五年、短いものは半年ほどで去っていく。

江戸、京都と並ぶ幕府直轄の大都市で、天下の台所とも呼ばれる商業《あきない》の中心地、大坂の町を統《す》べるこの役目は、幕府の役職のなかでもことに重要視されていた。無事に大坂城代を勤めあげれば、次は老中の地位が約束されている。

二十代の若さでその重職に任ぜられたほどであるから、教孝の幕閣における評判は決して悪くなかった。父の教由《のりよし》が急死して藩主となったのが十九歳の時で、それから奏者番、寺社奉行と幕府の要職を一心に務めてきた教孝である。

昔気質で武骨なところはあるが、文武に秀で、家臣の人望も厚い。領地は相模《さがみ》の小田原《おだわら》で、人心も落ち着いている。一揆や打ちこわしが領内で起きたことがないのも、教孝の自慢であった。大坂にきてからも、日々怠ることなく町政の安定に務め、今では侍嫌いの浪

華の商人たちにまで「今度の城代はんは若いのにしっかりした人や」と言われるほどにな
っていた。

　夜が明けて六つの鐘を聞く頃、教孝は二之丸にある城代屋敷にあやを呼んだ。

「あや。さきほどの堀に浮かんでいたものだがな。……土左衛門だったそうだ」

　黒装束を着替え、薄紫の小袖に身を包んだあやが現れると、教孝は一瞬口籠もってから
そう言った。日に灼けた精悍《せいかん》な顔が曇っている。

　あやは、そうですか、と小さくうなずいた。

「ただの身投げでは……ございませんでしょう」

　大坂城の堀には、ときどき投身自殺をする不心得者がいる。だが、今回はその可能性は
薄いだろう。

「うむ。刀傷があったというし、何より昨夜の賊と関わりがないとは思えぬ」

「刀傷、ですか」

「右肩から袈裟掛けで、胸の下まで斬り下げられていたそうだ。亡骸の指には竹刀だこも
あったというから、あるいは双方刀を手にしての斬り合いの果てかもしれぬが、いずれに
しろ、穏やかならぬ話だ」

「袈裟掛けで一太刀……」

　あやは眉宇をひそめ、手元に目を落とした。

　手のひらにはまだ、鬼の面を叩き割ったときの感触が残っている。その面の向こうから

現れた冴えきった美貌が、いまなお目蓋《まぶた》に焼き付いているように。

あの美貌の鬼ならば、相手が誰でも勝負は一太刀でついてしまうだろう。

切っ先が頬を掠めた初太刀の迅《はや》さ。あやの刀を無造作に振り払った二の太刀の強さ。どちらも水際立っていた。だが、奴が殺したのだとすると、後からわざわざ堀端に屍《しかばね》を取りにくるのは腑に落ちない。

「それで、亡骸の身元は」

「まだ判らぬ。手がかりになるものは身につけていなかったそうだ。判ったのは三十半ばほどの男ということだけだ。月代《さかやき》は剃っていなかったというから、武士や店者ではなかろうが」

浪人者か、あるいは町人でも医者や学者といった類か。

「……調べますか」

「そうしてもらおう。一応、番方にも手配はするが」

父母を亡くし家を失ったあやは、教孝に引き取られ城代屋敷で暮らし始めるとすぐに、同様の立場の者が他にもいることを知った。

先代までの城代や、蔵奉行、金奉行といった大坂城在番の役人衆が、それぞれの事情で引き取り密かに養育しているそれらの者たちは、〈御城影役《おしろかげやく》〉と呼ばれ、忍びばたらきをその務めとしていた。役人たちが国元から伴ってきた隠密衆の手助けをし、警護や市中の探索、ときには公にできない非情の役まで仰せつかる。江戸城における将軍御庭番のようなものである。

　いや、役目の重さとしては、江戸城御庭番以上のものがあったかもしれない。

　住人の半数近くが武士という江戸とは異なり、大坂には、城代以下の御城在番衆のほか各藩蔵屋敷の役人をあわせても、千人ほどの武士しかいない。代わりに集まってくるのは全国からの年貢米を初めとする在りとあらゆる物資であり、それを動かす三十万にのぼる町人たちである。その町人の都、浪華の町を、大坂城代は自領から連れてきたわずかばかりの家臣によって守らなければならない。国元から随行してきた家来衆、隠密衆がいかに優秀であっても、初めて訪れた町でいきなり縦横無尽の活動は期待できない。手足となって動く城付の影の役目は重大だった。

　成長し武芸を身に付けたあやがそんな影の一人となったのも、自然のなりゆきだった。

「町方のことゆえ、咲《さき》のところにも寄ってみるといい。城を出てからもう半年、どのように暮らしておるのかも気にかかる。私からの手土産も届けてほしいのでな」

　一礼して座敷を去ろうとしたあやを城代は呼び止め、そう言った。そんな場合でもないのだが、と言いながら、優しい顔をしている。

　主の気遣いに感謝しながら、もう一度頭を下げたあやに、重ねて教孝は言った。

「いつもいつも厄介な役目ばかりで苦労をかけるが、おそらくはこれが、私のもとでの最後の務めになろう――頼んだぞ、あや」

三休橋の北詰めに店を構える小料理屋〈よしの〉の女将は、半年前まではあやと同じ影役として城代に仕えていた女である。あやより七つ年上の彼女は、忍びばたらきの最中に知り合った年下の板前と恋をし、結ばれて城を離れた。腕利きの影であった咲が去るのは教孝にとって痛かったはずだが、何も言わずに彼は咲をにこやかに送り出してやった。

「幸せになるのだぞ。お前は今まで十分に苦労してきたのだからな」

どうしても去ってしまうのかと泣いたのはあやのほうだった。城での十年間を共に過ごしてきた姉同然の咲が、あっさりと自分を置いていってしまうことに、あやは淋しさを隠しきれなかった。

晴れの門出の日だというのに笑顔になれないあやに、咲は言った。

「淋しうなったらいつでも会いにくればええやないの。そのくらい、許してくれへん城代さまやないやろ？」

そう言われると、かえって会いに行きづらく、あやは今日まで〈よしの〉を訪ねたことがなかった。

一目で中を見渡せる間口一間《けん》ほどの小さな店は、ちょうど朝飯の茶粥をひっかけにきた客が片付いた時間とみえて、上手い具合に、空いていた。

「あやちゃんやないの、久しぶりやなあ」

暖簾《のれん》をくぐって現れたのが町娘の形《なり》をしたあやだと気付くと、帳場で勘定を書き付けていた咲は、声を上げて駆けよってきた。小柄な身体はややふくよかになったようだが、きゆっと目尻を下げて笑う、その笑顔は以前と少しも変わらない。

夜の下拵《ごしら》えをしているのだろう。店中に芋をたく香りが漂っている。あやは賄い場の奥を気にしながら、咲に会釈を返した。

「ご無沙汰してます」

「嫌やわ、何を他人行儀な挨拶してんの。姉妹《きょうだい》みたいなもんやないの、うちとあやちゃんは。懐かしわあ。みんな、元気にしたはる？」

「ええ、とても」

「会いたい思てもこっちからは行きにくいし、淋しかったんよ。……今日は何か、用事あって出てきたん？　それとも、うちに会いに来てくれたん？」

「もちろん咲姉さんに会いに、と言いたいんですけど、両方、です。ちょっと町方で面倒なこともあって……」

「お咲さん」

縄暖簾の前で立ち話を始めた二人に、奥から姿を見せた咲の夫、初次《はつじ》が菜切り包丁を持ったまま控えめに声をかけた。大柄だが歳より五つは若く見える童顔の若者である。

「お咲さん、そないなとこで話してんと、奥へあがってもろたらどないです」

未だに女房のことをさん付けで呼ぶ初次は、咲の育ちもあやの務めも承知している。妻となる女が、大坂の町の安寧を守るためとはいえ、城代の手先として非情な役目に手を染めてきたと知りながら、なお惚れた男なのだ。あやと咲の話がたとえ他愛ない思い出話であっても、店の客に聞かれてはまずい内容のものになりかねないことも、ちゃんと判っている。ましてや、「面倒なこと」となればなおさらだ。咲もそれに気付き、

「せやね。どうぞあがって、あやちゃん」

店を初次にまかせ、奥の座敷にあやを招き入れた。


「……ふうん。堀に浮かんでた素性の判らん死体に鬼の面、か」

城にいた頃の習慣《ならい》でか、何より先に「面倒なこと」の中身を知りたがった咲は、あやから話を聞き終えると繰り返しうなずいた。

「それで、町方を調べることになったんやね。判った。うちもできる限り力にならせてもらうわ」

任せて、と豊かな胸をたたいた。

思いもしなかった咲の言葉に、あやは慌てた。

「姉さん、別にそんなつもりじゃ……」

そんなつもりでここを訪れたわけではない。あくまで、町に調べに出たついでの訪問だ。確かに今は時期が時期だけに、何をするにも十分に手が足りず、困ってはいる。だが、

「姉さんはもうお城の人ではないのだし、手を借りるようなことをしたら、城代さまにも初次さんにも叱られてしまいます」

何言うてんの、と咲は屈託なく首を振った。

「嫌やわ。みずくさいこと言わんといて。そら、うちはもう城を離れてしもた身やけど、城代さまへのご恩は忘れたことあらへんのやで。……ま、仏さんの身元やらはお城で調べたほうがすぐ判るやろけど、いうてもうちも客商売や、いろんなとこにつての二、三もないわけやない。それに、いつものことやけど、この一件、町奉行所はまだ知らんのやろ？」

「ええ、まだ」

大坂の町には、江戸や京都と同様に、町奉行と呼ばれる役職が、東西の奉行所にそれぞれ一人ずつ置かれている。城代と同じく江戸からの赴任組で、持高千石以上の旗本のなかから選ばれて大坂にやってくる。

二人の町奉行は、大坂城代が町と城の警護を主に担当するのに対し、町政一般をその任としていた。

本来なら身元不明の死体の取り調べは町奉行の管轄であったが、それをあえて秘しているのは、城代と町奉行とは昔から必ずしも仲がよくない——というより正面から競合関係にあるからであった。

町奉行所は町方のことに城代が口を挟むのをうるさがり、城は城で、この町を最終的に統括するのは大坂城代だと自負しているから、町政にも進んで参加しようとする。城代に町政に口をだす権限がまったくないわけではない点も、逆に対立を深める要因になった。城代に町奉行所の裁決には形式的とはいえ必ず城代の承認が必要であるし、訴状箱（江戸でいう目安箱）を設置し、中身を改めるのも城代の務めである。両町奉行にはそんな決まりすら、わずらわしくてならない。江戸から遠く離れた豊かな町で羽をのばそうと思ったところが、とんだ目の上のこぶがあったものだ、という気になる。先々代の城代青山下野守《あおやましもつけのかみ》などは、出入りの商人に仲介をさせ、そこそこにうまく折り合いをつけていたようだが、教孝は熱意がありすぎるせいか、自ら積極的に町政にも関わろうとし、

「この、若造が」

と、初老の奉行二人に、いつもけむたがられていた。

「慣れっこやとはいえ、三郷《さんごう》に縄張《シマ》はっとる町奉行所と張り合《お》うての仕事、少しでも町方に手があったほうがええやんか」

と咲が言うのは、同じ江戸からの赴任とはいいながら、大坂城代が、知行地から連れてきた公用人を筆頭とするわずかばかりの家臣を頼りに公務を行なわなければならないのに対し、町奉行はそれぞれ、自身の家来衆に加え、代々大坂に暮らす地付の与力三十騎、同心五十人を使うことができ、地元への密着という点では圧倒的に有利であるからだ。

「わがまま言うて城を出てきた身やけど、そやからこそ、できる限りのことはする。たまにはあやちゃんの役にかて立ちたい思てるんや」

な、と昔と変わらぬあやすような笑顔で咲は言う。そう言われると、むげに拒む筋もなかった。

あやは小さく頭を下げた。

「ありがとうございます、咲姉さん」

それから二人は、小半時ほど互いの暮らしぶりなど話をし、

「それにしても……なあ、あやちゃん」

咳払いを一つして咲がそう言ったのは、あやがそろそろひきあげようかと腰をあげかけたときだった。

咲は膝をつめるようにしてあやの前に進み出ると、

「あやちゃんはこの先、どうするつもりなん？」

「この先って、どういうことですか」

「判ってるやろ。この先はこの先や。城代さまかて、いつまでも大坂に居《お》らはるわけと違《ちゃ》う。いずれは大坂城代からお役替になって関東に戻ってしまわはる。そのときのことや。あやちゃんは、どうするつもりなん」

顔をのぞき込まれ、あやは曖昧に目をそらした。今日こんなところで咲のほうから訊いてくるとは思っていなかったことだった。

（咲姉さんは、まだ知らない筈なのに……）

咲は軽く息をつき、連子窓の外を見やりながら言った。

「うちも町方に暮らすようになってもう半年やろ。不思議なもんやけど、御政道の評判いうんは、城のなかより町方のほうがよう聞こえてくるもんなんや。江戸のほうは今、大きな柱が一本折れてしもて、本当《ほんま》にがたがきてるみたいやないの」

咲が言う大きな柱とは、もちろん、名老中とうたわれた松平定信《まつだいらさだのぶ》のことであると、あや
にはすぐに判った。
質素倹約、文武の奨励を旨とし寛政《かんせい》の改革を断行した定信は、寛政九年に老中職を辞し
藩政に専念していたが、一年前の文政十二年、とうとう江戸の藩邸でその生涯を終えてい
るのだ。当代将軍家斉公の贅沢三昧が、その後ますます手が付けられなくなったことは、
知る者には知られた事実だった。

江戸城の御金蔵をほとんど空にしての女遊びには老中方も手を焼いている、と教孝もい
つか眉を顰めてあやに話してくれた。生真面目な教孝が将軍の遊興ぶりを苦々しく見てい
ることは、その口調にもはっきり現れていた。

咲は黙りこんだまま何も言わないあやを見つめ、さらに続けた。

「このあたりでそろそろ本腰入れて幕政の建直しにかからんことにはにっちもさっちもい
かんようになるやろ。そないなったら、真っ先に白羽の矢が立つのは誰や思う？　城代さ
まは大坂に来られて十年、その間、町政の安定と財政の建直しに尽力してきはった功績は、
江戸でもよう知られたことや。それだけや無《の》うて、今の御老中首座、青山下野守さまの娘
婿やいう縁もある。御歳も三十三、次期御老中として江戸に呼ばれ、御家来衆も連れて大
坂を去ってしまわはるのも、そう遠いことやないはずや。そうなったら、御領地は小田原
やし、西国にはもうきっと、二度と来はることはないやろ。そのときになったら、あやち
ゃん、あんた、江戸についていくんか？　それとも、大坂に残るつもりか？」

「――」

「あやちゃんが残る言うんなら、それはそれでええ。うちら影役は国元からの隠密衆とはもとが違う。この町で育ち、暮らし、城代さまが替わらはったら、新しい城代さまに仕え直すんがお務めや。けどな。もしも――もしもあやちゃんが今の城代さまと一緒にいたい、大久保相模守教孝さまのためにこれからも働きたいて思てるんやったらな、ちゃあんとお伝えしとかな、きっと後悔するで」

さとすような咲の言葉に、あやはうつむいた。咲が何を言おうとしているのかは判っている。判っているつもりだ。だが……。

「うちが城を出る言うたとき、あやちゃん、泣いてくれたやろ。嬉しかったんや。あやちゃん、昔から、肝心なときに気兼ねして小さくなって、欲しいもんも欲しいて言えへん子やった。自分の気持ち押し殺して、我慢して我慢して、誰にも言わずに胸のうちにしもたきりにしてしまう子やったやんか。それが、うちに行くな言うて泣いてくれた。初めて素直になってくれた思て、本当《ほんま》に嬉しかったんや。……なぁ、あやちゃん。いつか、そのときがきても、ちゃんと素直になるんよ。堪《こら》えて堪えて大切なもん見失ったらあかんで。絶対にあかんで」

欲しいものを手に入れるため、忘恩と罵られることも恐れず自分の道を選んだ女の言葉が、ゆっくりと、重みをもって、あやの胸をたたく。

それでもあやは曖昧に笑うだけで、何も言えなかった。

仮定のこととして咲が語る「そのとき」。

その日がもう、一月《ひとつき》後と決まり、その先の自分の身の振り方も決められている今になって、あやには何も言えることはないのだ。


〈よしの〉を辞し北に向かうのに、あやは久しぶりに心斎橋《しんさいばし》筋を通った。

絵草紙屋に小間物屋、菓子屋と若者好みの店が並ぶ筋である。この通りを道頓堀《どうとんぼり》よりさらに南に下ると、夕暮刻からはずらりと夜店が並ぶ盛り場となり、灯に引き寄せられた人々で往来はあふれんばかりになる。今日はことに、久しぶりに顔をのぞかせた秋晴れの空に誘われて、ひときわ辺りは賑わっていた。

買ったばかりの簪《かんざし》を見比べながら歩く娘たちの笑い声を聞いていると、自分も当たり前の町娘であるような気になれるから不思議だった。もっとも、

（九つの秋、父さまがあんなことにさえならなければ）

あやとて、天満郷《てんまごう》に暮らす普通の大坂の娘であったはずだ。

そして、もちろん――大坂城代大久保教孝と出会うこともなかった。

晴れない気持ちを抱えながら、あやは大坂で一、二を争う華やいだ通りを歩いた。

重い足取りで博労町《ばくろまち》の角まできたときだった。

行く手に人だかりができているのに、あやは気付いた。人気の饅頭屋に行列でも作っているのかと思ったが、どうも様子が違う。

「おらおら、御役目の邪魔や。退《の》け言うとるやろ」

「中をのぞくな言うんが判らんのか、このドあほ！」

荒い声で息巻く若い衆を遠巻きにして、往来も出店の営業も妨げ、通りの真ん中に人が集まっている。

（なんだろう、いったい）

みなの視線の先にあったのは、一軒の店だった。両脇を小間物屋に挟まれた、間口二間あまりの店である。看板は取り外されているが、石臼や薬研《やげん》が中から運びだされているから、おそらくは合薬屋《あわせぐすりや》だ。

あやが人垣の合間から覗いてみれば、町奉行所の役人が二人ばかり、野次馬に背を向ける格好で店の入り口に立っており、手先に家のなかを調べさせていた。

「何があったんです」

隣にいた職人風の男をつかまえて尋ねると、

「闕所《けっしょ》や」

と簡潔な応えが返ってきた。行方知れずになった者や犯罪者の財産を、公儀《こうぎ》が没収することである。

「四、五日前から行方知れずになっとったんや、この家の主人《あるじ》。もう帰る見込みもないやろいうことで、奉行所で処分が決まったらしいわ」

それで、役人が出張ってきているわけだ。

あやは顔をしかめた。

くるりとこちらを振り向いた役人の髭面に、見覚えがあったのだ。

大坂東町奉行所与力、由比政十郎――その男の顔は、忘れたくても忘れられないほど強烈に、あやの脳裏に焼き付いている。

さらに店の奥から現れた古道具屋を見て、あやの不快感はさらに増した。

「なかなか、ええもんが揃ってますな。入札が楽しみですわ」

舌なめずりするように、脂ぎった顔で書き込んだばかりの帳面を眺めている。

闕所処分が決まれば、町奉行所がその家財道具を仮に差し押え、出入の道具屋に鑑定させる。おおよその相場を把握したうえで、入札を行なうのである。

近江屋《おうみや》升次郎《ますじろう》は、東町奉行の闕所鑑定役を十年前から受け持っていた古道具屋だった。信濃町《しなのまち》に小さな店を構える老舗の骨董屋だったのだが、先代が病で急死し今の代に変わってから、次第に商いの手を広げ始めた店である。その裏には贋作の売買だの盗品商いだのと怪しげな噂が絶えなかったが、いつのまにか町奉行所にまで出入りを始め、同業者の非難も公儀の威信で握り潰してしまった。

あやの父母が持っていたものも、すべてこの男に買い叩かれ、処分されたのだ。

相変わらず悪どい商売をやっているのだろう。

にたつく近江屋に、釘を刺すように由比が言った。

「値踏みもいいが、肝心のお役目を忘れるな、近江屋」

「へえへえ、もちろん、判っております。今ちゃあんと探させてます。何せ、あれだけの小さなものやさかい……」

もみ手をして腰を屈める欲深な道具屋の姿に、思わずあやの視線がきつくなる。

その視線に気付いたのか、由比政十郎が振り向いた。

あやの顔を見、訝《いぶか》るように首をひねった。

あやは慌てて顔を背け、人垣を離れた。

あれから十年もたっているのだし、死んだことになっている身だ。まさかあの芹沢あやだと気付くわけもないと思ったが、用心にこしたことはない。

足早に、あやはその場から去った。

二　お千代

あやが城の大手門多門櫓のすぐ北にある番所に呼ばれたのは、翌日の夕刻のことだった。

どうやら、堀に浮いていた死体の身元に関して、あたりがついたらしい。

さっそく出向くと、探索の手伝いを頼んでいた影役仲間の鴉《からす》と呼ばれる男から報《しら》せが入っていた。

伏見町の裏店に住んでいた山崎丈庵《やまざきじょうあん》という医者が、三日前から行方不明になっている。

年齢は三十四歳。今年の夏前に越してきたという口中医（歯医者）で、一人娘のお千代《ちよ》から惣会所に届けが出され、今は町の年寄衆を中心に心当たりを探している。医者にしては珍しく武芸の心得もあったようで、指に竹刀だこがあってもおかしくはない。年齢、風体ともに一昨日の死体とぴったり合致していた。

だが、

「その裏長屋住まいの口中医が、どうして斬られて堀に浮かんでいたのか――」

それは、判らない。

あやは番所を辞すと、とりあえず伏見町に出向いてみることにした。

城を出る前には顔を見せるように普段から城代に言われているが、今日は城代大久保教孝は、朝から公務で、神君家康《いえやす》公以来徳川家の信奉篤い四天王寺《してんのうじ》に出向いている。京都所司代松平伊豆守《まつだいらいずのかみ》から、最近京都の寺で仏像や寺宝の盗難が増えているとの報告があり、大坂でも同様の事件が起こっていないか、確認をかねて参詣におもむいたのだ。

取次の用人に伝言を頼むと、あやは城を後にした。

城の大手門を出、東横堀《ひがしよこぼり》を渡ってさらに東、梅檀木橋《せんだんのきばし》筋を越えた辺りが伏見町である。大坂の町は三郷と通称され、大川の北を天満組、南をさらに南北に分けて北組、南組と大きく三分割して統治されている。それぞれに、町をまとめる惣年寄がいて、惣会所を持ち実務を行なっていた。

伏見町はそのうち、北組に属した。

北組ではなく、南組の会所なら、あやには少しばかりつてがあった。

会所守を務めているのは佐渡屋次兵衛《さどやじへえ》という初老の町人なのだが、その使い走りをしている新吉《しんきち》という若者と、あやは顔馴染みなのだ。

二年前の夏、御禁制の南蛮歌留多《カルタ》を使った博打が、大坂の町で流行したことがあった。その調べを城代から任されたのが咲とあやだったのだが、探索を行なううちに知り合ったのが、賭場の見張りをしていた新吉だった。すったもんだの末に一件は解決し、賭場の元締めはひっくくられて、新吉は悪事から足を洗うことができた。そのためにあやがひとかたならぬ骨折りをしてやったことを新吉は律儀に恩に着、今でも何かあれば声をかけてくれと言ってくれる。

「わいがお天道さまの下に戻れたんはあやさんのおかげです。あやさんのためやったら、たとえ火の中、水の中、ですわ。遠慮せんと、どないなことでも言いつけてください」

彫り物の残る腕をぐいとまくりあげて息巻く新吉は、短気で喧嘩っ早いという欠点はあるが、頼りになるときはなる。

昨日も、行方の判らなくなっている三十半ばくらいの男について会所に届けが出ていないか、あやは新吉に尋ねるつもりだった。

ところが、あいにく新吉は会所を留守にしていた。

「新さんは昨日から、旦那さまと一緒に京都に遊山に出かけたはりますけど」

あんたいったい新吉さんのなんやの、とでも言いたげな顔つきで、応対に出てきた若い女中はあやをじろじろと見ながらそう言った。

そういうことなら、仕方がなかった。

お道《みち》というその女中に、戻ってきたら〈よしの〉に顔を出してくれるように言付け、あやは辺りの聞き込みをしただけで、結局これといった手がかりは得られずに昨夜は城に戻った。

あたりは、しかしながら、先代の城代から仕えている老練の影、鴉が調べを付けた北組にあったようだ。もともと諸国を放浪する鋳物師《いもじ》をしていたという一風変った過去を持つ鴉は、普段は老齢のため、もっぱら城にいる影と隠密衆とのつなぎ役を引き受けている。

が、手の足りない今回は特別に、その長年の経験で培った人脈を駆使して調べの手伝いをしてくれた。

城に手が足りないのは、教孝の老中昇進が一月後と迫ったため、小田原組の隠密衆はすでに一足先に関東にひきあげているからであった。

老中ともなれば、江戸で一から独自の探索網を組み直さなければならず、その下準備が必要となる。小田原組ばかりではなく、大坂城付の影たちも、その手伝いと称してみな江戸に出向いているのだ。

引継ぎの後にはまた大坂に帰ってくると彼らは言っていたが、どこまで本当か判らないとあやは思っていた。大坂が天下の台所といい商いの中心地だといったところで、やはり政《まつりごと》の要は将軍のお膝元、江戸である。この機に江戸へ行こう、大坂で次に来る誰とも判らない城代を待つより、気心の知れた主人のもとで江戸の御政道を助けて働くほうがいい――そう思うのは自然なことだ。となれば、残されるのは、江戸へのお声がかからなかった老齢の鴉と女のあや、それにどうしても手の放せない事件を抱えたのが他に二人ばかり。

教孝に見捨てられたようで淋しいとは思ったが、それでも江戸について行きたいとは、あやには言いだせなかった。

江戸で老中となった教孝の役に立てるだけの自信はない。第一そんなことは分不相応な願いだ――意を決して教孝の前に立ったこともあったが、いざとなるとそう思い、あきらめが先に立つ。咲にどれほど背中を押されたところで、結局は教孝が大坂を離れるその日まで、たった一言を口にできないであろう自分の勇気のなさが、あやには判っていた。

ただ別れの日を指折り数えて沈み込んでいるくらいなら、

(手が足りないのは承知で町方の探索でも始めたほうが気が紛れる――)

そんなことを考えながら、あやは城を出た。

伏見町に向かう途中、あやは、平野町《ひらのまち》でいったん足を留めた。

二丁目にある北組惣会所の、向かいの餅屋の暖簾をくぐる。

店はあまり流行っていないらしく、客は他に職人風の老人が一人いるだけだった。表の看板には「餅、饅頭」のほかに「奉公人口入屋《くちいれや》」ともあったから、そちらの儲けで、やっていけるのだろう。会所の向かいで口入屋の兼業ともなれば、町のことには詳しいはずだ。

まずは丈庵の人となりについて仕入れておく必要があった。焼き餅を一皿頼んでから、あやは前だれ姿の若い売り娘を呼び止め、弱り果てた表情を作り、

「あの、私、三日前に伏見町に越してきたばかりなんですけど、あの辺りで誰か歯のお医者さま、ご存じありませんか」

「歯のお医者?」

「ええ。お父ちゃんが昨夜から歯が痛いっていうんです。けど、町のこと、まだよく判らなくて」

「さあなあ。伏見町いうたら、唐物問屋ばっかり並んどるとこやろ。居《お》るかなぁ」

娘は思案するように首を傾げた。それから、

「三日くらい前やったら、一人居《お》ってんけどなぁ」

「って、どういうこと？」

「ん……裏店の、あまり知られてへんお医者やったけどな。丈庵先生いうお医者が居《い》てはったんや。けど、その先生、三日前に居《お》らんようになってしもてなあ。出かけたきり帰ってけえへんて娘さんが惣会所に駆け込んできて、うちも一緒になって探しに行ったけど、影も形もなくなってしもて。ええ歳して神隠しにでも遭《お》うたん違《ちゃ》うかて、言われとるわ」

「神隠し……欠落《かけおち》などではなくて、ですか」

　男女が手に手をとって、といういわゆるかけおちのほかに、一人であろうが一家全員であろうが、子細あって失踪することを、この時代、ひろく欠落という。文字通り、町の戸籍である人別帳から欠けて落ちるという意味である。

「欠落？　そないなわけないやろ。あの先生、三月くらい前に京都から越してきて、愛想なしやったさかいあんまり流行ってへんかってんけど、運が向いてきた言うんかなぁ、十日前に、たまたま大川で溺れてる子供さん助けはったんや。それがあの大店、両替商の平《ひら》野屋《のや》さんとこの娘さんやて後から判ってな、一枚摺《かわらばん》には載るわ、平野屋さんの紹介で客は増えるわで、これからや、いうときやったんや。……それに、丈庵先生、一粒種のお千代ちゃんのこと、目に入れても痛ないほど可愛がっとったしな。昼間でもちょっと見当らんようになると血相変えて近所探し回ったはったくらいや。たった一人の身内や言うてはったし、そのお千代ちゃん置いて欠落する理由、どこにもあらへんやろ」

「……それは、そうですね」

「ま、神隠しやなかったら、物盗《ものと》りにでもやられたんやろなぁ。お千代ちゃんもかわいそうに、お父ちゃんはきっと帰ってくる言うて待ったはるけど……」

娘はそこで、あやの耳に顔を近付けた。

「けどな、ここだけの話やけど、そろそろ町奉行所の役人が臭ぎ付けたみたいで、欠落に違いない、御法度や言うて、今日にも長屋は差し押え、家財道具も没収する言うてるらしいんや。貧乏長屋の住まい一つ、闕所やなんやて大騒ぎする程でもないやろになぁ。……ほんでも、三日帰らへんだけで闕所はひどいと思わへん？　そんなん言うたら、うちのお父ちゃんなんか、茶屋遊びで店空けるたびにお咎め受けなならん……」

そこで、店先で餅をあぶっていた店の主が娘を呼んだ。

「おゆう、何を油売っとるんや。あちらのお客さんがお茶言うたはるんが聞こえへんのんか。さっさとし」

「はあい」

ちろりと舌を出し、娘は下駄を鳴らして離れていった。しかし、おしゃべり好きらしい娘は、今度は奥の老人の隣で、また何やら噂話に花を咲かせている。

（欠落は御法度で、闕所、か）

あやは餅を口に運びながら、考えをめぐらせた。

厳しい処置ではあるが、決して無茶ではない。御法度なのは事実だ。幕府は町人を人別帳で把握することによって、身分を固定し税を取り立てるのである。人別から逃れることは、生きている限り許されはしない。

（しかし、欠落でなく殺されたのだとしたら）

闕所処分は理不尽というものである。

町奉行所はその辺りをちゃんと調べたのだろうか。

（急に評判になり始めた口中医、か……）

何かが、あやの胸に引っかかった。

とにかく丈庵の家に行ってみることだ。

あやは勘定をすませると、二筋北の伏見町に足を向けた。


山崎丈庵の家は、探すこともなくすぐに判った。

あやがたどり着いたときには、餅屋の娘が言っていた通り、裏長屋の小さな住まいはすでに町奉行所の闕所役に踏み込まれ、裏路地はちょっとした騒ぎとなっていたのだ。

「やめて、やめてぇ」

山崎丈庵の一人娘お千代は、乱暴に戸を外し、家中に土足であがり込む闕所方の若い衆に、すがりつきながら叫んでいた。歳の頃は、十を一つ二つ過ぎた、といったところだろうか。くっきりとしたきかん気そうな二重目蓋に涙がにじんでいる。

「嫌や、やめて」

「ええい、邪魔や、退《の》かんか」

「嫌や、ここはうちの家や。なんで追い出されなあかんの」

「なんで言うてもな、悪いんは欠落したお前の親父や。とっとと退かんと蹴り倒すぞ」

「お父ちゃん、欠落なんかしてへんもん。帰ってくる。必ず帰ってくるんや。せやのに、家が無《の》うなってしもたら、うちはいったいどこで待てばええんや……」

たった一人の身寄りを失った娘が、まだ幼さの残る顔を真っ赤にして懸命に大人たちに訴え続ける。場を仕切る若い同心は次第に苦い顔になった。狭い路地裏に遠巻きに集まってきた野次馬たちの同情が、お千代に向けられるのは不本意なのだ。

「もうええ、もうええやろお千代ちゃん。仕方ないことや。お役人さまに逆らったらあかんのや。な……」

慌ててとんできた隣家の女房が、そんなお千代の身体を抱え、

「な、このままお役人衆にお任せしよ。もしお父ちゃんが帰ってきはったら、お奉行さまかてちゃんとお家、返してくれはるて」

懸命になだめながらなんとか人垣の外に連れ出そうとしたが、お千代は聞かなかった。

さらに声を張り上げ、涙に濡れたままの顔で、お千代は言った。

「嘘や、そんなわけない。うち、お役人さまなんか信用でけへん。お役人さまなんか嘘つきや――大嘘つきや」

「なに」

幼い娘の必死の叫びに、中央にいた役人の一人が目を剝《む》いた。町人たちの非難がましい視線も気にせず、人垣に背を向けて部下たちの仕事を傲然と見物していた闕所役与力は、昨日あやが見かけた心斎橋の合薬屋のときと同様、あの由比政十郎だった。闕所役は東西の奉行所に一人ずつしかいないため、東町奉行所の月番である今月は、闕所があるたびに由比が出張ることになるのだ。

その髭面の与力の表情が、お千代の一言に、険しくなった。

「これ、お千代ちゃん、しっ……」

慌てて女房は娘の口をふさいだが、遅かった。

「娘、お前いま、なんと言った」

由比は気色ばんで大股に近付いてくると、お千代の細い肩を鷲摑みにし、自分のほうを向かせた。

「恐れ多くも御公儀《おかみ》にむかっての暴言、子供といえど許されることではないぞ」

「暴言なんかと違《ちゃ》うわ」

お千代は涙でくしゃくしゃの顔のまま、恐れる気配もなく言い返した。

「お父ちゃんは欠落なんかしてへん。悪いんはあの日、お父ちゃん呼びにきたお侍や。あのお侍さんがお父ちゃんをどこかに隠してしもたんや。お父ちゃん嫌がっとったのに、無理矢理ひっぱっていってしもたんやもん。だからうち、あのお侍さんを探してくださいて何度も言うたんや。やのに、お奉行所は何も調べてくれへんかったやないの。お役人さまは嘘つきや。大嘘つきや」

「お千代ちゃん、やめなさい……」

悲鳴に近い女房の制止は届かなかった。

お千代の言葉の途中でさっと顔色を変えた髭面の与力は、周りが止めるまもなく、力任せにお千代の頬を殴りつけたのだ。

あやは思わず息を呑んだ。とっさにお千代を救けに割って入ろうかと動きかける。が、目立つことは許されない身の上である。

「きゃ……」

短い声を上げて地に倒れたお千代を、由比はさらに襟首をつかんで引き起こし、

「この娘を奉行所に連れていけ」

有無をいわせず配下の同心に命じた。その横暴さには、さすがに群衆のなかから、ひどすぎる、という声が洩れたが、由比は構わなかった。とっとと連れていかんか、と怒鳴る様は、ひどく焦っているようにも見えた。

「お役人さま、お千代はまだ年端もいかぬ上、父親の欠落で取り乱しているだけでございます。どうぞお慈悲を……」

「うるさい」

懇願する女房を足蹴にし、わざとらしい大声で由比はわめいた。

「欠落人の娘は新町《しんまち》に送って死ぬまで遊女奉公が決まりだ。雇い主が決まるまで、奉行所

の牢でその性根をたたきなおしてくれるわ」

無慈悲な言葉に血の気を失ったお千代は、あまりのことに言葉も出ないまま、左右の腕を捕まれてひったてられていく。

あやは、唇を噛んだ。

（あの娘、このまま連れていかれたら、どんな目に遭わされるかわからない）

由比政十郎の非道なことは、誰よりあやが知っている。今あやがこうして、影に生きる身になっていることが、何よりの証だ。

親を失い頼るものもなくなった哀れな娘の姿に、十年前の自分が重なった。

放ってはおけない、と思った。

それに、お千代は丈庵を連れ出した相手のことを、何か知っているようでもあった。

だとしたらなおさら、このまま黙って由比の手下に連れていかせるわけにはいかない。

（救けてやらなければ）

そう決意したあやは、その場を離れ、お千代を連れていった同心を追い始めた。


お千代を奪い取るのは、影役としてならした武芸の腕があれば、あやにはそう難しいことではないと思えた。

「嫌や、放して！」

「ええ、うるさい。大人しゅうせんか」

懸命に身をよじるお千代を両脇から挟むようにして、手先衆の二人がついている。右側に上背のある若いの、左側がずんぐりとした白髪混じりで、一応辺りに気を配ってはいるが、あばれるお千代を逃がすまいとするだけで手一杯のようである。町方同心の手先を務めるくらいだから腕っ節に覚えがないわけでもないのだろうが、歩く仕草も隙だらけで、大して問題はないと思われた。娘のわめき声にうんざりした様子で前を歩いている同心はといえば、青白い顔のひょろりとした若者で、これも特に注意する必要はなさそうだ。

大坂町奉行所の同心は、制度上は一代限りの職となっているが、実質は完全な世襲制で、どんなぼんくらであろうと同心の家に生まれれば同心になれる。逆にいえば、どれほど才を研いても与力やそれ以上の役職に出世する可能性は閉ざされており、武芸に精進する者など滅多にいないのだ。

気を付けなければならないのは周りの目だけであった。

すでに辺りは黄昏れはじめている。

東横堀を越え松屋町《まつやまち》に入る辺りで、周りに人の気配が途絶える一瞬があった。この辺りは菓子問屋が軒を並べているが、日頃からそう賑やかな通りではない。

(今だ)

それを狙い、付かず離れずつけていたあやが、背後から走りよろうとした。

そのときだった。

「わ」

「痛っ」

あやよりも先に行動を起こした者があったのだ。

ほかでもない、お千代本人だった。

「放せ言うてるやろ！」

気の強い娘は、そう言うと、右の二の腕をつかむ指に思い切り噛みついたのだ。たまらず手を放した隙に、残る一人に体当たりする。不意を突かれ、左の白髪頭も思わずお千代を放した。お転婆娘はその機を逃さなかった。

男たちの手を逃れることに成功したお千代は、そのままがむしゃらに駆け出してきた。来た道を戻るように――すなわち、あやのいるほうに、である。

「待てっ」

「この餓鬼……！」

慌てた二人がわめき声を上げ、追ってくる。若い同心は、ただおろおろと、馬鹿者、早く捕まえんか、と怒鳴るだけである。

こうなれば、加勢しないわけにはいかなかった。できればもう少し静かにことをすませたかったが、仕方ない。

腹をくくったあやの脇を、まずお千代がつんのめりながら行きすぎる。

一呼吸置いて若いほうの男が駆け抜けようとするのを、あやはすかさず足をかけて転がした。続く白髪頭には、そのまま身を沈め鳩尾《みぞおち》にしたたか肘打ちを喰らわせる。声もなく、男は地面に沈んだ。

「何さらす、この女《あま》！」

　若いほうが道に這いつくばったままわめいた。

　その声と気配に気付いたのか、お千代が四、五間ほど行きすぎたところで振り返り、立ち止まるのが、あやの目の端に映った。

「逃げなさい、早く！」

　あやは起き上がる若い男に身構えながら、片手を大きく振ってお千代を促したが、その顔は途中で強ばった。

「なんや、どないしたんや」

「何しとるんや」

　お千代の頭越しに、たった今通りを曲がってきた丈庵の家から引き上げてくる四、五人の手先衆が見えたのだ。

（まずい）

　彼らはすぐに、異変に気付いた。

「なんや、あいつら」

「あの餓鬼、逃げるつもりか」

　お千代は狼狽して動けずにいる。

（しょうがない）

あやはすばやく踵《きびす》を返すと、お千代に駆けより、その手を取って身を翻した。

そのまま左手の路地に走りこむ。

「な、何……なんやの、あんた」

「黙って付いてきて。奴らにつかまりたくなかったら」

うろたえ、あやの手を振り解こうとするお千代に、ぴしゃりと言いきかせた。

一人の時ならばともかく、足手纏《まと》いを連れてあれだけの人数は相手にできない。

それならば、三十六計逃ぐるにしかず、である。

路地伝いに町場を抜け、一気に内本町《うちほんまち》にある大坂城代の下屋敷に逃げ込もうと思った。

ここのところあまり寄りつかないようにしている下屋敷だが、住んでいる者たちはあやの顔を知っているし、影役についていては出入自由と教孝から許されている。城代屋敷に入ってしまえば、そこは将軍からの拝領地で、町奉行所の力は及ばない。

だが、相手もそう甘くはなかった。

町方の手先とは、一にも二にも土地勘が要求される役目だ。縄張《シマ》のうちのことであれば、目隠しされても路地裏を歩けるくらいに熟知している。

あやが細い路地裏を幾度曲がっても、きっちりと足音が追ってきた。

「待て」

「待たんか」

怒号が、間を置かずついてくる。

しょうがない、一戦まじえるか、とあやが覚悟を決めたときだった。

「こっちや」

傍らから小声であやを呼んだ者がいた。

はっと足を止め脇を見ると、路地裏に隙間なく並ぶ狭苦しい裏店の一つが突然その引き戸を開き、中から大きな手が伸びていた。

「早《はよ》しぃ、追い付かれてまうで」

こっちへこいと招くその嗄《しゃが》れ声に覚えはなかった。この辺りに知り合いも、あやにはいない。

あやは訝りと警戒の目で、その手を見た。

だが、そうしている間にも、追っ手の足音がぐんと近付いてくる。

「そっちや」

「逃がすな」

すぐ近くだった。

「迷てる場合と違うで、奉行所の手下に捕まるよりはましやろ」

さらに手の主《ぬし》は言った。

その言葉に、はじかれたようにお千代が動いた。

「嫌や」

あやの手を振り払い、招かれるままに裏店の土間にとび込んだ。

となれば、あやも従う他はなかった。

二人を吸い込み、引き戸は再び閉ざされた。一拍置いて、幾人かが走りすぎる音が、障子の向こうに聞こえた。

「……なんとかごまかせたみたいやな」

手の主は、障子窓に耳を付けて外の様子を窺った後、あやを振り返り、そう言った。

薄暗い土間に、白い頭がぼうっと浮かんで見えた。

白髪の老人だった。対照的に顔は日に灼けて赤黒かった。体つきも老人にしてはがっしりとしている。何か出職《でしょく》の職人をしている男かもしれない。

二人の娘を見下ろし、老人はにこにこと笑っていた。

そのひとの好さそうな笑顔に、何か違和感を、あやは感じた。だが、何とは判らない。

「――ありがとうございます。助かりました」

とりあえず、あやは頭を下げた。

お千代はあやの背に隠れ、老人の顔を上目遣いに見ている。先に逃げ込んだくせに、追っ手の足音が去ると、もう、怯えの対象がこちらに切り替わったのだ。

つまり、お千代にとっても老人は見知らぬ顔だということだ。

「ええんや、ええんや」

老人はやけに愛想のいい笑顔のままで言った。

「やつら、まだしばらくはその辺にうろうろしてるかもしれんからな。ま、ここでゆっくり休んでから帰り。この家の主、独身《ひとりみ》の大工やし、日のあるうちはまず戻らんから安心やで」

　ということは、老人はここの住人ではないのだ。

　あやはお千代の手を取り、背にかばったまま一歩後ろに下がった。

　追われる娘たちを見かけてたまたま助けた、という可能性は低い。あるいは、あやとお千代が逃げだすのをどこかで見ていて、先回りしていたのかもしれない。

「なぜ、助けてくれたんですか」

「可愛い娘さんを、あないな連中の好きにさせられんやろ」

　老人は、当たり前やないか、と嗄れた笑いとともに応えた。

　それから急に声を潜め、それにな、と驚くあやに顔を近付け、老人は続けた。

「近頃の奉行所のやり方は気にいらんのや。なんちゅうても闕所騒ぎが多すぎる。大坂三郷のあちこちで、行方知れずや闕所やて、なんや騒がしいことばかりや。ここいらで誰か、探りを入れてくれんかと思てたとこやったんや、なあ、お姫さん」

「……」

「けど、ま、相手も仮にも公儀《おかみ》やさかいな。下手に手ぇ出して返り討ちにあわんようにな。ほな、儂《わし》はもう出るわ。ようよう気ぃつけて。ほな、さいなら」

　手を振りながら、老人はあっさりと路地に出ていった。

　後に残されたあやは、凍りついたように動けずにいた。

（城の影だと見抜かれている？）

出ていくその腕を引き止めようとして、叶わなかった。

さり気ない様子でいながら、その挙動に一分の隙もないことに、すでにあやは気付いていた。さっき感じた違和感は、その故だったのだ。明らかに、この老人には武芸の心得がある。ただの老職人などではない。

一昨日の鬼といい、この老人といい、丈庵のまわりには不可解な輩が跋扈《ばっこ》している。

（この一件には思いのほか深い何かが絡んでいるのかもしれない）

お千代の手を握る指に思わず力がこもった。

そんなあやの険しい顔を、お千代が怯えた目で見上げた。


「……さて、どちらに行くかな」

娘二人を残して裏店を出た白髪の老人は、そのまま泥溝板《どぶいた》を踏んで路地を歩いていったが、町木戸を出る段になって、すっかり暮れた空を伸びをしながら見上げた。

一番星が輝き始めている。

久しぶりに明るい月夜になりそうだ。

こういう晩は仕事をするには具合がよくない。

「たまには店に帰ってのんびりしよか――思わんところで拾いもんもしたこっちゃし」

調べに入った茶屋で、どうも自分と同じ獲物を追いかけているらしい娘を見かけた。

面白そうだと、手助けしてやったまではいいが、さて、これから後のことを考えると、もう一度思案を立て直す必要がでてきた。

「七面倒くさいことになって、西之丸の殿さんが手ぇ引く言い出しても大損やしなぁ……」

独り言をつぶやくと、通りに出る前に彼は自分の顔を一度すみずみまで撫でた。次いで白髪頭にも手をあてる。その仕草は、顔形がきちんと整っているか確かめているようにも見えた。

歩き出そうとし、そこで老人は何かに気付いて振り返り、軒を列ねた裏長屋の、屋根の上を見やった。

さっきまで輝いていた一番星が、見えなくなっていた。

老人は苦笑いした。

星を探す老人の視線を遮っているのは、夜空を背に立つ鬼の姿だった。いつも通りの茶染めの装束に、今日は珍しく太刀を腰に佩《は》いている。

「久しぶりやな」

鬼は応えなかった。表情は面の下に隠れて判らない。

老人はもう一度、苦笑した。

「そないに威《おど》さんかってもな、お前の邪魔はせん。安心せい。ただ儂は心配しとるだけや。相変わらず安治川で小競り合い続けとるようやけども……十年前《むかし》の二の舞にならんように、な」

いたわるような最後の言葉とともに、嗄れていたはずの老人の声は、はりのある落ち着いたそれに変っていた。白髪頭にはそぐわない、男の声だ。

男を見下ろしながら、鬼はなおも無言だった。が、身を翻し男の視界から去る間際、一言だけ言い残していった。お前の手は借りん、と。

「……好きにせい」

男は誰もいなくなった空にそうつぶやくと、さて、と気をとり直してぐるりと首を回し、咳払いを一つした。あ、あ、と軽く声を出し、もとの嗄れ声に戻ったのを確かめると、老人は歩き出した。西に、向かうようだった。

三　闕所

日も暮れた後、下屋敷に無事にたどりついたあやは、簡単にことの次第を告げてお千代の身柄を顔見知りの侍に任せた。

その足で城に戻ったあやが、城代に帰城の挨拶をするより前にまず向かったのは、大手門のすぐ東にある千貫櫓《せんがんやぐら》だった。

山崎丈庵の過去についてのより詳しい調べを、鴉に頼むつもりだった。

この一件は思った以上にややこしいところにまで根が伸びている可能性がある。町の者にも知られていないところまで調べを付ける必要がある。

それにはやはり、今は鴉に頼るしかなかった。

影役の詰所になっている千貫櫓に、いつもの通り鴉はいた。

太閤秀吉《ひでよし》の築城した豊臣《とよとみ》家の大坂城は慶長《けいちょう》二十年の夏の陣で炎上したため、今に残る大坂城は元和《げんな》年間に再建されたものである。その際、二層二階の千貫櫓は、茶人としても知られる小堀遠州《こぼりえんしゅう》の手によって、大手門の東側に堀を見下ろすように造られた。あやをはじめとする他の影たちは、みなそれぞれの主人から屋敷のどこかに住みかを与えられているのだが、鴉だけは何が気に入ったのか、ここの二階で寝泊りしている。

「……うむ。判った」

その一言であやの頼みを承知すると、もうすっかり夜も更けているというのに、鴉は城を出ていった。

気難しいと言われる老練の影だが、なぜかあやの頼みは二つ返事で引き受けてくれることが多い。

「孫みたいに思てるんと違《ちゃ》う、あのお爺さん」

咲などは、笑ってそう言っていた。

もともと放浪の鋳物師《いもじ》だった鴉が大坂を終《つい》の棲家《すみか》と定めたのは、市中に若い頃ともに暮らしていた女がいるからだとの噂もあったが、もちろん自らの過去など明かしたことはない。

「すみません」

あやは月明かりの下に出ていく痩せた背中に頭を下げると、そのまま二之丸の城代屋敷へと足を向けた。

今日一日の報告を、教孝にしておくつもりだった。影役として動いた結果を逐一城代に伝えておく必要は、ないといえばない。だが、今日は朝から一度も教孝の顔を見ていなかった。一言挨拶だけでも、と屋敷の奥向きに足を向けたあやだったが、途中、廊下ですれ違った取次の用人に声をかけられた。

「あ、あや。何か殿に御用か」

「はい。お堀端の一件のことで少し……」

「ならば、明日にいたせ。殿は今日はこちらにはお戻りになられぬそうだ。内本町にお泊りになると、さきほどお使いが参ってな。お帰りは明日の夜ということだった」

「――そうですか」

では、行き違いだったわけだ。

下屋敷には長居をしたくないから飛ぶように出てきたのだが、もう少しゆっくりしていたら、教孝と顔を合わせていたかもしれない。

(そうならなくてよかった)

あやは自嘲の笑みを心に浮かべた。下屋敷の門をくぐること自体好きではないが、そこで教孝に会うのはもっと嫌だった。

そんな感情を顔には出さないように気をつけながら用人に一礼し、踵を返して自分に与えられた小さな離れに戻った。

途中、どれだけ考えまいとしても、心は一つの想いのまわりをぐるぐるする。

……内本町の下屋敷に行くのがつらい、と思い始めたのはいつからだっただろう。

大坂城代は、その赴任に際して妻子の同行を許される。

大名の妻子は江戸在住が原則であるなか、これは大坂在番衆に与えられた特権だった。

在職中、妻子は市中の下屋敷に居住し、お役替えがあるまで大坂で暮らすことになる。

教孝の場合も、もちろん例外ではなかった。

幾度か顔を合わせたことのある教孝の室お八重《やえ》の方《かた》は、もの静かでなよやかな、美しい人だった。

父君の現老中首座、丹波《たんば》篠山《ささやま》藩主青山下野守については、ことに近年の幕閣における専横ぶりを、密かに批判する者も家中にいないではなかったが、お八重の方はといえば、父親に似ず万事に控えめで、教養に富み心根の優しい非の打ち所のない女性だと家臣たちにも評判が高かった。

ただ一つ瑕瑾《かきん》といえるのは、嫁いで十二年になるというのに子宝に恵まれないことで、教孝にはまだ後継ぎがいなかった。が、側近たちも心配しているというのに教孝は頑固に側室の一人も置こうとしないという。

そう噂に聞いたとき、あやは複雑な気持ちになったものだ。教孝の側に仕える女性が増えればそれだけあやの心は痛むだろうが、一方でそれほどにお八重の方を大切にしておられるのだ、と考えるのもつらいことだったのだ。

ため息とともに離れの格子窓をあけて外を眺めると、いつもならば教孝のいる奥向きの灯で明るく見える庭は、今日は主人も不在とあって、普段よりも暗く沈んでいた。

町中ならば、日が暮れても五つ半（午後九時）くらいまでならまだ人の気配がそここに感じられる。が、城の外堀を越えて中に入ると、夜は早い。裏路地に大勢が押し合うように暮らす市中とは人の数が違うからなのだが、今日はことにその静寂が胸にしみた。あやが幼い日を暮らした天満の与力屋敷のまわりも、町屋の並ぶ船場《せんば》や島之内《しまのうち》に比べれば静かな場所だったが、ここはさらにひっそりとしている。

独り庭を眺めていると、いっそう気が滅入ってきた。

あやはめぐる想いを打ち切るように頭を振り、立ち上がった。

このまま部屋にいてもつまらぬことを考えるだけだ。

それならば、少しでも役に立つことをしたほうがいい。

あやはもう一度屋敷の内に戻ると、用人に頼んで城代の書物《かきもの》部屋に入らせてもらうことにした。

そこにはこれまでに町奉行所から届けのあった吟味伺書が保管されている。あくまで形式的なものだが、奉行所の扱った事件はすべて城に届け出が義務付けられているのだ。

(最近の奉行所はおかしい、闕所騒ぎが多すぎる……あの奇妙な老人はそう言っていた)

数日行方が知れない程度で闕所など無茶苦茶だ、と餅屋の娘も訝っていた。

ならば一度、

(本当に奉行所が無茶をやっているのか)

確認しておく必要があった。

おそらくそれは、丈庵の一件にもかかわってくるに違いない。

あやは行灯《あんどん》に灯をいれ、書物棚からここ数年分の伺書をとりだした。

一晩ですべて、目を通すつもりだった。

「ふうん。二月の間に行方知れずの闕所が八件か。それは多すぎるなぁ」

〈よしの〉の二階で、咲は思案顔でうなずいた。

昨夜、徹夜で調べた結果を持って、あやは〈よしの〉にやってきていた。

階下では、初次が一人で店を切り回している。まだ朝飯の客が終わる前で、申し訳ないとは思ったのだが、ええんよ、と咲はいつもの笑顔を見せた。

「本当《ほんま》言うと、今日は朝からなんやしんどかったんや。お客の相手になるより、あやちゃんとゆっくり話してたほうが楽でええわ」

そう言って、他人の耳のない二階に上がり、あやの持ち込んだ物騒な話に耳を傾けている。

「しかも、闕所のうちの五件が薬屋です。これも何かひっかかりませんか」

「同業者が揃って行方知れずになった、いうわけか。妙といえば、妙やね」

「それに、どれもこれも行方が判らなくなってから四、五日もたたないうちに闕所処分が決まっています。普通では考えられない早さです」

「ただの行方知れずやない、もう二度と帰ってこん、いうことが奉行所には判ってたん違《ちゃ》うか……そう考えたくなるわな」

二度と帰ってこない――つまり、殺された、ということだ。

現に丈庵は、そうだった。表向きは欠落による闕所だが、丈庵はもうこの世の人ではな

い。もちろん、町奉行所が丈庵の死を知っているのかどうかは確かめられていないが、それでも、

「これだけではまだ何も言えませんけれど、何か仕組まれている、裏に何かある、そう考えてまず間違いないと思うんです」

話すうちにあやは、知らず知らず熱のこもった口調になっていた。

東町奉行所に潜む不正を暴くこと――それはあやが影役を務めるようになった一つの動機でもあるのだ。東町奉行所唐物取締役与力として父、芹沢籐九郎が非業の死を遂げてから、その仇《かたき》を討ちたいという思いは、あやの心の中で消えない火となってくすぶり続けている。

教孝のもとでの最後の務めとなるであろう今回の事件でその仇討をやりとげることができるかもしれない、となれば、あやとしては意気込まずにはいられない。

「案外……」

ふう、と壁に上半身をもたせかけて、咲は言った。

「丈庵を連れていった侍は奉行所の手の者なんと違うか。お千代いう子を与力が連れていこうとしたんも、その侍の顔を見られとってまずいからかもしれん」

「そう、ですね」

昨日のお千代の一件についても、咲には話をしてある。

断言はできんけど、と咲は続けた。

「八件いうけど、七月に二件と九月に六件で、見事に東町奉行の月番のときばっかりなんやろ？　それで怪しむな言うほうが無理やなぁ。……由比、やったっけ。そのお千代ちゃんを引っ張ろうとした闕所役与力」

「ええ。由比政十郎です」

「そいつが闕所役になったんはいつ？　案外、闕所の増えた時期と一致するんと違う？」

「いえ」

　あやは悔しげに首を振った。

　それはあやも、あるいはと思い、調べてみたのだ。だが、由比が東町奉行所内で火事場改役から闕所役に移ったのは二年前の四月で、それから丸一年は、東町奉行所の月番の際に闕所処分が行なわれたことはなかった。闕所役といっても普段はそうそう仕事があるわけではなく、目安役《めやす》あたりと兼役するのが常なのである。闕所役についてから一年の間の由比の業績は、もっぱら目安役としてのものばかりで、この二月《ふたつき》のように闕所騒ぎばかり起こしているということはなかった。

「ふうん……」

　咲はもう一度大きく息をついた。だるそうに体を起こし、それからまた壁にもたれ直す仕草が何やら本当に疲れているようだと、あやはようやく気付いた。

「すみません、咲姉さん。何だかお疲れのところをお邪魔してしまったみたいで」

「ええんよ、そんなん気にせんといて。あやちゃんかて大変やんか。いうてもうちが城を出てから初めてやろ、そんな大事に手ぇつけんの。小田原組の隠密衆も優秀なんは判るけど町方の殺し程度のことにはなかなか本腰いれてくれんしな。相談したいことがあったら、いつでも来てくれてええんよ。ただ、このごろ時々動くのがえらいことがあるだけや。こないだみたいに全然平気なときもあるんやけど」

そこで咲は、なにか困ったような、照れたような笑みを浮かべた。別に病気とは違うんやけど、とひとりごちた後、

「ま、そのお千代いう子に何か手がかりになるようなことを思い出してもらうんが、まず手っ取り早いんと違うか。丈庵のことかて、一緒に暮らしてた実の娘なんやから、いくら子供でも何か知ってるかもしれん」

「そうですね」

「そやけど……山崎丈庵いう名前……」

と、咲はそこで小首を傾げ、つぶやいた。

「どっかで聞いたことあると思うんやけど、あやちゃんは心当たりあらへんか?」

「丈庵の名前にですか？　さあ」

「ずっと前やと思うけど、確かにどっかで聞いた気がするんや。いつやったかなぁ……」

「人助けをして一枚摺《かわらばん》に載ったといいますから、それじゃないですか」

「ううん、そんな近頃のことと違う。まだお城に居《お》った頃や。――思い出されへんなぁ」

咲はしばらく首を捻っていたが、結局答は見つからなかった。

「もし思い出したら、また教えてください」

あやはそう言って、このまま二階で少し休むから、という咲を置いて、階下へおりた。

下屋敷にお千代の様子を見に行くか、それとも、と思案しながら賄い場の前を通りかかると、ちょうど二階に上がろうとしていた初次とはちあわせた。

「あ、お話はもうおしまいですか」

「ええ。どうもすみませんでした。お忙しいときに」

軽く頭を下げると、初次はいいや、かまいまへん、と首を振った後、何やら気掛かりそうに声を潜めた。

「お咲さんはどないでした？　しんどそうやなかったですか」

「ええ、少し疲れておられるみたいです。風邪でもひかれたのかもしれませんね。このところ肌寒い日が続きましたし」

「え……あ、いや、そやなくて」

初次は、困ったように頭を掻いた。

訝るあやに、

「お咲さん、まだあやさんには言うてはらへんのですね」

と前置きし、一つ咳払いをしてから、彼はあやに告げた。

実は咲は身籠もっているのだ、と。

「そやさかい、時に体がえらいみたいで。けど、なんやあやさんのほうも大変みたいやし、言うたら気ぃ遣わはるやろから、そやから黙ってはるんや思いますけど」

「え……」

思いもよらない言葉に一瞬目を丸くし、それからあやは頬を染めて、そうだったんですか、とつぶやいた。

驚いていた。

いくら事件のことで頭が一杯だったとはいえ、さっき咲が病気ではない、と言ったときに、なぜ気付かなかったのだろう、と思った。

だが、同時に、自分がそんなことを予想だにしていなかったことにも気付いていた。

城を出て初次と暮らし始めてから半年が過ぎた咲である。身籠もるのもごく自然のことだというのに、あやにはひどく不思議な気持ちがしたのだ。

咲は母になるのだ。十年間城で共に過ごし、闇と刃《やいば》とを幾度となくくぐり抜けてきた彼女が、板前の女房となり、子供を産む。そういう生き方を、咲は選んだ。彼女がそれを選ぶことなど、一年前には誰も思いもしなかっただろうに。

「……きっと良いお母さんにおなりでしょうね、咲姉さんは」

あやはぽつりと言った。

改めて自分の身をかえりみれば、あやとて世間でいえばもう女房になり母になるのには決して早すぎない年齢になっているのである。今のあやには、そんな将来は訪れる気配もないが。

「お咲さんのことやから、体も丈夫やし心配はない思とるんですけど」

でもやはり気に掛かるのだ、と初次は言った。様子を見てきます、とそのままあやに会釈して階段を上がり始めた初次は、ふと思い直したように途中で足を止めた。

「あやさん」

「はい」

「あ、いえ……別に、なんでも」

あいまいに言葉を濁すと、初次はそのままあやに背を向けた。

最後にあやを見た目が、いつもの人の好い初次の眼差しとはどこか違った光を含んでいるような気がしたが、それが何なのか、あやには判らなかった。


あやが初次の視線の意味に気付いたのは、南農人町《みなみのうにんまち》で新吉に会った後のことだった。

〈よしの〉のある東長堀端から内本町の城代下屋敷に向かう道筋に、新吉の仕事場である南組の惣会所はある。

もともとは本町五丁目に間口十一間の敷地を拝領して建てられていたのだが、大坂市中の三分の二を灰にした享保《きょうほ》九年の大火の際に焼失し、南農人町二丁目に移転した。

「あ、あやさん。ちょうどよかった。今、〈よしの〉に行こと思とったんですわ」

おそらくは無駄足だろうと思いながらも惣会所に裏口から顔を出したあやは、馴染みのある大きな声に、裏木戸のところで出迎えられた。

小袖の尻を端折《はしょ》った旅姿のままの、新吉だった。

額には汗と埃を浮かせ、たった今、物見遊山の供を終えて帰ってきたところとみえた。にもかかわらず、出かけようとしていたらしい。

何をそんなに慌てているのかと訝るあやに、白い歯を見せて、新吉は笑った。

「わいが居《お》らん間にあやさんがお見えやったて聞いて、こらすぐにも顔見せなあかん思いましたんや。あやさんがわざわざ言付けしていかはるくらいや、なんか厄介でもあったに違いない、思て」

ちょうど旦那が昼食に出かけたところで、少しばかり時間があるのだと新吉は言った。

「京土産持って馴染みの飯屋にお出かけやさかい、しばらくは戻らはりません。その辺の掛茶屋《かけちゃや》でお茶でも飲みながらお話聞かせてもらいましょか……と言いたいとこやけど、あやさんの話いうたら、人に聞かれたらまずいようなもんでっしゃろ。どないしましょ。裏庭のほうでも行きましょか。まず誰も居らんやろし」

新吉はそう言ってあやを会所の内に招いた。

惣会所と一言でいっても、その敷地は五百坪を越える広さがある。惣年寄こそ別に自宅を持ち出勤してくるが、その補佐を務める惣代や会所守の居宅は会所の中にあるのだ。

新吉はその会所守佐渡屋次兵衛の居宅の、庭先にあやを連れていった。主人の留守をいいことに、縁側に並んで腰かける。

「で、何です、あやさんのお話」

「ええ……」

一昨日尋ねるつもりだった堀の死体の身元はすでに判った後だったが、新吉の手を借りたいことはまだ山ほどある。あやは促されるままに話し始めた。堀に浮かんでいた死体のことから始め、それが山崎丈庵という口中医だと思われること、捕らえられかけたお千代のこと、そして、調べるうちに判った、最近の奉行所の不可解な動きについても話した。

「あるいは、町奉行所が何か企んでいて、丈庵はそれに巻き込まれたのではないかとも思うのだけれど」

だが、改めて順序だてて話してみれば、今はまだ当て推量の域を出ない話である。あやが一人で空回りしている可能性もある。苦笑気味にそう付け加えるあやに対し、新吉は何を言うてるんですか、と鼻息も荒く言った。

「あやさんが怪しい思うんやったら怪しいんです。思い違いのはずありません。わいも気合い入れて調べてみますさかい、頼りにしとってください」

どん、と胸板をたたく若者に、

「ありがとう」

頼もしさ半分、苦笑半分であやは微笑んだ。

それから、気分を変えるようにあやは軽く頭を振った。日に灼けた笑顔の若者にもう一度向き直ると、帰ったばかりで疲れているところに厄介なことをもちかけて御免なさい、と謝ってから、

「久しぶりに会ったのに、面倒な話ばかりでも面白くないわね。京都はどうでした。そろそろ紅葉の季節だし、さぞ綺麗だったでしょうね」

「ええ。そら見事なもんでした。嵐山《あらしやま》に清水寺《きよみずでら》、三十三間堂《さんじゅうさんげんどう》と、まあ、わいも今まではゆっくり風流を楽しむやなんてしたことあらへんかったし、ええ旅に連れてってもらいましたわ。なんやわいには似合わんような気もしますけど」

「それはよかったわね。京都は初めて？」

「いえ、二度目です。そやけど」

新吉はぽりぽりと頭を掻き、前に京都に行ったのはまだ賭場に出入りしていた頃だったから、と照れたように言った。

「あのときはお寺さんにお参りするどころか、ろくに顔上げることもできんと、町の裏側を這いまわるみたいに歩いてました」

賭場の仲間の一人が酔っ払った挙げ句に人を刺してしまい、大坂から逃れ京都に身を隠した。ところが刺された町人が町奉行所に縁のある呉服屋の手代だったため、町方の捜査が思ったよりも厳しく、京都にまで捜索の手がのび、さらに遠くに逃げなければまずくなった。その逃走資金を届けてやってくれと頼まれて、京都に入ったのだという。

「それで、人殺しを逃がしてやる手助けをしたの？」

さすがに非難の目を向けたあやに、新吉はいえいいえ、と首を振った。

「それがちょうど間の悪いときに、あの一件が起こったんですわ。ほら、例の大塩さんのキリシタン騒ぎ」

「ああ、あの三年前の」

今から三年前の文政十年、当時大坂東町奉行所の寺社方与力だった大塩平八郎が、京都でキリシタンらしき新興宗教の一味を捕縛したことがあったのだ。もともと摂津西成郡川崎村《せっつにしなりぐんかわさきむら》でおきた占いの礼金詐欺の摘発から始まったこの一件は、その占い師さのの師匠であった天満竜田町《たつたまち》の祈禱師きぬ、さらにその師匠の豊田《とよた》みつぎという女陰陽師が御禁制のキリシタン書を大量に所持していた廉《かど》で処刑されたほか、同門の六名も死刑、さらにみつぎと同じ経路で輸入禁止の蘭学書を購入していた大坂の蘭方医たちにまで累がおよび、つぎつぎと逮捕者がでる大事件に発展した。

「あのせいでもう、京都の町中を大坂の役人が朝から晩まで行ったりきたり、ですわ。へたに動いたらとばっちり喰いかねませんやろ。かといって、大坂に戻ろうにも街道ぞいにも役人の目が光っとるし……にっちもさっちもいかんようになって、ほんまに往生しました」

当代きっての名与力とうたわれた大塩平八郎が、じきじきに指揮を執っての大捕り物だったのだ。配下の同心衆をはじめ京都の町奉行所まで巻き込んで徹底的に捜査が行なわれた。御禁制のキリシタン書や蘭学書の売買どころか、正規の経路での長崎との取引にまで取り調べの手はのび、当時大坂で蘭学を学んでいた緒方章《おがたあきら》（後の洪庵《こうあん》）などは、このままでは巻き込まれかねない、と身の危険を感じていったん江戸に居を移したほどであった。

「結局、逃げとった仲間はたまたま往来で出くわした東町の同心に捕まって、おしまい、ですわ。しょうことなしにわいも奈良のほうから大坂に引き返しました。……まあ、あの一件もなんや判らんうちに片付いたみたいで、京に居《お》ってももう誰も噂ひとつしてませんけど。わいだけです。あんときは大変やった、いうて思い出しながら歩いとったんは」

「そうね。あの事件で活躍された大塩殿も秋の初めに突然、町奉行所を引退してしまわれたし」

町人の都、商人の天下といわれる大坂の町にあって、賄賂を嫌い清廉潔白を旨として務めに精を出した大塩は、奉行所とつるむことで財を蓄える一部の大商人や、賄賂で私腹をこやすことを生き甲斐とする同輩には嫌われたが、庶民の人気は高かった。その強引な捜査ぶりは、確かにやりすぎのきらいもないではなかったが、東町奉行高井山城守の辞職に伴っての三十八歳の早すぎる引退は、町の者たちには惜しまれたものだった。今は天満の屋敷に洗心洞《せんしんどう》という私塾を構え、学問に専念している。大塩平八郎とは少なからぬ因縁のあるあやでさえ、彼の一本筋の通った生き方は称賛に値すると思っている。

「今の奉行所に残っているのは、由比のような腹黒い奴ばかりだもの」

と、あやの頭は結局そちらに戻ってくるのだった。

「この町を守るためにも、怪しげな企みはなんとか潰しにかからないと」

「ええ、もちろんです」

新吉も、熱っぽくうなずいた。

そこで、そういえば、とあやはもう一つ、新吉に訊ねようと思っていたことを思い出した。

あの鬼の面のことだ。奇妙な鬼の面に率いられる集団のことを何か知らないか、訊いてみようと思っていたのだ。

新吉はもともとやくざ者の世界に足を踏み入れていた男である。下っ端ではあったが、それなりに裏の世界には詳しいはずだ。

「それから、これももし心当たりがあったら教えてほしいのだけど……」

だが、そこであやは言葉を呑み込んだ。

背中に視線を感じたのだ。

誰かがあやを見ている。

それも、好意的とはいえない尖った視線で、見ている。

(誰だ?)

あやはためらわず振り返った。

「そこに隠れているのはどなたです」

問う声が落ち着いていたのは、その視線が、尖ってはいるが殺意を孕《はら》む類のものではないことに気付いていたからだった。

はたして、びくりと身を震わせながら、それでも隠れることなく襖《ふすま》を開けて姿を見せたのは、あやにも見覚えのある若い女中だった。たしか、あやが新吉への伝言を頼んだ娘だ。

「お道ちゃん……」

新吉が慌てて立ち上がった。

「何しとるんや、そないなとこで」

「そやかて、その女の人が……」

応えるお道は、かわいそうになるほど真っ赤な顔をしてあやをにらみつけていた。

それだけで、あやにはお道の考えていることがほぼ判る気がしたが、彼女はその真っ赤な顔のまま、精一杯の気力を詰め込んだ声で言った。

「その人が、また新さんを悪い仲間のとこに連れていこうとしてるんやないかと思て……初めはただの知り合いやろかとも思たけど、なんや人に聞かれたらまずいような話こそこそしとるし、聞いとったら町方の役人がどうやこうや言うてるやんか。……新さんの昔の仲間なんやろ」

「お道ちゃん、それは違《ちゃ》うて……」

苦笑して首を振る新吉にかまわず、お道は強ばった顔をあやに向けて続けた。

「あんたが誰なんかうち知らんけど、新さんを妙なことに巻き込むのはやめてください。新さんはもう、昔とは違うんです。ちゃんと一人前に仕事持って、堂々とお天道さまの下で暮らしたはるんです。その足引っ張るようなこと、せんといてください」

鋭い語調とは裏腹に、お道の目は今にも泣きだしそうだった。必死なのだろう。賭場の女かもしれない相手に、かたぎの娘が声を荒げているのだ。よっぽどの勇気を振り絞っているに違いないと思うと、あやはとっさに何も言えなかった。

そして、その一途で必死な目から涙がこぼれ落ちた瞬間、重なるように、あやの瞼を掠めた顔があった。

〈よしの〉で最後に見た初次の顔だった。

いえ、なんでも……。

そういって言葉を濁しあやから顔を背けた初次の目は、今のお道と同じ色をしていたのではなかったか。それは、自分の大切な人を危険に巻き込もうとしている訪問者を、非難する眼差しだった。

もうお咲さんはお城の人間やないんです。危ないことに巻き込まんとってください。

あのとき本当は初次は、そう言いたかったのだ。

咲はもう、あやの姉であることを止め、初次の女房になり初次の子供の母となったのだ。だからもう、かまわないでくれ。妙なことに巻き込まないでくれ。

それにあやは気付かなかった。

いや、気付きたくなかっただけかもしれない。

「違うて言うてるやろ、お道ちゃん。あやさんは昔わいがお世話になったひとなんや。わいがこうして今まともに暮らしてられるのも、みんなあやさんのおかげなんやで」

「そんなん、うち知らんもん。昔のことやろ。今の新さんが関わり合う筋合い、ないやないの」

なだめる新吉と言い張るお道のやりとりをあやは黙って聞いていたが、

「……それは、そうだわ」

やがて、静かに言った。

それから、あやさん、と狼狽《うろた》える新吉に、軽く微笑してみせ、

「ごめんなさい、新吉さん。お道さんも。つい昔のくせで来てしまったけれど、確かにそうだわ。新吉さんはもう昔の新吉さんではないし、危ないことに巻き込もうというのはよくないわ」

「あやさん、わいは別に」

早口で何か言おうとする新吉を制するように、あやは小さく首を振った。そして、今日はもう失礼します、と軽く一礼し、あやはそのまま踵を返し庭を出た。

新吉が追ってくるのではないかと思い早足で歩いたが、会所の裏木戸を出た後も、その気配はなかった。

通りをひとつ過ぎ、泉町の角まできたところであやはようやく歩調をゆるめ、深く息をついた。

見上げると、空が曇り始めていた。また雨になるのかもしれない。

なんだかひどく疲れていた。

だが、まだ城に戻るわけにはいかなかった。まだ、やらなければならないことはある。

あやはもう一度ため息をつくと、そのまま右に折れ、歩き始めた。

足を向けたのは、道修町《どしょうまち》だった。

四　城代下屋敷

「何をしていたのだ。遅かったではないか、あや。お前のせいで大騒ぎだったのだぞ。とにかくお千代をなんとかしてくれ」

　暮六つを過ぎ、辺りがすっかり暗がりに包まれた頃、歩き疲れた顔のあやが内本町の下屋敷に顔を出すや否や、弱り果てたように泣き付いてきたのは、顔見知りの若い侍、教孝の馬廻りを務める中岡菊次郎《なかおかきくじろう》だった。

「部屋に置いておけば逃げ出すし、誰かが側についておれば泣きわめくしで、手がつけられんのだ。何とか捕まえて納戸に閉じこめたのだが……」

「納戸に？」

　思わず聞き返したあやに、中岡はむっとしたように声を荒げた。

「他にどうしろというのだ、あのうるさい餓鬼を。昨夜など皆が寝静まっているというのにわあわあと泣き叫んで――まったく、殿のお久しぶりのお泊りだというのに、奥方さまもさぞお困りであったろうよ。本当にいい迷惑だ」

　そういう当人も、昨夜の睡眠を妨げられたのであろう。赤い目をしていた。

そんなことになっていたとは思いもしなかった。

それは申し訳ありませんでした、とあやは頭を下げた。

「少しばかり調べておかなければならないことがありましたので、遅くなりました。……ですが、お千代はいったい何をそれほどに泣いていたのです？　昨日ここにきたときには落ち着いていましたのに」

闕所《けっしょ》騒ぎの場では確かに泣き叫んでいたが、あやに助けられた後は、少なくともあやのことは信用できると認めたのか、言うことを聞いて素直に下屋敷までついてきてくれた。明日また来るから大人しく待っていてくれと告げたときも、神妙にうなずいていた。

「それがな……」

中岡は苦い顔をした。

昨日あやが城に戻った後、中岡はとりあえずお千代を賄いの女中部屋につれていき、何か食べさせてやるように指示した。ところが、その際、つい、

「可哀相な子なのだ。父親が殺されて、その屍が城の堀に浮かんでいたらしい」

と、口をすべらせてしまったという。

「お父ちゃんが、殺された……」

そうと知ったお千代は、見る間に顔を歪め、大声で泣きだした。

どれだけなだめても、慰めても、きく耳をもたなかった。

喉がつぶれるほどの大声で泣き、そのまたっぷり一刻は泣き続けていたが、泣き疲れ

て少し大人しくなったと思ったら、今度は、

「お父ちゃんの仇をとるんや」

とわめいて屋敷から逃げ出そうとした。

賄いの女中では手におえず、中岡までひっぱりだされて押さえ付けたが、これがしぶとく言うことをきかない。

「お侍なんか嫌いや、お父ちゃんの仇をとるんや――と、この二点張りでな。あやに頼まれた娘でなければ、勝手にしろと放り出すところだったぞ」

顔をしかめた中岡の右頬には、そういえば引っ掻き傷が幾筋か残っている。お千代にやられたのだろう。幼い町娘一人に下屋敷の家臣たちがてんてこまいをしている様子は、想像してみればかなりおかしな光景だったが、あやは笑うに笑えなかった。

お千代の驚きと悲しみは深かったのだ。

(たった一人の身内だ、と言っていた)

二人きりで生きてきた父と娘だ。それが、ある日突然父の姿が消え、実は殺されていたのだと知らされた。子供心に、いや、子供だからこそ、その衝撃は大きかっただろう。

(仇をとる、か……)

あやはその言葉をかみしめるような気持ちで繰り返しながら、お千代を閉じこめてあるという納戸の前まで行き、足を止めた。

戸を開ける手に、ためらいがあった。傷心の子供になんと声をかけていいか、判らなか

ったのだ。

自分にはお千代の気持ちが判る、と思う。誰よりも判ってやることができるはずだ、と。

お千代には、ほんの数日前まで当たり前だと思っていた生活があった。小さな裏長屋だが家があり、豊かではないがささやかで楽しい暮らしが約束されていた。優しい父がいて自分がいて、そんな生活が、いつまでもとはいわないまでも、あと数年は変わりなく続くと信じていた。

だが、突然すべてが消え去って、誰ひとり知る者のいない見知らぬ屋敷に連れてこられた。もう二度とお千代の望む暮らしは戻ってこないのだと知らされた。独りぼっちになってしまった——十年前のあやと同じように。

（そんなときに、いったいどんな言葉が役に立つというのだろう……）

あやは深くため息をついた。

疲れきった体がさらに重くなっていく。

だが、それでもあやは、お千代をなだめ、手がかりとなることを聞き出さなければならない。それがあやの役目だからだ。あや自身の仇討につながるかもしれないからだ。

あやは心を決めて納戸の鍵を開けた。

中はしんとしていた。

昼すぎまでは戸を蹴る音がひっきりなしにしていたというが、さすがに疲れたのだろう。

「お千代ちゃん……」

あやは名を呼びながら、そろりと引き戸を開けた。

応えはなかった。

明かり取りの小さな格子窓がひとつあるだけの納戸は、薄暗かった。

お千代の小さな体がどこにあるのか、一瞬あやには判らなかった。

「お千代ちゃん、私よ。お千代ちゃん……」

もう一度呼び掛けたとき、あやはそれに気付いた。思わず声を上げると、

「どうした」

気になってか様子を見についてきていた中岡があやの背中ごしに中をのぞきこみ、これもまたあっと声を上げた。

お千代は納戸の床の上に倒れ伏していたのだ。

その顔は真っ赤で、ぜいぜいと喉を鳴らしていた。

「お千代ちゃん」

迷わず抱き上げたあやは、すぐさま中岡を振り返って言った。

「すごい熱です。すぐにお医者さまを」

「判った」

疲れと心労の故だろう、とお千代を診《み》終わると医者は言った。

薬を飲ませておいたから、しばらく寝かせておけば治るだろう、と。

「よかった」

つぶやいたのは、中岡菊次郎だった。なんだかんだと文句を言いながらも、お千代のことを心配していたのだ。

「父親の死をあんなかたちで知らせてしまったのは、おれの責任だからな」

いいわけがましくあやに言って、中岡は引っ掻き傷の残る頰を撫ぜた。

あやは思わずくすりと笑いを洩らしたが、すぐに真顔に戻り、

「ならば、もう少し下屋敷で面倒を見てやっていただけますか。この熱では動かさぬほうがよいと思いますし」

「お役目にかかわることだからな。仕方があるまい」

「ありがとうございます」

いずれにしろ、この熱ではお千代から何かを聞き出すのは後回しにせざるをえない。お千代を中岡に任せると、あやはそのまま下屋敷の奥向きに向かった。城代教孝への面会を申し入れると、まだ城には戻っていないだろうとふんだ通り、教孝は奥の書院にいるからと、すぐに側小姓の案内があった。

早速に向かった中庭を見下ろす部屋で、教孝はあやを待っていた。一礼して入室したあやは、すぐに、主人《あるじ》の傍らにもう一人誰かが控えているのに気が付いた。

鴉だった。

千貫櫓の主《ぬし》のようなこの老人が下屋敷にいるのは珍しい。

あやがこちらに来ると思って待っていたのだ、という。

「では何か、判りましたか」

頼んでいた丈庵の調べに関して目鼻がついたのか、と期待したあやに、鴉は難しい顔をした。

「さすがに鴉一人では思うようにはいかぬらしい」

と代わって応えたのは教孝だった。先に教孝には報告済みなのだろう。口の重い老いた影は、主人に促され、あやに向き直りぼそぼそと話し始めた。

「丈庵は、大坂にくる前は、京都の金屋町《かなやちょう》で医者の看板を出しておったらしい。表通りに屋敷を構え、なかなかに繁盛していたようなのだが」

三年前の春に突然に看板を下ろし、家移《やうつ》りをした。

その転居先は、調べても判らなかった。

「伏見町に越してきたのが今年の夏。その間、どこにどうしていたものやら」

今のところ見当がつかない。

それでは話にならなかった。

あやは肩を落とした。

(やはり、隠密衆も影たちもみな江戸に行ってしまった今、できることなど限られている、か……)

そう簡単に解ける謎ではないとは思っていた。が、その空白の三年間に、今回の事件の鍵が隠されていることは間違いない。手の付けようがないでは先に進まない。明けかけた闇がまた閉ざされていく気がした。

「だがな……」

鴉の報告はそこまでで終いではなかった。

「転居の後は判らぬが、京都にいた頃の丈庵については、何やら怪しげな噂がある」

鴉はやや声を潜めて続けた。驚いたことに、昨夜城を出てから、鴉は夜通しかけて京都にまで出向き、手がかりを集めてきていた。

なんでも、丈庵の屋敷には、患者以外の奇妙な客が足しげく出入りしていたという。

一人は、十日に一度ほどの割合で姿を見せる僧侶の形《なり》をした男。

鋼《はがね》の錫杖《しゃくじょう》を手にした、頰に大きな傷のある男だったらしい。丈庵は近所には太秦《うずまさ》の僧侶だと説明していた。太秦には、いうまでもなく、推古朝の昔に聖徳太子《しょうとくたいし》の発願により秦《はた》氏《うじ》が建立した真言宗の寺、蜂岡山広隆寺《はちおかさんこうりゅうじ》がある。

「が、広隆寺に訊ねてみたところ、そのような僧に心当たりはないと言っている」

丈庵が嘘を言っていたのか、あるいは丈庵も騙されていたのか、どちらかということである。もちろん、広隆寺が偽りを言っているのでなければ、だが。

「さらに、月に一、二度、四、五人の侍の一団が訪れていた。こちらは日によってくる顔触れが違っていたらしい。これといって特徴のある者もいなかったようで、近所の者もあまり覚えてはいなかった」

ただ、僧侶も侍も両方とも、丈庵が屋敷から姿を消したすぐ後、慌てふためいた様子で近所の家々に彼の行方を訊ねて回っていた。

「どんな小さなことでもいいから知らないかと、それぞれが血相を変えて探していたようなのだ」

つまり、丈庵は、馴染みだった彼らにも行く先を告げず、姿を隠してしまった、ということだ。

いったいなぜ、それほど急に丈庵は京都を去らなければならなかったのか。しかも、足跡をまったく残さず、それこそ神隠しにあったかのように消え去らなければならなかったのか。

「家移りと言われましたが、丈庵は本当に、自分の意思で行方を晦ませたのでしょうか。あるいは何者かに連れ去られたとは考えられませんか」

あやは束の間思案した後、そう尋ねてみた。今回と同様、丈庵の意思を無視しての不慮の事態だったのではないかと考えたのだ。誰かが丈庵を、無理矢理に拐《かどわ》かしたのかもしれない。

「家の中が片付いていたとしても、それは後からいくらでも細工できますし」

言いかけて、しかし、あやは途中で気付いた。

「けれど、それですと、今度とは違い、お千代ちゃんも一緒に連れ出されたのでなければ話は合わなくなりますね。拐かしに足手纏いの小さな子供を連れていく必要はないでしょうから……」

「あや。そのことだがな」

あやの言葉をそこで鴉は遮った。

鴉はちらりと主人の顔を窺ってから、あやに向き直り、続けた。

「お千代という娘は、丈庵が京都にいた時分には、居らなんだらしい」

「どういうことです」

それなのだがな、あや、と引き取ったのは教孝だった。

「山崎丈庵に娘はいないのだ。丈庵には娘どころか女房もいない。女の出入りはまったくといっていいほどなかったそうだ」

「けれど、それでは、お千代ちゃんは？」

判らん、と教孝は首を振った。

「丈庵が行方を晦ましていた三年の間にどこからか連れてきたことになるが……おそらく丈庵の本当の娘ではないだろう」


夜も更け、下屋敷は昨夜とはうって変って静寂に包まれ始めていた。

夜具から畳の上にはみ出したお千代の小さな手のひらが、何かを探して動いた。

あやはその手をそっと両手で包み込むと、夜具の下に戻してやった。

まだ熱い手のひらだった。お千代の熱は、いっこうに下がる様子がなかった。行灯《あんどん》の光がその赤い顔に落とした影が、荒い呼吸とともに揺れていた。

（今晩はずっとついていてやろう）

その許しは教孝から得ていた。下屋敷に泊まったことは今までなかったが、この可哀相な子を残しては帰れなかった。

お千代の眠る枕許に目を向ければ、そこには彼女が着ていた色褪せた着物がたたんである。

膝の辺りがすり切れかけた、古い袷《あわせ》だった。お千代には少し丈が合わず、走ると細い足首が剝き出しになっていたのをあやは思い出した。

（京都にいた頃の丈庵は、表通りに屋敷を構えて結構な暮らしをしていたのに）

行方知れずの三年を間に挟み、大坂に現れたときには、娘に袷一枚買い替えてやれない貧乏人になっていたわけだ。

それが何故の没落だったのか、あやには判らない。

もっと判らないのは、それほどに暮らしに困る身になっていながら、なぜ丈庵が突然に娘を一人養う気になったのか、ということだ。

教孝は、おそらくお千代は丈庵の実の娘ではないだろうと言い、鴉もそれに同意した。堀に浮かんでいた丈庵の亡骸をあやは見ていないが、お千代とは似ていなかったとも鴉は言った。

しかし、裏店暮らしの身には子供一人の食い扶持もばかにならなかっただろうに、それでも、丈庵はお千代を可愛がっていた。たった一人の身内だといい、大切に大切にしていた。

お千代もまた丈庵を父として心から慕っていた。父を失った悲しみのあまり、体を壊して倒れてしまうくらいに、頼り切っていた。

（二人はやはり本当の親子で……たとえば、生き別れていた娘と、京都を去った後に丈庵が巡り合った……ということはないだろうか）

それで、貧乏になってからも肩を寄せ合いながら暮らしていた。もう二度と離れまいとして。

だとしたら辻褄は合う。

だが、実際はそんなはずはないだろうとあや自身、心のどこかでは思っていた。そんなしんみりとした人情本めいた話は、この殺伐とした事件にはそぐわない。

きっと何か特別な事情《わけ》があるに違いなかった。

それを確かめるためにも、まずはお千代の回復を待たなければならない。

（……それにしても）

あやは背筋をのばし、軽く身じろぎをした。

考えてみれば、昨夜は夜通し調べものをしていたのだ。今日は歩き通しだった。さすがに、隣室に用意してもらった夜具にしばらく横になろうか、と思った。

「あや」

襖越しに廊下から呼ばれたのは、そのときだった。

声の主は、確かめるまでもなく判った。鴉である。

音もなく襖を滑らせ、あやは部屋の外に出た。

「なんでしょう」

「お千代は眠っているのか」

「はい」

まだ熱が下がらなくて、と言うと、鴉はうむ、とうなずいた。

それから、さっき言い忘れていたのだが、と前置きし、

「少し気になったものがあってな」

あやを明かり取りの小窓の前まで手招きすると、手のひらにのせた小さなものを、彼は示した。

小さな守り袋だった。すりきれて汚れてはいたが、天鵞絨《びろうど》に細かな縫い取りのある、もとは高価そうなものである。

「お千代が持っておったものだ」

「お千代ちゃんが?」

あやは手にとって目の前にかざしてみた。縫い取りの模様は、ところどころほどけてはいるが、唐草文様をさらに複雑にした、特徴のあるものだった。

「中に入っていたのは四天王寺の護り札だった。まだ新しかった故、最近もらってきたも

のだろう」

そちらは大して役には立ちそうにない、と鴉は言った。だが、袋は何らかの手がかりになるかもしれない。

「そういった細工ものは作り手が限られておる。どこで買ったものか判れば、丈庵の足跡につながるかもしれん」

「そうですね」

あやはうなずいた。

些細なことではあるが、糸口になるかもしれない。

とにかく、今はどんな小さなことでもいいから手がかりが欲しいのだ。駄目でもともとで、試してみる価値はありそうだった。それに、こういうものから身元の知れることは珍しくない。あやにしても、その生まれをたどることのできるたった一つのものは、肌身離さず持ち歩いている父の形見の守り袋である。

あやは、頼みます、と軽く頭を下げてから、鴉にお千代の守り袋を返した。

手渡しながら、ふと、こういう類のものは普通は女であるあやのほうが詳しいのが筋なのかもしれないと思った。だが、城にきてから十年、あやは娘たちの喜ぶ小間物の類とは無縁に生きてきた。もちろん、教孝は衣食住十分にこと足りるよう計らってはくれたが、着飾って出かける場所もない暮らしのなか、飾りものを身に付ける意味もあまりなかったのだ。時折教孝がくれる櫛や簪だけが、あやの身を飾る道具だった。それで十分だった。

鴉は黙ってそんなあやを見ていたが、唐突に言った。

「あや。お前、こちらにくる前に昼間、何をしていた？」

「と、言われますと？」

「朝早くに城を出ていたと聞いたが、いったいどこに行っていたのだ」

あやは小首を傾げてみせた。

「南組の会所に知り合いがおりますので、そちらに話を聞きに行っていましたが……それが何か」

とぼけて誤魔化そうとしたあやだったが、しかし、老人ははぐらかされはしなかった。

「嘘を言うな。それだけではないはずだ。――道修町に行っておっただろう」

「……」

「なぜそんな無茶をする。何をそんなに焦っているのだ。怪しんでくれといって歩いているようなものではないか」

問い質《ただ》す鴉は、静かに怒っていた。それは、声で判った。

町奉行所の不審な闕所処分が薬屋に多いことは、さきほど城代の前で話をしていた。それだけで、どうやら鴉は、あやの行動を見抜いてしまっていた。

あやは黙って、老人から顔を背けた。

鴉がなぜ怒っているのか、あやにはよく判っていた。だが、謝る気にはなれなかった。

あやの狙いはまさに、相手に怪しまれることにあったからだ。

南組の会所を出た後、あやが一人で出向いた道修町は、大坂中の薬種問屋《やくしゅどんや》が集まる町である。

寛永《かんえい》年間に、二代将軍秀忠《ひでただ》の命によって堺《さかい》の薬種商小西吉右衛門《こにしきちうえもん》が道修町に店を開いて以来、唐薬、和薬を問わず、大坂で薬を商う者はほとんどがここを拠点とすることとなった。諸種の薬種を調剤する合薬屋《あわせぐすりや》は大坂市中に散らばっており、その数は一千軒にも及ぶが、薬種卸業を営む者は、その道修町への居住が仲買《なかがい》仲間加入の前提でもあるため、ここに集まらざるをえないのである。百二十四軒の加入者を持つ薬種仲買仲間の寄合所も、道修町三丁目に建てられている。

この夏以降、東町奉行所が決した八件の闕所処分のうち、五件が薬種問屋だった。そのうち、あやが心斎橋で見かけた一件は仲間に加入していない脇店《わきみせ》だったが、残りの四件はこの町に属する有力な薬種仲買商である。

それは尋常とはいえない事態だった。

仲間の五人がつぎつぎと行方知れずになり、ろくに捜索もされないうちに店が闕所処分となったのだ。あまりにも無体だと、薬種仲間から何らかの手段で公儀《おかみ》に訴えがあってもおかしくなかった。よしんば町奉行所がそれを握り潰していたのだとしても、大坂城の大手門前には城代が直接に鍵をあずかる訴状箱が備え付けてある。江戸における目安箱と同じ類のもので、八代将軍吉宗《よしむね》によって定められた、市中の民から直接に公儀に物言いができる制度である。

にもかかわらず、そのような訴えはなされていない。

だいたい、江戸や京都ならいざ知らず、天下の台所大坂で、商人がそのような無法に対して大人しくしているのは奇妙だった。大名旗本でさえ、借金という鎖に縛られて、浪華の大商人には頭の上がらないご時勢なのだ。

つまりそれは、薬種仲間にどこかから圧力がかかっているからだとあやは考えていた。しかも、かなりの力を持った何者か、だ。

だから、薬屋たちは何も言えないでいる。

今日道修町であやがしたのは、黙《だんま》りを決め込み五人の仲間を見捨てたそんな薬屋たちの集まりに、一石を投じることだった。

道修町に出向き、薬種仲間でも有力な地位にいそうな大店《おおだな》を狙って暖簾をくぐり、訊ねる。

「この辺りで以前に店を構えていた丸屋《まるや》というお店をご存じありませんか。一度そちらで戴いた薬がとてもよく効いたもので、もう一度お譲りいただきたいと思って探しているのですが」

その店ならもうない、つぶれたのだ、と一度目はどこもそう言った。

ならば、とそこであやはさらに問う。栄屋《さかえや》というのはどうなったでしょう、と。これもまた、闕所となった薬屋である。この辺りまではどこの番頭も平然と応対をしたが、追い打ちをかけるように和泉屋《いずみや》は、藤野屋《ふじのや》は、と続けると、さすがに相手の顔色は微妙に変っていった。そして、怪訝そうな顔でこちらを窺い始めたのを見計らって、どうもお手間を取らせました、と店を辞すのだ。

あやは合わせて三軒でこれをやった。

明日、明後日とさらに続ければ、そのうちに道修町の有力な薬屋たちの間に噂が流れるのは確実だった。闕所になった薬屋のことを何やら調べている女がいる、と。

その波紋は直《じき》に、薬屋仲間に圧力をかけた何者かのところにまで届くだろう。

その頃合を見計らって、もう一度あやが道修町辺りをうろうろすればいいのだ。必ず何か、動きがあるはずだ。

「たしかに策としては良い。だが、今のあやが採るべき手段ではない」

鴉が渋る理由は一つ。今は手が足りないということだ。

あやがやろうとしているのは、つまりは自らが囮《おとり》になるということである。自分が狙われることによって、相手を誘《おび》きだす。それは、影役の十八番でもある手だ。他の方法がなければ、そうやって危険を冒してでも手がかりをつかむのだ。過去に経験がないわけでもない。

だが、今は裏から囮を補佐する者がいなかった。

あやと組んで動いていた咲はもう城にはいない。鴉は老齢で、探索はともかく、斬り合いにでもなれば期待はできない。他の影たちはすべて、それぞれの役目に手一杯になっているか、江戸に去ってしまった。大坂城は今、新たな事件の捜索に手を出す余裕はない時期なのだ。

　しかも、

「まだそこまで手詰まりになったわけでもあるまいに、焦ることはないではないか。江戸に赴いた連中も直に幾人かは戻ってこよう」

　今は危険すぎる、と鴉は言った。

「急ぐ事件ではないのだ。もう少し裏が見えてきてから動いたほうが良い。しばらくは道修町に近付くのはやめることだ」

　あやの身を案じる故の忠告だった。それは判っていた。

「よいな。決して一人で先走るな。判ったな」

　くどいほどに念を押して、鴉はお千代の守り袋を手にして去っていく。

　その背中を、あやは無言で見送った。

　言いたいことはあったが、それを言葉にすることを、あえてあやはしなかった。

五　道修町

翌日も結局、あやは昼すぎから道修町に足を向けた。

朝方は、ようやく熱の下がり始めたお千代の枕許に付き添い、手ぬぐいを絞って額の汗を拭いてやったり、城代の奥方お八重の方から特別に賜った水菓子《くだもの》を食べさせてやったりしていた。

「ありがとう、お姉ちゃん」

消えそうな細い声で、お千代はそんなあやにだけ礼を言った。同じように水を汲んできてやったり薬を持ってきてやったりしているのに、中岡菊次郎には一向に気を許さず、顔を見るなり夜具に潜り込んでしまう。

「なんだ、可愛げのない」

中岡は面白くないようだったが、それでもお千代の熱が引き始めたのには安心し、

「しかし、こんな幼い娘の住みかを奪うなど、町奉行所のやることは無茶が過ぎるな」

「ええ、本当に」

お千代と一緒に昼食をすませた後、眠りに就いたお千代を置いて、あやは一人、下屋敷

を出た。

本町の西町奉行所の前は避け、谷町筋を北に上がって東横堀を高麗橋《こうらいばし》で渡ると、二筋南を東西に走るのが道修町である。

昨夜の鴉の忠告を忘れたわけでは無論なかった。

が、はじめから、あやには言われた通りに大人しく調べを待つ気などなかったのだ。

鴉が何を言ってくれたところで、

（結局は私ひとりで動くしかない）

と、あやには判っていた。

江戸に行った連中が戻ってくるのを待っていたら、今度は教孝のほうが大坂を去ってしまう。自分のもとでの最後の務めだと、教孝はあやに言った。それだけに、教孝がこの城にいる間に、どうでもこの仕事だけはやりとげたかった。

一応、万一のことを考えて懐に短刀のほか幾つかの忍び道具をひそませ、昨日と同様、あやは大店を狙って尋ね歩いた。

藤屋《ふじや》、田辺屋《たなべや》、塩野屋《しおのや》とどれも市中に名を知られた仲買商に探りをいれてみたが、一晩過ぎただけではそれほどに噂にもなっていないのか、反応は昨日とさほど変わらなかった。

（もう少し、時間がかかるかもしれない）

結局その日は大きな動きもなく、あやは夜も更けてから城に帰った。

二日がかりであやが張った網に獲物がかかったのは、その翌日のことだった。

それはあやが思っていたのとは別の獲物だった。

そのとき、ちょうど、あやは道修町二丁目にある薬種仲買仲間の寄合所の前を歩いていた。まだ昼には少し間がある時間で、風呂敷包みを抱えた丁稚《でっち》や青物市場からの帰りと見える賄いの女中たちがせかせかと通りを行き来していた。

そのなかに、あやは近江屋升次郎の姿を見かけたのだ。闕所家屋の古道具鑑定役として、由比とともに心斎橋の闕所騒ぎにも顔を見せていた骨董屋である。

骨董屋が道修町に現れたからといって何も怪しいことはないが、場合が場合だけに、何か引っ掛かるものがあった。近江屋が由比と組んでいる鑑定役である以上、彼はすでに道修町にも四回は役目で訪れているはずである。薬種仲間にも顔を知られていると見ていい。

(何か、あるかもしれない……)

そう思い、とっさにあやは、後をつけることにした。

供を一人連れた近江屋は、あやがつけていることには気付かぬ様子で歩いていく。表通りに間口四間の店を構える大手の薬種仲買商、敦賀屋《つるがや》の暖簾をくぐった。

敦賀屋の奥の帳場にはまだ若い主人が座り、店先では番頭や手代がそれぞれに商談をすすめていた。が、近江屋の姿を見付けると、若主人がすぐに飛んで出てくるのが暖簾越しにあやの目にとまった。

しきりに頭を下げながら、主人は近江屋に何やら話をしている。

会話の中身までは、さすがに通りからでは判らなかった。

人待ち顔でさりげなく店先に立ちながら、あやは何とか中に入る術はないかと思案した。

しかし、敦賀屋は初めの日に闕所のことを訊ねに入った店の一つである。今もう一度あやが顔を見せれば、手代は顔を覚えているだろうから、おそらくは警戒する。近江屋との話にわずかでも闕所に絡む要素があるとすれば、避けるに違いない。それでは意味がなかった。

（仕方がない）

あやは焦りながら暖簾の向こうののぞき見を続けたが、どれほど耳をそばだてたところで、声はやはり聞きとれなかった。

しかしながら、近江屋と若主人との話は、長いものにはならなかった。一言二言交わした後、若主人は傍らの丁稚に言いつけ、奥の薬種簞笥のいちばん左隅の引き出しから小さな包みを取ってこさせた。それをそのまま、敦賀屋は店で量り売りするときと同様に紙の袋に入れさせる。

馴染みの客が常用の薬を買いに来ただけだ、といった態度であった。何も怪しい様子はない。

案外、本当にただ薬を買いに来ただけなのかもしれない。

あやは期待をかわされ、苦笑した。

（たしかに少し焦りすぎているのかもしれない）

鴉の言葉を思い出し、少しばかり反省した――そのときだった。

あやがはっと目を見張ることが店のなかで起きた。

薬を包んでいた丁稚が、何に気をとられたのかうっかり手を滑らせ、包みを落としたのだ。包みが畳に転がり、中からわずかに散薬がこぼれた。

茶色の粉だった。

さっと顔色を変えたのは、敦賀屋の主人だった。丁稚の頰を張りとばし、何をしとる、と怒鳴った声が、通りにまで響いた。それから主人はその大声に自分ではっとなり、すみません、と思わず視線をやった店の客たちに愛想笑いをした。

だが、顔は真っ青のままだった。包みを拾い、こぼれた散薬を手ぬぐいで拭き取る手がかすかに震えていた。

近江屋は苦い顔でそれを見ていたが、主人が自ら包み直した袋を受け取ると、すぐに懐にしまった。それから、挨拶もせずにそそくさと彼は店を出てきた。何やら落ち着かない仕草が、その態度にはほのみえていた。早足に去っていく近江屋の背中を見送りながら、あやは次に起こす行動をもう決めていた。

あの包みを奪い取るのだ。

敦賀屋の主人の慌てぶりは、ただ事ではなかった。当たり前の薬なら、いくら高価なものであったとしても、少々こぼしたくらいであぁまで狼狽はすまい。あれは、

（怪しむなというほうが無理）

という態度だった。

考えてみれば、薬の用途は何も病を治すだけではない。その逆――人を殺《あや》めるために使う薬とて、ないではない。また、あるいは何か公にしてはまずい類の薬――偽薬、贋薬といったものである可能性もある。

いずれにしろ、それを確かめるためには、近江屋の懐から問題の包みを掏摸《すり》とらなければならない。

さて、とあやは首を傾げた。

掏摸の腕に自信がないわけではない。

もちろん、城にくる前のあやは、そんな技とは縁のない暮らしをしていた。すべては影となり働くために身に付けた技である。影役として動くためには、剣術柔術の武芸一般のみならず、隠形《おんぎょう》、水練、暗号といったいわゆる忍びの技、天文、暦学、気象、火薬の扱い他の諸学、掏摸や錠前破りなどの技術、あらゆるものを幅広く身に付けておかなければならない。

それらのすべては先達の影役から後輩に教えられていくものであった。

あやに掏摸の技術を伝授してくれた吉次《きちじ》という男は、もともとそれを稼業にしていた臑《すね》に傷持つ輩だった。影役となった後もなお、やくざ者とつながりがあると噂され、あやはあまり好きではない男だが、筋がいいとほめられた覚えがあった。

いつでもどこでも、とはいかないが、相手に隙があれば、懐から盗るのならなんとかなる、とあやは判断した。武芸に秀でた侍相手ならともかく、相手は小太りで動きも鈍い商人だ。万一気付かれたとしても、逃げるのは容易《たやす》い。敦賀屋を離れ、懐の包みから近江屋の気が逸れるのを、あやは待つことにした。

機を窺い再び歩き始めたあやが、ようやく掏摸を実行に移すことができたのは、近江屋が昼飯をとりに店に入りかけたときだった。

道修町を東に抜け、本願寺《ほんがんじ》津村別院、通称北御堂《きたみどう》と呼ばれる寺院の屋根が見える辺りまできていた。慶長二年に建てられた一向宗の別院で、寺院はすべて寺町に集められるのが決まりの城下町において、一向宗の寺だけは別扱いのため、町中におかれている。肉食妻帯を許可する教義のため他宗とは区別する――とは表向きで、実は門徒衆を一ヶ所に集めることを恐れての幕府の政策である。

近江屋は、その北御堂の向かいにある一軒の店の前で足を止めた。

恵比寿屋《えびすや》という、近頃評判になり始めた麺処だった。鶏で出汁《だし》をとったうどんが特に佳品だといい、値段は少々はるが、屋台のうどん蕎麦の類には目も向けない食道楽にまでうけがいい。

狭い店内は飯時とあって混みあっていた。中に入ろうとした近江屋は、出てきた客とぶつかり、倒れかけた。

「大丈夫ですか」

すかさずあやは後ろから近江屋に手を差し伸べた。

狙いはその一瞬だった。

相手の懐からすばやく薬の包みを手の中に収めたあやは、鷹揚に礼をいう近江屋に軽く会釈した後、先に立って恵比寿屋の店内を一瞬のぞき、混んでいるからやめた、というふりをして足早にその場を離れた。

店に入る近江屋とすれ違ったときに、彼が何かに気付きあやの顔を見たように思ったが、首を捻りながらも黙って暖簾をくぐっていったところを見ると、心配はないと思われた。

しかし、今は気付いていなくても、近江屋が懐を確かめることがあれば、すぐに悟られてしまう。少しでも早く、店から離れなければならない。

あやは御堂筋《みどうすじ》を早足で南に下り、南久太郎町《みなみきゅうたろうまち》の筋を左に曲がって、心斎橋筋に出た。この辺りはいつでも人通りが多いから、万一追ってこられても、紛れやすい。

博労町の角まできて、ようやくあやは歩調を緩めた。

どうやら、追い掛けてくる気配はないようだ。

あやはひとまず緊張を解き、包みを懐にしまい直すと、歩く方向を変えた。

このままもう少し南にいくと〈よしの〉のある長堀端までいくのだが、今日は顔を出す気にはならなかった。

(城に戻って、ゆっくりと包みの中身を調べよう)

そう思い、再び早足で歩き始めたあやが、

(おかしい。誰かにつけられている)

と気付いたのは、南組会所の近く、南農人町まで戻ってきた辺りだった。

さらに城に近付き、内本町の武家屋敷地の近くになると、人の通りは一段とまばらになる。

それでもその気配は離れることなくあやについてきた。

（近江屋の、手の者だろうか）

あやは、背中の気配に油断なく構えながら、頭のなかで幾つかの可能性を考えてみた。

近江屋が、包みを掏られたと気付きはしたものの、なんらかの事情で騒ぎ立てるわけにいかず、誰かに後をつけさせているのかもしれない。が、

（あるいは、町奉行所の手先か）

三日前お千代を奪い取るときに、あやは同心たちに顔を見られている。人込みを歩くうちにそのうちの誰かに見付けられた可能性もあった。

そちらのほうがよりありそうなことだと思ったが、あやの推理はそれ以上続かなかった。背中の気配が、唐突に強烈な殺意にきりかわったかと思うと、そのままあやに襲いかかってきたからである。

「――！」

声にならない気合いが、耳元で聞こえた。

だが、その直前、正確に間合いをはかり、あやは跳んでいた。

「――なに」

相手の二の太刀は、続かなかった。

懐剣を手に向き直ったあやの目に、躱《かわ》されたのが信じられないといった歪んだ形相で、僧形《そうぎょう》の男がこちらをにらみつけているのが映った。

その距離、ざっと二間半。

鋼《はがね》の錫杖《しゃくじょう》を手にした、荒法師然とした男だった。頬に大きな傷がある。禿頭だが、修験者風の脚絆姿だった。太刀ではなく、錫杖で殴りかかってきたのだ。

さすがに、白昼堂々と白刃を閃かせる度胸はないわけだ。

ただでさえ武士の少ない大坂である。町中で抜き身を振りかざしているのを見られでもしたら、それだけで大騒ぎになりかねない。

男は苦々しげに吐き捨てた。

「どこの手の者かは知らぬが――近江屋の旦那から掏摸とったものを返してもらおうか」

その言葉で、相手の目的は知れた。やはり気付かれていたのだ。

近江屋の旦那――というその口振りから察するに、近江屋の手の者だろう。ということは、ひいては東町与力由比政十郎の一味でもある。

「できるものなら」

懐剣を低く構えながら、あやは薄く笑って応じた。

こちらが女だと見て、舐めてかかっている。

こういう相手には、あえて挑発にかかるほうが得策だと経験から知っていた。

腕に覚えのある男というものは、女に侮られれば逆上する。そうなれば、躱すのは簡単なのだ。

あやの計算通り、男は見る間に凄まじい形相になって襲いかかってきた。

あやは動かなかった。

冷静に、間を読んだ。

あやは頭上に錫杖が振りかざされるのを見――その懐に飛び込んだ。

得意の武器――いつもの小太刀を持っていない以上、一太刀で相手を仕留めるのは無理である。

となれば、まず狙いは相手の動きを封じることだった。

あやの懐剣は過《あやま》たず男の臑を斬り付けた。痛みに男がひるんだ隙をついて、あやは男の鳩尾《みぞおち》に強《したた》かに膝蹴を入れた。

体が接触した瞬間、男の体から何やら奇妙な匂いがするのにあやは気付いた。煙草に似ているが、どこか違う。そういえば、さっき近江屋の体からも同じ匂いがしていた。

ぐっと男が呻いた。

地面にその巨軀が沈むのが、擦り抜けた視界の端で判った。

やった、と思った瞬間だった。

あやは、自分の背中を、なお一つの視線が見据えていることに気付いた。

むろん、目の前に崩れた男のものではない。

別の何者かだ。

（——誰だ）


素早く視線をめぐらせたあやは、思わずあっと声を上げた。

通り一つ向こうは、京橋口定番《じょうばん》与力の屋敷地になっている。

その曲がり角のところに、人影が見えたのだ。

長身の男が一人、腕を組み、悠然たる様子でこちらを見ていた。

紫の袷羽織を肩にかけた男の身形《みなり》はそこらの店者と変わらなかったが、総髪を結わずに背に垂らしていた。

だが、何よりあやの目を引き付けたのは、その男の相貌だった。

遠めにも鮮やかな、白い顔に、はっきりと見覚えがあった。

（あいつ——）

あの男だ。

あの、月明かりの下に現れた鬼だ。

大坂城の堀端で、丈庵の亡骸を拾いあげようとしていた。

（——あの男）

あれ以来、手がかりの一つもなく、正体の探りようもなかったあの鬼が、今、何故にかここに姿を現したのだ。

美貌の鬼は、僧形の男に手を貸すでもなく、あやに仕掛けてくるでもなく、ただ薄笑いとともにこちらを見ていた。それから、一拍置いて、鬼は優雅にさえ見える動きで身を翻した。その姿が曲がり角の向こうに消える。

（逃がすものか）

瞬時にあやは、駆け出していた。

（今度こそ、逃がさない）

地面に崩れ落ちた僧形の男など、もはや眼中になかった。

追い掛けて、あいつの正体を突き止めるのだ。それだけで、あやの頭は一杯になっていた。

（僧形の男に加勢しなかった——となると、由比や近江屋の一味ではないのか）

あやは懐剣を手にしたまま足を早めた。

追いかけて、ためらわず角を曲がる。

そこで、あやは息を呑み、動きを止めた。

鬼の姿を探して刹那ゆれた視線が、次の瞬間、凍り付いた。

左右に与力屋敷の塀が続く、幅二間もない道である。

突き当たりまで見通せるような、真っすぐの道。

その真ん中に、男は逃げもせず、あやに背を向ける格好で立っていたのだ。

無防備にさらした袷羽織の背中が、鬼の自信を物語っていた。

その瞬間、冷静な思考は消し飛んでいた。

何も考えることができないまま、あやはその背中に斬り込んでいた。

おかしい——と気付いたのは、ふっとその背中が揺れ、振り向きかけたときだった。

その仕草に違和感を、あやは感じた。

（——違う。あの鬼はもっと細身だったはず）

だが、はっとなったときにはすでに遅かった。敵はもう一人いたのだ。

（後ろだ——！）

とっさに感じた背後からの気配に、なんとか身を躱そうとした。

が、間に合わなかった。

音もなく背中に降り立った気配にあっけなく右腕をねじあげられ、次の瞬間には、あやは身じろぎすることもかなわず懐剣を奪い取られていた。

そこでようやく目の前の男が振り向いたが、あの鬼とはまるで違う顔をしていた。年齢は同じくらいだろうが、狷介そうな骨張った顔はまるで別人である。案外、あっけなかったですな、とその男は羽織を肩から外しながら首を傾げて言った。

こんな子供騙しになぜ引っ掛かったのか、とあやは唇を噛んだが、もはやどうしようもなかった。

「残念やったな、お姫さん」

背中にあやの腕を抑えつけたまま、鬼が低く笑った。

身動きできない耳元に柔らかな声が響き、あやは背筋にぞくりとした感覚が走るのを感じた。

ついで、いきなり背後から胸元に手を差し入れられ、あやは叫び声を上げた。

「――何をする」

慌てて手を振り払おうとしたあやの懐をまさぐり、

「これはいただいとく」

そういって、鬼が取り出したのは、近江屋から奪ったあの薬の包みだった。

「せっかく手に入れたもんやのに、悪いな――けど、お姫さんには関わりのないもんや」

耳元にささやく声に、あやはかっと頬が熱くなるのを感じた。それがまんまとしてやられた悔しさからなのか、羞恥の故なのか、判らなかった。

鬼は指先でその包みを玩《もてあそ》びながら、さらにささやいた。

「命が惜しかったら、これ以上ちょろちょろせんことや、なぁお姫さん。関東《よそ》もんは大人しゅう城にじっとしてたらええ。そう、城代に言うとくんやな」

響きだけは柔かな、しかし底知れない凄味を潜ませた言葉が終わると同時に、あやは思い切り突き飛ばされた。

おっと、と前にいた男があやを避けて動いた。

地面に手を突いたあやが振り返るのを見透かしたように、鬼の手から何かが飛んだ。あやから奪い取った懐剣だった。あやがぎりぎりで躱した懐剣は、彼女の動きを封じ、袖口を地面に縫い突けて突き刺さった。

そこまでだった。

動くこともできないあやを置いて、鬼の姿が塀の向こうに消え、それに次いでもう一人の男も消えた。

なすすべもなく見送ることしか、あやには叶わなかった。

たしかに、引っ掛かったのは子供騙しの手だった。だが、決してそれだけの相手ではない。懐剣しか持たない今の自分が手向かいしたところでどうにもならない敵だ。

そのことが、あやには嫌というほど判っていたのだ。


「あれがお城の姫君ですか。あなたの面を真っ二つに割ったというからどんな使い手かと思ったら、あまり大したことはありませんな」

手のひらに乗せた薬の包みに目を落としながら歩く美貌の連れに、もう一人の男は上目遣いでそう話し掛けた。

上本町《うえほんまち》三丁目、城代下屋敷の真北にあたる通りである。

堂々と顔をさらして歩く二人は、たった今手玉にとってきた娘の主人《あるじ》が塀一つ向こうにいることなど、まったく気に留めていなかった。

「まあ、城の影などたかが知れたものだとは思いますが、しかし、左近《さこん》が愚痴っていましたよ。あれは抜頭《ばとう》の面のなかでは気に入りだったのに、てね」

「そら悪かったたな」

おしゃべりな連れに一瞬だけ目を遣り、鬼は気のない返事をした。そして、再び手の中に目を落とす。その、何かに気をとられている鬼の顔を、男は窺うように見た。

「おや、それは」

と言ったのは、のぞきこんだ鬼の手の中に、薬の包み以外にもう一つ、小さな布袋が見えたからだった。

「さっきの姫君のものですか。守り袋のようですな」

「ああ……」

「ついでに掏摸とってきたわけですか」

こういうものは案外、面白いことが判るかもしれませんよ、と手を延ばしかけた機先を制し、鬼は言った。

「常陸《ひたち》、城のほう、お前に任せられるか」

言いながら、薬の包みともども、守り袋を懐にしまいこんでいる。

「私ひとり、ですか」

「大川の端に左近が待っとる。京橋口のほうや。手が足りんようなら、寺から加勢させる」

しかし、と鬼は薄く笑った。

「たかのしれた城の影相手や。二人で十分やろ」

「若……」

あからさまな当て擦りに、常陸は不快げに顔をしかめた。

別にそういうつもりで言ったわけでは、という常陸のいいわけを、鬼は聞かなかった。

「ちぃとばかり寄り道したいとこがあってな。結果は夜にでも寺で聞く。きっちり片付けろ。このところ奴らの息のかかった舟荷がますます増えて湊の見張りにも仰山《ぎょうさん》手ぇ割《さ》かなならん時期やいうのに、〈在京《ざいきょう》〉の連中がうるそうてかなわんさかいな――ほなな」

何か言いたげな常陸を置いて、鬼はさっさと足を早め、歩き出した。

その背中をしつこく、声が追ってきた。

「寄り道って、どこへです」

「野堂町《のどうちょう》や。あの爺に訊いときたいことがある」

振り返りもせずにそう言ったあと、鬼は少しばかり顔を歪めた。

そういえば、この間、お前の手は借りないと大見得を切ったところだった、と思い出したのだ。

だが、

（まあ、あいつも……）

このおれがひいきにしてやっているから、この大坂の町で順調な商いができている面もあるのだ。憎まれ口の一つくらいはたたくだろうが、頼みを断りはしないだろう。

金はいつも十分に、用意していることでもあるし。

懐の重みを確かめながら、鬼はそのまま南に向かって歩いていった。

六　千貫櫓

「だから無茶はよせと言ったのだ」

あやから一通り話を聞くや、鴉は珍しく声を荒げた。

大坂城内、千貫櫓の二階である。日没にはまだ少し間のある黄昏の空が、格子の向こうに広がっている。

あやはさすがにうなだれて、老忍びの前に座っていた。

「怪我ひとつなかったからよかったものの、下手をすれば殺されていたぞ」

そう言われて、反論する言葉はあやにはなかった。

内本町で襲いかかってきた錫杖の男のほうは、そう問題ではなかったと思う。だが、その後はといえば、あやが影の役目について以来、初めてともいえる大失態だった。殺されずにすんだのはまさに幸運で、ただ相手にその気がなかっただけなのだ。

結局、危険を冒して手に入れた薬の包みも、奪い取られてしまった。近江屋のほうがこれで警戒するようになれば、尻尾もつかみにくくなる。

「相手が何者なのか、どれほどの力を持っているのか、まったく見当もつかない状態で、無闇と動くものではない。そのくらいのことが判らぬあやではないだろうに。ましてや今はただでさえ人の足りない状況だ」

いったいどうしたのだ、と鴉はため息をついた。

咲が城を離れてから勘が狂ったのではないか。そうでなければ、

「今の御城代のもとでの最後のお役目と思うあまり、気負いすぎているのではないか」

と、鴉は言った。

そんなことはない、と言い返したかった。

だが、確かに、今日の失態はいつものあやなら考えられない迂闊さだった。

錫杖の男と対峙したときにはあくまで冷静でいられたというのに、あの鬼の顔を見たとたん、頭に血が昇ってしまった。

何よりも、

(後先考えずに追い掛けたのがまず失敗だった)

あの鬼が相当の使い手であることは、塀端の斬り合いの際に判っていたはずだ。にもかかわらず、無策に追い掛けたのがそもそもの間違いだった。

「二度と、今回のような無茶はするな。今日のことは御城代には伏せておくが」

もし知られれば、影としての資質まで疑われかねない事態だとは、あやにも十分に判っていた。そして、影として認めてもらえなくなれば、あやなど、教孝にとって何の価値もない存在になるのだ――もっともあと一月もすれば、いずれにせよそうなるのだが。

「すみません」

あやはもう一度、鴉の前に深く頭を下げた。

まあ、もうよいが、と鴉は首を一振りし、

「すんだことはしかたがない。それよりも、この後のことを考えなければな」

薬の包みは奪われ、あやの身は危険にさらされた。が、その代わりに得たものもある、と鴉は言った。

「ここまでくれば、今さら後にも引けぬ。こちらの動きも悟られてしまった以上、もはや江戸に行った連中が戻るのを待っている余裕もなかろうし」

ええ、とあやもうなずいた。

わずかではあるが、これまで見えていなかったものが、この一件で見え始めていた。

まず、あやを襲い近江屋の包みを取り返そうとした錫杖の男のことだ。

京都にいた頃丈庵のもとを足しげく訪れていた僧侶と、同一人物だろう。広隆寺の僧侶との触れ込みだった男である。頬の傷という特徴も一致しており、ほぼ間違いあるまい。

「そやつが近江屋の意を受けて動いていたとなると――」

東町奉行所の闕所役与力由比政十郎が近江屋の後ろにいることは、確実なのであるから、

「丈庵と近江屋、ひいては丈庵と由比は、あの錫杖の男を通じて、闕所騒ぎ以前にすでにつながりを持っていた、と考えられます」

由比は、山崎丈庵という男のことを、闕所役の掛かりとして接する前に、すでに知って

いた――となれば、丈庵の闕所はたまたま月番だった由比の掛かりとなったのではなく、なるべくしてなったのだ、という可能性がますます高くなる。

　つまり、由比が――あるいは彼の後ろにいる何者かかもしれないが――何らかの企みをもって、かねてから知り合いであった丈庵を闕所処分にした、ということだ。もちろん、そのためには行方知れず、欠落という理由がいる。丈庵を、文字通り帰らぬ人としなければならなくなる。

「それだけで丈庵殺しも由比一味の仕業とは言いきれませんが」

　企みの首謀者には、丈庵が生きて大坂に暮らしていたのではまずい何らかの理由があったわけだ。彼らの目的が丈庵の闕所にあったのかその殺害自体にあったのかは判らない。

「たしか、錫杖の男は京都で姿を晦ました丈庵を、探し回っていたと言われましたね」

「うむ」

　それは、この場合どういう意味を持つのだろう。

　もともと、錫杖の男と丈庵には親交があった。それが、丈庵が突然の転居という形で姿を消したため、断ち切られた。三年の歳月を経て再び大坂で巡り合ったとき、丈庵と錫杖の男との間にはすでに意思の疎通はなく、片方は町奉行所与力の意を受けて動き、片方はそのために踏み潰され命まで落とすこととなった。

「いったい京都にいた頃の丈庵と錫杖の男との間に」

　どのようなつながりがあったのか。

やはり、それが鍵だった。

そこが判れば、かなりのことが見えてくるはずだ。

狙われているのがなぜ薬屋なのか、ということもだ。

「しかし、まったく判らんのは、その鬼の面の一味のことだな」

老忍びは腕組みをして唸った。

「そうですね」

あやとの争いを見ていながら錫杖の男に与《くみ》しなかったのだから、奴らは由比や近江屋の仲間ではない。

だが、丈庵のまわりをうろうろし、

（命が惜しければこれ以上かかわるな）

とあやを威している。おまけに近江屋の薬の包みを奪っていった。

この一件に重要な関わりを持つことは確実であるのに、

（まったく正体がつかめない）

あやに判っていることといえば、一味の頭と思われるあの男の、白い美貌だけである。

（二度も直接接触しているのに、その素性の見当も付かないなんて）

悔しくてならなかったが、それが事実だった。あやの実力なのだ。

唇をかみ、薄く痣の残る手首に目を落とせば、鬼の手にねじあげられた痛みが、またよみがえってくる。

「もういい、あや」

鴉はそんなあやに、優しい声をかけた。

「焦ることはない。丈庵のことは儂も続けて調べる。お前は疲れているのだ。今日はゆっくりと休むことだ。一晩ゆっくり眠れば疲れもとれる。明日になれば、下屋敷に顔を出すといい」

「下屋敷、ですか」

「お千代が待ちかねているそうだ。ようやく熱も下がったらしい。あのお姉ちゃんはどこにいったのかと、あやに会いたがって駄々をこねていると、中岡殿から使いがあった」

「お千代ちゃんが」

騒ぎに紛れて、束の間、失念していた名前だった。

親をなくして独りぼっちの可哀相な子が、自分に会いたがっていると聞いて、あやは胸に温かなものが戻ってくる気がした。少なくとも一人だけは、こんな自分のことを待っていてくれるものがいる。お千代が回復したとなれば、丈庵に関しての調べも進むかもしれない。そう思うことよりも、ただ自分を待ってくれていることがうれしかった。

明日の朝いちばんに下屋敷に顔を出そう。その前に松屋町によって、饅頭でも買っていってやろう。

あやの顔にようやくかすかな笑みが戻るのを見て、鴉は安堵したようにうなずいた。

翌日は、夜明け前から再び雨が降り始め、肌寒い朝になった。

「お姉ちゃん」

下屋敷に姿を見せたあやを見るなり、お千代は顔を輝かせ、駆けよってきた。

今日はさすがに納戸に閉じこめられてもおらず、夜具に横たわりきりでもなかった。賄いの女中の部屋を借り、起居しているという。

頬がほんのりと赤いのは、まだ微熱が残っているせいだろうか。新しい鹿の子《かこ》の着物を着せられて、どことなく居心地悪そうに、恥ずかしそうにしていた。

「元気そうで、安心したわ」

あやはにっこりと笑い、手土産の饅頭をお千代に渡してやった。

「お姉ちゃんこそ……心配しとったんやで。昨日、来てくれへんかったから」

とこましゃくれた口調で答えたお千代は、あやが昨日何をしていたのか知っているのだろうか。訝るあやに、お千代はくるりとした瞳を向けた。

「お父ちゃんを殺した下手人《げしゅにん》を探してくれてるんや、って聞いたんや。悪い奴らを捕まえるんがお姉ちゃんのお役目や、て」

「そう」

言ったのは、中岡あたりだろう。おしゃべりな、と思わないこともなかったが、それでお千代があやに気を許してくれるのなら、それにこしたことはない。あやが部屋に入り腰をおろすと、お千代は、饅頭の包みを開けるのもそこそこに、あやの真向いに座り、何やら思い詰めた顔になって言った。

「なあ、お姉ちゃん。うち、お父ちゃんの仇をとりたいんや。うちにできることやったら何でもする。いくらでもお姉ちゃんの手伝いする。せやからなんでも言うてほしいんや。な、お父ちゃんを連れてったあのお侍が誰か、もう判ってるん？　捕まえられそうなん？」

「お千代ちゃん……」

「あのお侍の顔やったら、うち判ると思う。探すんやったら手伝うで。今度お姉ちゃんが出かけるときにはうちも連れてって。な、ええやろ、な？」

「お千代ちゃん」

ちょっと待って、とあやは身を乗り出してくるお千代を手で制した。

「お千代ちゃんの気持ちは判るけれど、そういうわけにはいかないわ。あなたをこの屋敷の外に連れていくのは無理よ。いつ町奉行所の目に留まるか判らないもの」

目に留まれば、まず第一にお千代の身が危ない。それ以外にも、奉行所同心の手からお千代を奪ったのが城の者だと知られたら、すぐさま教孝の責任問題になりかねない。由比のやり方は確かに無茶ではあるが、城代として正式にもの申すのならばともかく、影を使って干渉したことが公になれば、やはりまずい。

「だから、あなたはこの屋敷の内にいて頂戴。どんな小さなことでもいい、あなたが知っていることを教えてくれたら、それを頼りに私が下手人を捕らえてみせるから」

「そんなん――嫌や」

お千代は、きっぱりと頭を振った。

「お父ちゃんの仇はうちがこの手で捕まえるんや。他人任せになんか、してられへん」

「お千代ちゃん、我儘を言わないで」

「うち、嫌や。自分でやるんや。そやないと、仇討ったことにならへん」

お千代はきっとした眼差しであやを見上げ、絶対に嫌や、と言いはった。

それでもだめ、と繰り返すと、ふいと顔を背け、

「手伝わせてくれへんのやったら、うち、何も教えたげへんよ」

そう言った語尾が急に震えた。

と思うまもなく、お千代の双眸《そうぼう》から大粒の涙が零《こぼ》れ出し、膝を濡らした。

それでも泣き声を上げまいと唇をかむ姿が哀れだった。

あやは思わずお千代の肩を抱き寄せかけた。

その腕が止まったのは、思いもよらぬ言葉を投げられたからだった。

お千代が涙まじりの声で言ったのだ。

「お姉ちゃんやったら、うちの気持ち判ってくれると思たのに。お姉ちゃんかて、お父ちゃんを町奉行の役人に殺されたんやろ。それで、仇討するためにお城におるんやろ。そのために、剣術もならってご城代さまにお仕えしてるんやろ」

「――そんなことを、誰から聞いたの」

思わず声がとがるあやに、お千代ははっきりと答えた。

「ご城代さま」

「城代さまが……」

あやは一瞬、どう反応していいのか判らなかった。

わざわざ直々に、孤児の町娘に目通りして言葉を交わしたというのも教孝らしい。が、仇討のために城にいる。そのために武芸も身に付け、影となった。教孝は本当にそう思っているのだろうか。今まで影役として闘い傷ついてきたのも、すべて仇討のためだと。

もちろん、それは嘘ではない。

今回のように、由比政十郎が絡んでいるとなれば、父母の無念をはらそうと必死になってしまうことも確かだ。

けれど、まったくそれだけだと教孝の口から言われてみると、それは違うと思う心がわき上がってくるのが、あやの正直な気持ちだった。

今までこの町を守るため懸命になってきたのは、この城に暮らし大坂の町を統べているのが、他ならぬ教孝だからでもあるのだ。それでなければ、父を殺し母を踏みにじったこんな町など、とうに捨て去っていたかもしれない。

……十年前、教孝と出会った日のことを、あやは昨日のことのように覚えている。

母に手を引かれ、あやは雪の町をふらふらと歩いていた。

何かに憑かれたようにさまよう母の顔は蠟《ろう》よりも白く、その手は冷えきっていた。

どこをどう歩いたのか、ふと見上げると目の前に悠然と立つ大坂城があった。そびえる石垣、その向こうに見える白壁の櫓――。

ためらわず、母はあやを抱き上げた。氷の張った外堀に身を投げるのに、一瞬の逡巡も彼女は見せなかった。

たまたま堀端を見ていた定番同心がおり、すぐさま二人は水から引き上げられたが、すでに母の命は尽きていた。

九死に一生を得たあやの身命は、それ以来、大坂城代のものとなったのだ。

独りぼっちの淋しさも、父母を亡くした悲しさも、すべて教孝のもとで癒してきたあやだった。

父母の仇を討ちたかった。

あるいはそれ以上に、寄る辺ない孤児を温かな眼差しで育ててくれた教孝の、役に立てる自分になりたかった。

（けれど――）

それはあやの思いであって、教孝に――小田原十一万石の領主であり三河《みかわ》以来の名家の裔《すえ》である男に、そんな気持ちを判ってくれというほうが無理なのだろう。小娘一人が教孝さまのため、と思い詰めたところで、向こうにしてみればきっと何の意味もありはしない。

拾って育ててやった哀れな孤児に父母の仇をとらせてやろうと思いやるのが精一杯で、対等な一人の人間として相手にしてくれるわけはなかった。十年前に拾った子供が、いつのまにか娘と呼ばれ女の想いを抱く年齢になっていることなど、きっと教孝は気付きもしていないのだ。

教孝にとっての女性はお八重の方だけ。名家の姫君に恥じない素養と品性を備え、教孝の心を受けとめるだけでなく、その家筋によって教孝の行く末に光を照らすことさえ容易い女性、そのたった一人だけだ。所詮、あやには手の届かぬ人なのだ。だからこそ、教孝はあやに、大坂に残るように言い渡した。自分が去った後も大坂にとどまり、新たな城代とともにこの町を守って影として戦い続けるようにと命じた。

だとしたら、今の自分にできることは、

(せめて、力を尽くして、最後の役目をやりとげること)

それしかなかった。

そのためにも、もう絶対に、失敗はできない。

「お姉ちゃん」

黙り込んでしまったあやを、心配そうにお千代がのぞきこんだ。

「どうしたん。うち、なんか悪いこと言うた……?」

さっきまでの強気はどこへやら、上目遣いであやの表情を窺っている。あやの機嫌を損ねたと思ったのだ。あやは静かに笑って、いいえ、と首を振った。

「そんなことはないわ」

それから、一つ間を置くと、ただほんの少し残念だと思ったの、と付け足した。

「残念？」

「ええ。……だって、父上の仇を討ちたい者どうし、卑劣な男たちに家を奪われた者どうし——お千代ちゃんなら私の気持ちを判ってくれるかもしれないと思ったのは、私も同じだったもの」

「同じ……」

そうよ、とあやはお千代の顔をのぞき込み、言葉に力をこめた。

「私たちは力を合わせて仇討をすることが出来るわ。他人任せなんかじゃない。だって、私たちは他人ではなくて、志を同じくする仲間だもの」

「——」

口をつぐんだまま黙りこむお千代に構わず、あやは続けて言った。

「ねえ、お千代ちゃん。お願い。私を信じて頂戴。それに、あなたがどうしても自分の手でという気持ちは判るわ。けれど、それであなたの身に何かあったら、お父さまはとても悲しむのではないかしら。きっと浮かばれないわ。そうではない？」

「浮かばれんほうがええわ。そしたら、いつまでもうちの近くにいてくれる」

とお千代は下を向いたまま怒ったように言った。

「けど、お姉ちゃんがどうしても、言うんやったら——我慢する。お姉ちゃん、うちの命の恩人やしな。受けた恩は返さなあかん。そういうもんやてお父ちゃんも言うてた」

一つ一つ言葉を選びながらそう言うと、お千代は手の甲で涙を拭いた。

「その代わり、約束やで。絶対にお父ちゃんの仇、見つけてな。約束したさかいな」

「ええ」

あやはうなずくと、お千代の頭を軽く撫でてやった。その優しい手にお千代は一瞬だけ甘えるような笑顔を見せたが、すぐに、

「ほなら、お姉ちゃん、うち何を手伝ったらええ？　あの侍の人相書でも作ろか。それとも——」

勢い込んで再びあやに詰め寄った。

この娘の頭は、どうしてもそこから離れないらしい。

「そうね、それも後でお願いしたいけれど」

とやや苦笑混じりに言いかけたあやは、しかし、そこで言葉を濁らせた。

お千代にいちばんに訊きたいことは、実は決まっている。

いったいお千代と丈庵とはどのような関係なのか、だ。

実の親子ではないだろう、とは思っている。京都を去った丈庵がいつどこでお千代と出会ったのか、それによって空白の三年間の丈庵の足跡が少しでも追えるはずだとも思う。

だが、いざお千代の一途な瞳を目の前にしてみると、それはなかなか訊きにくいことだった。これだけ父親を慕っている娘に、でもあなたたちは本当の親子ではないのでしょう、いったいなぜ一緒に暮らしていたの、とは切りだしにくい。

「お千代ちゃんが伏見町に越してきたのは今年の夏だったわね。丈庵先生はどうして大坂

に越してきたのかしら。お千代ちゃんは何か聞いていない？」

　結局、その辺りから尋ねることにした。

「なんで、て……」

　お千代は一瞬首を傾げ、すぐに、

「大坂でやらなあかん商いがあるからや、言うてた」

「やらなければならない商い？　それはお医者の仕事ではなくて？」

　うん、とお千代はうなずいた。

「どうしても急いで片付けなならん仕事がある、て。そやさかい大坂の町でしばらく暮らすんや、貧乏暮らしが続くけど我慢しぃ、商いが終わったらお父ちゃんが若い頃住んどった町に移って、贅沢さしたるさかい、て、そう言うてた」

「丈庵先生が若い頃住んでいた町って、それはいったいどこなのかしら」

「さあ。けど、大坂よりもっとあったかくて豊かで、異国の品が町にあふれてる綺麗なとこや、って」

「――」

「いろんな国からいろんなものがやってくる賑やかな町やねんて。大坂での商いが終わったらそこへ行ける、お金かて仰山《ぎょうさん》手に入るし、もう追いかけてくる奴も居《お》らんやろから、こそこそ隠れんでもええようになるんやって。そやから、うち楽しみにしてた。お父ちゃんやったら、きっとそれ、本当にしてくれる。いつかきっとお父ちゃんの町に行くんや。

広くて綺麗なお家に暮らすんや、って」

しゃべっているうちに感情が高ぶり、お千代はまた涙声になった。たとえ丈庵が、由比や正体の判らぬ僧侶といった怪しげな連中と関わりをもつ一筋縄ではいかない口中医だったとしても、お千代にはそんなことは関係がないのだ。

暖かくて豊かで異国の品があふれている町――というと、

（やはり――長崎だろうか）

あやは丈庵が娘に語った情景に当てはまる町を思い浮べ、顔をしかめた。

徳川幕府は基本的に異国との自由な交流を禁止している。国が成り立って以来、中国大陸や朝鮮半島を中心に、海を越えての他国との交流に重きを置いてきたこの島国が、ここまで頑なに海を渡ることを禁じたのは、史上にも例のないことであった。上代には大陸への玄関口として栄えた瀬戸内海路の始発点、難波宮《なにわのみや》の裔である大坂の町も、今はその交流範囲を国内に止められ、小さく縮こまっている。

とはいえ、それでも実際には完全に国を閉ざすわけにはいかず、徳川幕府は四つの口だけは海外に開いていた。

すなわち、南蛮貿易で知られる長崎。朝鮮との交易を独占的に行う対馬《つしま》。琉球《りゅうきゅう》を通じて諸外国と交渉を持つことのできる薩摩《さつま》。そして、蝦夷《えぞ》地との交流に開かれた松前《まつまえ》――である。

このうち、丈庵の描いた景色にもっとも近いのは、やはり長崎であった。

対馬と薩摩は藩全体に閉鎖的なところがあって、そう簡単に他所《よそ》との出入りはできないし、松前は大坂よりも寒いところにある。

（大坂での商いが終わったら、その町に帰る――か）

丈庵は、かつてその町に住んでいたことがあるわけだ。

では、大金をあてにできる大坂での商いとは、いったいなんだったのだろう。

ひっそりと京都から大坂に移り、屋敷も構えず貧乏な長屋暮らしをしていた丈庵は、何をあてにして幼い娘に夢物語を聞かせていたのだろう。

（いずれにしても、それが事件の引き金になる「商い」であったことは間違いない）

だから、さすがにその内容までは、丈庵もお千代には話さなかったのだ。

あやは一つため息をついた。それから、ふと以前からお千代に訊ねておかなければと思っていたことを思い出し、

「お千代ちゃん」

いったん頭を切りかえると、あやは言った。

「お千代ちゃんに訊いておきたかったことがもうひとつあるの。丈庵先生のことではないのだけれど――お千代ちゃんはこんな鬼の面を見たことがない？」

と、お千代の前に広げてみせたのは、あやがあの夜の記憶をたどって描いてみた絵だった。目を釣り上げかっと口を開き、威しつけるような形相をしている。

「さあ」

とお千代は首を傾げた。こんなん知らん、と頭を振る仕草に嘘はなさそうだった。

「そう」

もともとさほど期待はしていなかったことだ。あやは、紙を畳み、再び懐にしまおうとした。

廊下を慌ただしく走ってくる足音がしたのは、そのときだった。

何事かとあやが振り返るより先に、足音は部屋に飛び込んできた。

中岡菊次郎だった。

「あや。たった今、殿さまからお使いがきた。すぐに城に戻るようにとのことだ」

と中岡は息を切らしながら言った。

「何か、あったのですか」

短く問い返したあやに、中岡は応えた。

「城に入り込んだ者がいる。例の鬼の面の一味らしい。狙いはこの前と同じ、丈庵の屍だったそうだ」

丈庵の屍は、念のためまだ埋葬せずに、塩漬けにして城内に留めてあったのだ。

丈庵の名に、お千代がはっと息を呑むのがあやにも判った。が、中岡は構わず続けた。

「屍はなんとか取り戻したらしい。だが――鴉がやられた」

瞬間、はじかれたようにあやは立ち上がっていた。

何を考える暇もなく部屋を飛びだすあやの耳に、お姉ちゃん、と呼ぶお千代の声が遠く聞こえた。

七　長崎

　息急き切って駆けつけた千貫櫓の二階で、一人夜具に横たわる老忍びは、死んだように静かだった。大量の血を失ったからか、青い顔をしている。

　枕許にあやが座ると、鴉は薄く目を開け、つぶやくように言った。

「やられた——これでもう、鋳物師には戻れんな」

「……鴉」

　あやはそれ以上言葉を続けられなかった。

　鴉の傷は、致命傷ではなかった。

　だが、右の二の腕から先を、無残に斬り落とされていた。

　いったいどうやって城内に侵入したものか、黒装束の二人組は、白昼堂々と城代屋敷に潜り込み、丈庵の屍からその首だけを斬り落とした。そのまま首を小脇に抱えて、すぐ北にある西之丸蔵屋敷の塀を乗り越え、外堀に降りようとしたのだという。堀を渡り、京橋口から逃げるつもりだったのだろう。

　最初にそれを見付けた京橋口定番の同心が、まず一太刀で斬り捨てられた。

続いて駆け付けた蔵屋敷の役人も、二人ばかり重傷を負わされた。思わず目を見張るほどの手練《てだれ》だった。それはすぐに判った。

そして、

「もう昔のようには動けん。それも判っておったのだがな」

影役としてかつては刃の下に身を置いたこともある老人は、同心たちが次々とやられるのを見過ごすことができなかったのだ。

加勢にでた鴉は、敵の一人には手傷を負わせた。その代償が、右腕だった。

許せない、とあやは両の拳を握り締めた。

鴉を斬り伏せ、ようやく集まり始めた人数に怯《ひる》んだのか、そこで丈庵の首を置いて、賊は逃げた。相手にしてみれば、目的は達成できなかったわけだ。が、しかし、この間の道修町のときと同様に、一事が万事、城の者を舐めきったやり方だった。小田原組の隠密衆も引き揚げた今の城など恐るるに足らず、と言わんばかりである。

「相手の顔を、見ましたか」

あやは怒りに震えそうになる声を抑えながら、尋ねた。

「ああ。一人は、大柄な男だった。歳の頃は二十代半ばほどか。骨張った顔の――あるいは、あやが道修町で会った男かもしれん。手傷を負わせたのは、そちらのほうだ」

「ならばもう一人は、あの鬼ですか。白い、綺麗な顔をした」

そうに違いないとあやは思った。

老いたとはいえ、若い頃には相当の使い手だったといわれる鴉だ。その腕を鮮やかに斬って捨てるほどの実力者が、そうそういるとは考えられなかった。

だが、勢い込んでいったあやに、意外なことに、鴉は首を振った。

「いや、違う。小柄な奴だった。白い顔をしていたが、あれは」

あるいは女ではないか、と鴉は言った。

「女にやられたとは、情けないがな……」

「女——ですか」

信じられない思いで、あやは聞き返した。これだけの使い手が、あの鬼の他にもいるとは思い難かった。しかもそれが女だとは。

「しかとは判らんが、そういう匂いがしたのだ」

言って、鴉は束の間、夢を見るように目を閉じた。

それから、もう一度目を開けてあやを見ると、

「奥の棚にお千代の守り袋がある」

と視線で指し示した。

「知り合いの小間物屋に尋ねたのだが、南蛮渡りの細工物ではないかと言っておった」

「南蛮渡り、ですか」

「長崎の唐物問屋に、似た細工を扱う店があるそうだ。丈庵は、どうやら長崎と出入があったようだな……」

そこまでで、気力が尽きたのか老人の声は途切れた。一瞬あやはどきりとしたが、かすかな寝息が後に続くのを確かめ、ほっと安堵の息を洩らした。

「――ゆっくり休んでください。後のことは、私がひきうけますから」

たとえどれだけの手練《てだれ》が相手でも、ここまできたら、大坂城御城影役の名にかけて、退くつもりはなかった。

堅い決意をこめてつぶやくと、鴉の夜具を掛け直し、あやは立ち上がった。

奥の棚から、刺繍細工の守り袋を手に取る。

（長崎――、か）

お千代の話からあやが推察したのも、長崎という町だった。

その長崎と、殺された口中医に薬屋、道修町が結びつき、

（どこかで町奉行所の役人も、絡んでいる――）

あやはぐっと唇をかんだ。

十年前と同じだ、と思った。

あやの父親、芹沢籐九郎は、十年前に美濃屋喜兵衛という唐物問屋が企んだ長崎での抜け荷事件を暴こうとして、謀殺されたのだ。そのとき、父を陥れようと直接的に動いたのが由比政十郎だった。

その由比が、十年たった今、再び長崎をめぐる事件と関わっている。

（今度こそ――）

あやは両の拳に力をこめた。

今度こそ、奴らの尻尾をつかんでみせる、と思った。

道修町と、長崎が、絡んでいる。

その二つの町をつなぐ線といえば、なんだろう。

長崎は南蛮貿易の玄関口である。

一方で、考えてみれば、道修町で取り扱う薬種の八割以上が、長崎を経由して送られてくる唐薬であった。

長崎会所を通さぬ海外との直接取引は禁じられているが、大坂は国内における唐物流通の中継点でもある。長崎に次いで抜け荷の多い町といわれる所以《ゆえん》である。

（丈庵が大坂でやろうとしていた「商い」とは、唐薬の抜け荷売買に関わるものではないか）

もしそうだとすれば、近江屋の包みを奪われたことは悔しかった。あれが決定的な鍵となる品だった可能性は高い。

あやはお千代の守り袋を懐にしまうと、老人の眠りを妨げぬよう、いったん階下に下りることにした。

梯子を降りる途中で、ふと、あやの心に浮かんだ疑問があった。

（それにしても、いったいなぜ、そうまでしてあの鬼たちは丈庵の亡骸を欲しがるのだろう……？）

やはりどうしても、彼らについての手がかりは、足りなかった。

千貫櫓の階下に下りたあやは、もう一度念のため、十年前の父の事件の記録も見直してみようと思いついた。何か、今回の事件につながる手がかりがあるかもしれない。

「城のほうは失敗《しくじ》ったらしいな。お前らにもうまくいかんことはあるわけや」

白髪の老人の皮肉混じりの言葉に、空の猪口《ちょこ》を指先ではじき、白い美貌の若者は苛立たしげに舌を鳴らした。

薄汚れた狭苦しい居酒屋だった。酒の匂いと客の体臭が、飯台や腰掛けにまでしみついた店である。辺りは、奥の座敷で女に客を取らせるような、猥雑な店の並ぶ島場所（江戸でいう岡場所）だ。

客は一人――若者だけで、厨房を見渡せる飯台の前に座っていた。

杯を前にしながら、彼は実は酒は一滴も口にしていない。老人が出してきた徳利になみなみと入った酒に手をのばそうともしない。お務めの途中では飲まない、というのがこの若者の習慣なのだ。

店の主である白髪の老人などは、そんな彼の一面子供じみた生真面目さをものたりなく思うこともあるのだが、口にしたことはなかった。重い由緒のある名を若くして襲ってしまった者の気苦労は、判らないでもないからだ。ことに今回は、彼は二つばかり同時に厄介な荷を背負っている。余裕のない状況で、昨日の失態は痛いはずだった。

「常陸はともかく、左近が一緒で失敗るとは思わんかった」

苦笑する、若者のその目は決して笑っていない。

城に忍び込んで、山崎丈庵の首を取り戻してくる。たったそれだけの仕事を、彼の手下たちは失敗ったのだ。夜のうちに城に忍び込み、城代屋敷から塩漬けにされた件《くだん》の獲物を盗みとるところまでは簡単だった。だが、夜明けまでに城を出るつもりが、たまたま京橋口近くで酔っ払いが堀に落ちる騒ぎがあった。城内の目が堀端に集まり、そうこうしているうちに、逃げる機を逸してしまった。

仕方がないから一晩待とう、という常陸を押しきったのは、一党の紅一点でもある左近と呼ばれる娘のほうだったらしい。

若いがその腕は男たちにも一目置かれている娘だけに、驕《おご》りがあったのか、たかが城の番方程度に何を怯んでいる、といい、白昼堂々、突破しようとした。が、案の定、気付かれて失敗ったのだ。

いつもの彼女からは考えられない失態だった。

（これだから女は――）

と思わずにいられない。

これでまた、京都にせっつかれた寺のお偉方が、やいやい言い始めるだろう。偉そうなお題目を掲げ、命じられたこと以外にまで手を出そうとするからこんな失態を演じるのだ
――などと。

「まあ、猿も木から落ちる、言うしな――猿や言うたら左近の嬢ちゃんはえらい怒るやろけど」

白髪の老人は、肩をすくめ、のんびりと言った。

「けども、もともとお前さんとやるはずやった仕事を常陸に回したからや、責任はそっちにある――言うて、ここきて連れに当たり散らしとったで、あの別嬪さんは。なんや近頃、不機嫌やなあ、いうて、常陸のぼんも手ぇ焼いとった。お前、なんやあの娘を怒らせるようなことしたんと違うんか。そもそも、こんな大事なお役目を他人任せにするんがお前らしゅうないわな。……お城の堀端でえらい美形の姫君に逢《お》うたいう話やったけども、それで」

「黙れ」

そこで、中空をにらみつけながら何やら思いをめぐらしていた若者は、ようやく顔を向けた。

「こっちの事情にいちいち首つっこむな――客の話盗み聞きしてあちこちに言い触らすんがお前の店の流儀か」

不機嫌を顕《あら》わにした若者の返事に、老人はまるで動じなかった。

「そやなかったら、便利屋稼業なんかやっとれんやろ。聞かれとうなかったら、これから悪巧みは他所《よそ》でやってもらおか」

にっこり笑っての切り返しに、若者は無言で立ち上がった。

本当にさっさと店を出ていこうとする背に、老人は苦笑を浮かべ、まあ待てや、と引き止めた。

「何もそう急《せ》くことないやろ。例の件、調べが付いたんや。そのお城の姫君の話や。間違いない、あの娘、芹沢籐九郎の忘れ形見やで」

若者はゆっくりと、振り返った。

視線で問い直す彼に、老人は、懐から赤い擦り切れかけた守り袋を取り出して言った。

「お前のにらんだ通りや。まあ、あれほど母親に生き写しやったら、阿呆でもぴんととくるやろけどな——お前から預かったこの守り袋な、中に入っとる珊瑚《さんご》の根付、彫った職人が太鼓判押しよった。二十年も前に、東町の役人に頼まれて作ったそうや。珊瑚は厄除けや、言うからな」

無言のまま、手渡された守り袋を見つめる若者を前に、老人はさらに続けた。

「……城に拾われとったんやなぁ、あのときの娘。すっかりお前らの商売仇いうとこが巡り合わせやな。新町女郎に売られるよりはましやろけど、どうやら、今度のことも、双親《ふたおや》の仇討やいうてえらい気ぃ入れとるみたいでなぁ。まあ、どれだけ太刀打ちできるか、楽しみなもんや」

本当に楽しそうな老人に、若者は、あほか、と苦々しげに言った。

「あの程度の腕で何ができる。それに、この町守るんは城の者《もん》やない。他所者《よそもん》に手は出させん」

力をこめて言う若者に、老人はそうかと軽く応え、けどな、と付け足した。

「お前らかて、ええ加減で口中医のほう、片付けんことには、〈在京〉の連中に筋が通せへんのやろ。ぼやぼやしとったら、また寺の連中に言われるで。湊で抜け荷舟の見張りすんのもええけんど、そないな徳川幕府の片棒担ぐような真似、本当は弓月王《ゆづきおう》の名を持つ者のすることと違う、古来難波宮より伝わる名を汚す真似だけはしてくれるな――言うてな」

　とたん、若者は表情を強ばらせた。

「余計なお世話や。金ももらっとらん商いまで口挟むな」

　苛立たしげに言って、今度こそ若者は店を出ていった。

　こんなときでも足音荒く、とはならず、口とは裏腹にそれなりに優雅に動いてしまうのは、さすがに生れついての雅びな血筋というのだろうか――と老人は妙に感心しながらその背を見送った。

　改めて思えば、あの年若い友人は、悠《はる》か昔この浪華の創建にさえも関わったという由緒ある血筋に生まれ、受け継いだ偉大な祖の名にふさわしいだけの力を身に付け、大勢を手足として動かせるだけの地位にある男――なのだ。加えて容姿にも恵まれている、とくる。

「あとはもう少し酒と女のあしらい方が判っとったら言うことあらへんのやけどなぁ。どうも融通のきかんとこがあってかなわんわ」

　つぶやきながら、老人はわずかに苦笑した後、

「ま、こっちものんびりと他所の商いの世話しとる場合と違うわな。そろそろ出かけんと、西之丸の殿さんは気の短いお方やさかい、怒って帰ってしまわはるわ」

さて、とひとつ伸びをすると、老人は店の奥に姿を消した。


あやは再び城代屋敷の書物部屋にもぐりこんでいた。

十年前の吟味伺書を棚から取り出すと、壁に掛けた手燭の灯を頼りに目を通していく。

美濃屋喜兵衛の事件に関しては、すでに一度は読んでみたことがあった。だが、父が身命をかけて突き止めようとした抜け荷事件は結局公にならなかったため、事件は与力芹沢籐九郎の収賄事件としての扱いでしかない。父芹沢籐九郎が収賄の科人《とがにん》として悪し様に書かれていることに耐えられず、そのときは途中で帳面を閉じてしまったあやだった。

だが、今度はそうはいかない。今回の事件と少しでも関わることがないか、どんな些末なことでも見逃すまいとあやは帳面を繰った。

鬼の面。由比政十郎。長崎。道修町。唐薬。どれでもいい。どんなことでもいいのだ。

(何か、つながりがあるようなことが……)

懸命の思いで、あやは目を走らせた。

しかし、そう簡単には思わしい結果は得られなかった。

記録には当たり障りのないことしか書かれていない。肝心の抜け荷について秘しているため、どれもみな奥歯に物の挟まった書き方でしかないのだ。八割がた読み終えた当たりで、あやはあきらめかけていた。

やはり、町奉行所の記録などあてにしてはいけないのだ。同じ由比政十郎が関わっているとはいえ、十年前の一件とつながるとは限らないではないか――そう思い、帳面を閉じかけたときだった。

あやの目に一人の名前がとびこんできた。

美濃屋友太郎、という男がいる。美濃屋喜兵衛の倅で、火事で焼死した父親に代わり、芹沢簾九郎に賄賂を渡したと証言した人物である。当時二十四歳で、唐物問屋の跡取りに生まれながら商いを嫌い文武に精を出し、父親とはあまり仲がよくなかった。事件の後、蘭学の修業をするために、長崎に渡っている。本来ならば父の賄賂の罪は倅にもかかってくるはずだが、友太郎は直前に美濃屋の人別を離れ、蘭学の師匠の養子となっていたため、難を逃れたのだ。

その友太郎が、取り調べを終え長崎に旅立つにあたって、自分は美濃屋の商いとは関わりがなかった旨をしたため、師匠と連印で一札を奉行所に提出している。

あやの目を引き付けたのは、その師匠の名前だった。

山崎慶庵《けいあん》、というのである。蘭学を学んだ外科医だと記されている。住所は大坂の平野町。そして、美濃屋友太郎は、生家と縁を切り慶庵の養子となった証として、その一札に山崎友太郎と署名していた。

あやは、背筋がぞくりとするのを感じた。

山崎、である。

十年前、二十四歳だった山崎友太郎という男が、医者の師匠とともに大坂を去り、長崎に向かった。そして十年たった今、長崎からきた三十四歳の山崎丈庵という口中医が、抜け荷事件に関わって殺され、死体となってこの城内にいる――。

その一致は、偶然だろうか。丈庵が医者にしては珍しく武芸を身に付けていたという点も、美濃屋の友太郎と合致するのだ。

あやの耳に、〈よしの〉に相談に行ったとき、咲が言っていた言葉がよみがえった。山崎丈庵という名に聞き覚えがあると咲は言った。ずっと以前、城にいた頃に聞いたことのある名前だと。

（このことだったのだろうか。咲姉さんは、山崎慶庵という名前を覚えていて、それで……）

姉妹のように仲良くしていたあやの父親のことだ。咲が興味を覚えて吟味書に目を通していたとしてもおかしくない。頭のどこかに、似た名前が残っていて、それであんなことを言ったのだろうか。

咲に確かめてみなければ、と思った。だが、その前に、このことを教孝に告げておいたほうがいい。

あやは急いで立ち上がった。

慌てていたためか、手燭を壁からとろうとした拍子に隣の棚にぶつかり、上から数冊の帳面が床に落ち散らばった。しまったと顔をしかめ、あやは帳面を拾い集めた。

何気なく表紙を見ると、「文政十年切支丹《きりしたん》一件」とある。いつだったか新吉が言っていた「大塩さんのキリシタン騒ぎ」の吟味書だった。

（そういえば、この事件も長崎と関わりがあった――）

キリシタン詮議が尾を引き、御禁制の蘭学書の取引、ひいては長崎との唐物売買に至るまで、捜査の手は及んだ。

まさかとは思うけれど、と表紙をめくってみたのは半ば以上気紛れだった。

だが、数丁も紙を繰らないうちに、あやは自分の顔色がはっきりと変わっていくのを感じた。

（――咲姉さんが言っていたのはこのことだったのだ）

「あやさん。よかった。心配しとったんです。あれから一度も顔見せてくれんさかい、なんかあったん違うか、て。安心しました。本当《ほんま》に」

幾日かぶりで訪れた南組の惣会所で、新吉はあやの姿を見るなり、大きな声を上げて飛びだしてきた。

手を取らんばかりにしてよかった、よかった、と繰り返す笑顔は、あやが抱いていた、あるいは迷惑がられるのでは、との不安を一瞬で拭い去ってくれた。

「ごめんなさい、あれから少し、取り込んでいたから」

言いながら、それでも、あやはこの間のことを忘れたわけではない。辺りを見回し、近くにまたあのお道という娘がいるのではと気を遣ったが、新吉は困ったように頭を掻いた。

「そないに気ぃ遣わんといてください。こないだは、本当に申し訳ありませんでした。お道ちゃんにもあれからようよう言うてきかせました。あやさんがどんなにわいにとって大切な人なんか。どんなにわいのために苦労してくれはったか。そやさかい、本当に遠慮なんかせんとってください。わいはあやさんに恩返しがしたいんです。お役に立てるんやったら、どんなことでもしますさかい」

「――ありがとう」

そこまで言われると逆に、自分はそれほどの骨折りを新吉のためにしただろうかと疑問にも感じる。

だが、今のあやには、そんな自身のためらいに耳を貸せるほど、気持ちに余裕がなかった。この間のことがありながら、あえて再び新吉を訪ねたのも、ここまできたら多少のことは構っていられないと判断したからだ。

(お道さんには悪いけれど……)

この一件には、町の民の平穏な生活と、何より幾人もの命がかかっている。名奉行高井山城守のもとで清廉潔白だったはずの東町奉行所に、十年前からかかったままの黒い霧を晴らさないことには、安心できる町の民の暮らしがなりたたない。

「この間の口中医殺しに関わることなのだけど」

あやは、新吉の案内で人気のない庭先に場所を移すと、もう一度慎重に辺りに気を配りながら、口を切った。この先は、迂闊に人の耳に届いてはならない内容になる。

「新吉さんにどうしても調べてほしいことがあるの。いいえ、思い出してもらいたいこと、と言ったほうがいいかもしれない」

「なんでも言うてください。わいにできることやったら」

と再度繰り返しかけて、新吉は、

「思い出してほしいこと、ですか？」

どういうことだろう、と首を傾げた。

ええ、とあやはうなずいた。

「三年前のことなの。――三年前の春に、京都であったこと」

「え――て、なんでっしゃろ」

きょとん、と新吉は聞き返した。

「三年前、いうたら、ええと、わいがまだ賭場に居《お》った頃で……」

「人殺しの仲間を逃がすために京都に行った、と言っていたでしょう。……そのときに京都で何があったのか、どんな小さなことでもいいから、教えてほしいの」

あやは辺りに目を走らせながら、さらに声を落とした。

「もしかしたら例の口中医殺しは、三年前のキリシタン事件ともつながっているかもしれないの」

「え——」

新吉は目をぱちくりさせた。

さすがにそれは、思ってもいなかったのだろう。

「なんで、また……」

と、言ったきり言葉を継げずにいる。

実はあやにも、まだ半信半疑なところはあるのだ。

抜け荷ばかりではなく、三年前に落着したはずのキリシタン事件までが、今になってこの殺しと結びついてくることがあるだろうか、と。

しかし、山崎丈庵は、十年前、医学の修業で長崎に行った折、蘭学に造詣の深い易学者、水野《みずの》軍記《ぐんき》という男と交流を持っていた。二年後の文政五年に水野が京都に出てくるのに伴って来京しているくらいだから、かなり親しかったと見てもいい。そして、その水野軍記こそが、文政十年の一件で東町奉行所与力の大塩平八郎に捕らえられ処刑されたキリシタンの女陰陽師豊田みつぎが、長年に渡り師事していた男だった。

咲が丈庵の名を覚えていたのは、ほかでもないこの事件で、水野軍記に関わりのあった蘭方医として、丈庵が町奉行所の調べをうけていたからであった。件の事件は、名与力大塩平八郎の指揮ということもあって、大坂城代が口を挟む隙もなく調べが進んだものだったが、送られてきた吟味書は城でもくまなく目を通している。

いったん捕らえられたにもかかわらず、丈庵はキリシタンとは関わりなしとして数日で解き放たれていた。同じ蘭方医である藤田顕蔵《ふじたけんぞう》という男が必死に無罪を主張したにもかかわらず疑いが晴れず、ついに獄死にいたったのとは大きな差がある。なんでも京都の有力な寺から、丈庵はキリシタンなどではないと口利きがあったためだというが、寺の名前はなぜか記されてはいなかった。すぐに解き放たれ処罰の対象にもならなかった程度の男であるから、あやも今まで思い出すことがなかったのだ。

だが、考えてみれば、これも今回の事件と同じように長崎、京都、大坂に絡んだ事件であった。

時期的にも近い。丈庵が京都から姿を消したのは、町奉行所から釈放され、豊田みつぎの処分も決まり、一件がひとまずおさまった直後のことだった。

「私も驚いたけれど、でも、丈庵の名前がはっきりと記録に残っているわ。だから」

「確かなことや、いうわけですね。……そやけど」

なんや思とったよりずっとややこしいことになりそうや、と新吉はつぶやいた。

「ええ」

とあやはうなずいた。

あれがただの邪宗門騒ぎだけではなく、裏に今なお尾を引く別の企みまでが隠れていたのだとなれば、ことは大坂城代の権限をはるかにこえる一大事になる。

しかも、その企みが抜け荷に絡むとなれば、なおさらである。人殺しが軽い罪だというわけでは決してないが、それでも町方の口中医が一人殺されたことよりは、少なくとも公儀は重視するだろう。

そもそも徳川の幕府というのは、六十余州を行き交うあらゆる物資の流れを把握することで成り立っているところがある。流通の要である大坂を重要視するのもそのためだ。抜け荷が大罪となるのは、その根幹を揺るがす犯罪となりうるからで、ある意味で幕府への反逆でもあるのだ。抜け荷を企んだ者はすべて死罪、首謀者だけでなく、手を貸した者、知っていて訴えでなかった者までが極刑に処せられることになっている。

しかし、抜け荷を大罪とするのはあくまで江戸の武家の理屈であって、はたしてそれが大坂の商人たちを心底納得させるものであるかといえば、これは疑問であった。

あやは、もう一度、目の前の新吉を、見つめ直した。

「今すぐでなくてもいいの。どんなことでもいいから、思い出したことがあれば知らせてください。それから、もし会所のなかで町奉行所の動きについて詳しい人がいたら、尋ねてみてほしいことがあるの。大塩平八郎殿のこと。キリシタン事件を追っていたあの方は、この夏、突然に奉行所をお辞めになったでしょう。その本当の理由が知りたいの。あるいは何か裏があるかもしれない——お願いできるかしら」

「判りました、あやさん。任せといてください。こう見えても、わいも浪華の男や。頼まれたことはきっちりやりとげますよって、頼りにしとってください」

新吉は、力強くうなずいた。

その笑顔がこれまでになく頼もしく感じられ、あやもかすかに微笑んだ。

「私は他に調べたいことがあるから一緒には動けないけど」

よろしくお願いします、とあやはもう一度新吉に頭を下げると、惣会所を後にした。

ことはいつのまにか、あや一人の手に負えないところまできているのかもしれない、と思った。

それでも、一歩も退くつもりはなかった。鴉も新吉も力を貸してくれている。負けるわけにはいかない。

あやは決意を固めるように、懐に両の手を当てた。そこには父の遺してくれた守り袋がいつもある——はずだった。

が、それがいつのまにか、

(——なくなっている)

と気付いたとき、あやは何やら不吉なものが目の前を掠め去った気がして、思わず後ろを振り向いていた。

だが、もちろんそこには誰も——新吉の姿も、見えなかった。

もう一度懐に手を当てて、

(いったい、いつなくしたのだろう)

考えても、どうしても、思い当らなかった。

八　太秦広隆寺

二日後、千貫櫓のあやのもとに、御城影役の一人、今も大坂に残って役目を続けている吉次という男が知らせを持ってきた。

三年前のキリシタン事件で山崎丈庵を解き放つために動いたのは、京都は太秦、広隆寺の僧侶である――という。

吉次はもともとは名の知られた巾着切りだったが、十年以上前に城代屋敷の下士の懐を狙った折に捕えられ、罪科を見逃してもらう代わりに影となった男であった。普段はあやとあまり付き合いがなかったが、怪我で動けなくなった鴉に、あやの手助けを頼まれたのだと彼は言った。吉次が二年前から受け持っている事件が寺社開帳の裏で行なわれる博打に関するものであるため、大坂近辺の寺社にはそこそこに顔が利くからだ。

「ま、あんたが何しようとしとるか知らんけど」

調べたことを書き付けた紙をあやに手渡すと、これ以上関わりあうのは御免やで、と吉次は肩をすくめた。

「どうせ直《じき》に捨ててく町のこっちゃ。城代さんかて何も今になって昔のことまで騒ぎ立てんでも、と思たはるで。それにな、出世を前にしたお武家は、ぴりぴりしとるもんなんや。噂に聞いたけども、どうもうちの城代さん、老中首座味方に付けて順風満帆や思とったところが、最近、江戸城西之丸におる浜松の水野《みずの》忠邦《ただくに》とかいう殿さんが出しゃばってきて、雲行き怪しゅうなっとるらしいんや。水野は以前に京都所司代の職にもあって、その頃からうちの城代さんとは仲が良うなかったしな。こういうとき下手に回りうろついとると、思わんとこでとばっちり喰うで。穏やかなお人柄と思われとった先々代の御城代青山さまが、いざ大坂引き払う段になって、それまで飼《こ》うとった影役衆、口封じのためにみんな首斬ってほかしていかはった話、あんたかて聞いたことあるやろ。今の城代さんかて、いざとなったら何しやはるか知れたもん違うで。なんせ、その青山さまのお姫さんを奥方にもろたはるお方やからな」

こういうときは用心やで、用心、と繰り返して去っていく吉次の言葉に耳を貸す気はあやには毛頭なかったが、それでも調べの結果は有り難かった。

書き付けを広げ、さっそく目を通す。

丈庵を助けるために動いた僧侶は、名を皆順《かいじゅん》といった。

三年前には広隆寺にいたが、もともとは大坂の四天王寺で修業を積んでいた男である。が、あるとき大工仲間から寄進された二貫目の銀が紛失するという事件が起こり、関わりを疑われて四天王寺を出された。それ以降四天王寺とは交流がなく、キリシタン一件の際にも四天王寺側は皆順の証言には寺としては責任をもてないと返答している。もともと僧侶にしては気が荒く、同輩と喧嘩ざたもしょっちゅうで、四天王寺を出されるにあたっても、その処遇に腹を立てて大暴れしたあげく右の頬に大きな傷を負ったほどで、大坂にいた頃の評判はひどく悪いのだ。が、その後、仏道の師であった皆恵《かいけい》という僧侶の縁を頼って何とか広隆寺に転がり込んでからは、大人しくしていたようで、教義の勉学にも精を出し、同輩たちからも信頼を得ていた。が、それもキリシタン事件の後、一月ほどたった辺りまでで、その後、広隆寺の皆恵からも破門されている。

（大坂生まれの暴れ者の僧侶、か――）

由比と丈庵をつなぐあの錫杖の僧に違いなかった。あやに襲いかかってきたこともある頬に傷のある僧侶だ。その素性が判っただけでも成果は大きいと、あやは一人うなずいた。丈庵のもとに出入りしていた僧侶に心当たりはないと広隆寺は鴉には応えているが、それは偽りだったのだ。

（上代から太秦の地にある京都最古の寺、広隆寺――）

ここはやはり、直接出向いて探りを入れてみるべきだろうか。

一度教孝に相談してみよう、とあやは思った。

このところ教孝は引継ぎの準備でいっそう忙しく、あやはキリシタン事件の吟味書から丈庵の名を見付けだしたことも、まだ教孝に告げてはいなかった。

「どうも思わぬ大事になりそうだな」

教孝は、重苦しい口調で言った。

「キリシタンだけならまだしも、それに抜け荷まで関わるかもしれんとなればな」

城代屋敷の居間には、教孝とあやの他には、誰も人はいない。

「あの堀端の騒ぎが、そのような大事につながろうとは」

「まだしかとは判りかねますが」

しかし、丈庵殺しとキリシタン一件がつながるという傍証ならもうひとつある、とあやは言った。

由比の闕所騒ぎが始まった時期のことである。

今年の七月から後に、不可解な薬屋の闕所騒ぎは始まった。それがなぜなのかあやには判りかねていたのだが、実は、七月というのは、キリシタン一件を厳しく詮議していた大塩平八郎が、その職務を中途で放り出し東町奉行所をやめた月でもあるのだ。キリシタン一件の他にも、法外な布施をとっていた破戒僧を罰したり、奉行所内の綱紀を粛正したりと、数々の功績を挙げ民の人気も高かった敏腕与力の突然の引退と、それを待っていたかのような由比の動き――そこには確かに何かのつながりがあると考えておかしくはない。

そうだな、と教孝はうなずいた。

「だが、この数年、大坂で抜け荷などとは聞いたことがなかったのだが」

と続けて言った教孝はひどく口惜しそうに見えた。

自分が城代でいる限りは、この町で不祥事は起こさせない。その誇りを持って務めてきた教孝だったというのに、ここにきて町役人まで絡んでの大がかりな悪事が発覚しつつあるのだ。責任感の強い教孝だけに、つらいはずだ。

そう思っていたあやは、ゆえに、次いで教孝が言った言葉の意味が、一瞬、判らなかった。

「よしんば事実だったとしても、今は将軍家にお知らせするのは考えなければな。西之丸の小うるさい水野殿が、また騒ぎたてぬとも限らぬし……」

ことが公になれば大坂城代としての責任を問われ、政敵に口実を与え今回の老中昇進も見送りになるかもしれない。だから迂闊に表沙汰にはできない――。

そういう意味なのかと思いあたったとき、あやは無礼も忘れ、思わず主君の顔を見返していた。確たる証拠をつかまぬうちは軽々しく抜け荷などと家中の者にも洩らさぬようにと厳命した、その教孝の視線の先にあるのが、江戸城で待っている老中の席だけだとは、あやは思いたくなかった。

むろん、教孝とて野心も欲もある男だ。譜代大名の跡取りと生まれたものが、老中という職に惹かれるのはまったく自然なことだ。

だが、そのために人柄まで変わってしまう男とは、教孝は違うはずだった。

江戸へ帰る準備のために京橋口や玉造《たまつくり》口の定番とも話をしなければならないのだが、と忙しく言いながらも、心配そうにあやに鴉の具合を尋ねる、そんな教孝が、町の民の命よりも己が出世を重んじる男であるはずがない。

教孝は所詮関東に帰る身だ。だが、天下の台所とうたわれ、江戸、京都と並ぶ都と呼ばれるこの町を故郷と呼ぶ多くの者は、一生をこの町で暮らしていく。新しい命を宿した咲と初次のように。傷ついた過去を捨て新しい暮らしを見つめ始めた新吉とお道のように。そしてまた、あや自身も、だ。教孝が去ってしまった後も、あやは独りこの町で生き続ける。

（だから――）

「京都に行ってみようと思います」

あやは教孝にそう言った。

「広隆寺に一度、足を運んでみたいのです。直接訊ねても何も答は返ってこないかも知れませんが、広隆寺がこの企みに一枚噛んでいるのかいないのか、この目で確かめてきたいと思います」

たとえ止められても行くつもりだ、とでもいうようにきっぱりと告げるあやを、教孝は何か言いたげにしばし見つめていたが、ややあって視線をそらし、今晩からお忍びで下屋敷に泊まる、と言った。

「老中青山下野守殿から、火急の御使者がお見えでな。ことによれば二日ほど城には戻れぬが……」

とそこでいったん言葉を切り、

「五日後に、四天王寺に赴くつもりだ。経供養とよばれる儀式があってな。めったに見られぬ舞楽の法要ゆえ、江戸へのいい土産話になるだろう。公務ゆえ下屋敷の者たちも連れていったことはないのだが――あやには供を頼もうと思っている」

だからそれまでには大坂に戻るように、と言い、教孝は立ち上がった。あやを置いて足早に出ていくその背に、あやは黙って頭を垂れた。


教孝の居間を辞したあやは、すぐに離れに戻って簡単な旅支度を整え、京橋口から急ぎ足で城を後にした。

鯰江川《なまずえがわ》を野田橋で渡り、そのまま京街道に出る。

広隆寺のある太秦は、京都市中の西のはずれに位置していた。

洛中《らくちゅう》と嵯峨《さが》を結ぶ街道筋にもあたるため、古来より往来も盛んな地である。

京都までの往復となれば、影役として鍛えられた身とはいえ、女の足で日帰りは苦しい。徐々に調べもついてきた今になって大坂を二日も離れるのには気掛かりも多かったが、背に腹はかえられなかった。

丈庵殺しと闕所騒ぎに関わっていると思われるのは、今のところ、町奉行所与力由比政十郎と、その手下ともいえる近江屋だけである。だが、それだけでは、道修町の薬種仲間に圧力をかけたり、京都のキリシタン一件にまで絡んだりするにはあまりに小者なのだ。

何か別に黒幕がいるはずだ――と考えたときに、やはり皆順の存在は見逃せなかった。彼を橋渡し役として、広隆寺が一連の事件に関わっているとすれば、どうだろう。

有力寺社の勢力とは、徳川という武家の政権下にあっても、侮れるものではない。

確かに、かつて平安の都の政《まつりごと》さえも揺るがした南都北嶺――摂関家《せっかんけ》の氏寺であった興《こう》福寺《ふくじ》と僧兵を抱えた比叡山延暦寺《ひえいざんえんりやくじ》――や、戦国乱世において諸大名まで恐れさせた本願寺の一向一揆勢力に比べれば、今の世に残る寺院の力などたかがしれている。

が、たとえば大坂において、最大最古の寺院である四天王寺が今なお千二百石の寺領を持ち将軍家から庶民にいたるまで幅広い層の信仰を集めているように、なまじの公家や武家より力を持つ寺は、まだ存在している。

広隆寺の線も、可能性としては否定できなかった。

(白か黒か、この目で確かめておく必要がある)

あやは、まだ高い位置にある陽を仰ぎながら、京都への十二里の道を急いだ。

大坂と京都を結ぶ京街道は、枚方《ひらかた》の宿を通り、淀《よど》の城下を過ぎていく。

伏見の町にさしかかる頃には、陽が傾き始めていた。

太秦は桂川《かつらがわ》の東北、京都の市中から見れば西になる。

(今日中に着くのは無理だろう)

あやはとりあえず、四条通りに宿をとることにした。紅葉の季節だけあって、寺社への参詣客で混みあっていたが、うまい具合に空き部屋が見つかった。油屋《あぶらや》という名の、質素な宿だった。

「この季節はいつでも大忙しどす。賄い場も大わらわで……お部屋かて、相部屋でも見つからへん場合も多いんどすえ」

食事を持ってきてくれた若い女中が、給仕をしながらそう言った。年齢が近い気楽さからか、配膳を終えた後も、酒はいらないか欲しいものはないかと話し掛けてきて、出ていこうとしない。どうやら大わらわの賄い場に戻りたくないかららしい、と気付いて、あやもしばらく話相手になることにした。

「お客さん、どちらからどす？　言葉は江戸の方みたいやけど」

「大坂です。今ご奉公させていただいている方が、関東の方なもので」

お屋敷の方々の話し方がうつったのでしょう、と笑うと、

「ああ、それで。お屋敷いうことは、お武家さまに御奉公したはるんどすなあ。……あ、判った。京都にはお忍びの願かけか何かで来はったんでしょう。奥方さまかお姫さまに頼まれて、どこかのお寺さんに。この頃そういうの、多いんや——違いますか？」

きっとそうに違いない、と半ば決めてかかっている女中に、そのようなものです、とあやは曖昧に返事をしておいた。違うといえば、なら何をしにきたということになりそうだったし、もともと若い女の一人旅など不審に見られる場合が多いのだ。無難な受け応えをしておくにこしたことはない。

やっぱりそやった、と女中は手を叩いた。

それで、どちらのお寺さんですか、と言われて、あやは少し迷った。広隆寺です、とこれは本当のことを言うと、

「ああ、太秦の。――よろしおすなあ。うちも好きやわ、あの辺りは風情があって」

「そうですね」

そこで、相槌を打つあやの言葉に重なって、廊下から女中を呼ぶ声が聞こえた。どうやら油を売っているのがばれたようだ。女中はちろりと舌を出し、はあい、と大きな声で返事をした。

ごゆっくりどうぞ、と言いおいて女中が去ると、あやは改めて膳に箸をつけた。

一汁二菜の簡素な食事を終えると、あやは懐から書き物を取り出し、目を通した。

城を出る前に教孝の用人に頼んで、広隆寺について簡単に書き出してもらっておいたのだ。

さっきの女中には行ったことがあるようなことを言ったが、実のところはあやは太秦の辺りには足を踏み入れたことがない。広隆寺についても詳しいことは知らない。

ざっと目を通した書き物によると、広隆寺は、推古朝の昔に聖徳太子の発願により建立された、実に千二百年もの歴史をもつ寺院であった。奈良の法隆寺《ほうりゅうじ》、大坂の四天王寺等と並び、太子七大寺にも数えられている。創建者は、聖徳太子の側近であった秦河勝《はたのかわかつ》。応神《おうじん》天皇の世に百済《くだら》より移ってきた渡来系氏族、秦氏の長である。

大和朝廷の頃の日本には大陸や朝鮮半島から多くの氏族が渡ってきたが、秦氏は中でも最大の勢力を誇る雄族であった。大化の改新後においても、大坂に日本で初めて建設された本格的な都、難波宮は、大陸からの海の玄関口という意味合いを強く持った水の都であったため、渡来系の氏族は宮にあり政《まつりごと》の中にあっても強大な影響力を有し続けていた。

ただ、秦氏に関していえば、西国はもちろん、南は九州、北は出羽《でわ》にまでその足跡を残しながら、政の表舞台にその姿を現すことは少なく、もっぱら開発、交易、鉱業といった殖産にその才を発揮した氏族である。

その秦河勝が、推古天皇三十一年、新羅《しらぎ》からの使者によって献上された仏像および仏舎利を祀るために建立したのが、広隆寺であった。

以後、幾度かの火災による伽藍の焼失を乗り越え、現在は真言、三論兼学の寺院として六百石の寺領を将軍家より安堵されている。寺領地は太秦門前村で、収穫も安定しており、特に寺院の経営が悪化している事実はない。

窮乏するあまり悪事に手を出さざるをえなくなる、という事情はなさそうだ。

（ならば他に考えられるのは、特定の武家や公家との関わりがあり、その筋から、という線か――）

その辺りは、寺まで行ってみないことには判らない。

翌朝、あやは明るくなるのを待ち兼ねて出立の準備をした。あがりかまちで草履の紐を整えていると、

「もうお出かけどすか」

昨夜の女中がちょうど外から戻ってきたところで、声をかけてきた。手には近くの店で仕入れてきたのか、南京をいくつか抱えている。

「ええ。お世話になりました」

あやがにっこり笑うと、

「そういえば、広隆寺に行く、言うてはったんやねえ、確か」

と女中は首を傾げた。

「ええ、そうですけど」

「さっき思い出したんやけど、あのお寺さん、そういえば二、三年前、なんやえらい宝物が盗まれたて噂になっとったんや。あれ、どないなったんやろ」

「宝物、ですか」

「そう。なんでもお太子さんの昔から伝わったもんやて聞いたけど」

そういえば、数日前に、城でそのような話を耳にしたのをあやは思い出した。近年、京都の寺で盗難が相次いでいる、と。

けど、と女中は軽く頭を振って笑った。

「本当《ほんま》のことやったら、それこそ本当の大騒ぎになるはずやもんやぁ。まぁあの頃はこの辺、飢饉でなんや妙な噂も多かったし、宿屋いうたらいちばんその手のお調べがうるさい稼業やのに、そこに何も言うてこんかったんやから、嘘やったんやろなぁ」

「――そうですね」

あやは、女中の言葉を肯定するように微笑してから、立ち上がった。お気をつけて、と一礼する女中に軽く会釈して、宿を後にする。

まっすぐに西へ——太秦へ向かう道をとりながら、あやは女中の話をしっかりと、頭のなかに刻みこんでいた。

双ヶ丘《ならび》、鳴滝《なるたき》の山々を背に立つ広隆寺のまわりは、門前に町家が集まることもなく、意外なほどにのどかな田地が広がっていた。

かつて、まだ京都がこの国の都として栄え、そこに暮らす公家たちが権力を握っていた頃は、その別邸が辺りに建てられ、往来も多かったはずだが、今は、そんな昔の街道すら、のんびりと牛を牽いた百姓が歩いている。

「都名所図会」にも描かれている有名な寺だというのに、物見遊山の客で賑わう清水寺や金閣寺《きんかくじ》の近辺とはまるで趣を異にしていた。

どっしりと年を経た仁王門をくぐり広い境内に入ってみても、全体にのどかな雰囲気は、辺りの村と変わりない。参詣者もちらほらとは見えたが、まだ朝早いこともあってか、それほど目立たない。

だが、だからといってさびれた寺、という感も、あやは受けなかった。

ぐるりと境内を回ってみたが、御本尊阿弥陀如来像を祀る朱塗の講堂も、創建に関わる聖徳太子像を安置している桧皮葺《ひわだぶき》の上宮王院も、きちんと手入れが行き届いており、鷹揚に参詣者を受け入れている。調べ書にあった通り、特に台所の状態が悪いわけでもなさそうだ。

そこまで確認がすむと、

（さあ、これからどう出るか）

あやは、講堂の前に立ち、思案した。

確かめたいことはまず一つ。あの皆順という頬に傷のある荒法師は、今なおこの寺と関わりがあるのか、ということである。

鴉が訊ねたときにはそのような僧には心当たりもない、と答が返ってきているから、おそらく、真正面から再度問うてみても、結果は同じだろう。

こういう場合、あやが選ぶ方法は、やはり一つであった。

とにかく手当たり次第訊いてみるのだ。そして、相手の出方を見る。道修町のときと同じである。

あやは早速、目にとまった作務衣《さむえ》姿の僧侶に声をかけた。

さあ私には判りかねます、と曖昧な笑みを浮かべてその僧侶は足早に去っていった。

次に講堂の階段を掃き清めている大柄な僧侶をつかまえた。

露骨にうさん臭げな顔で、知らぬ、と首を振った僧侶は、あやが会釈して離れると、階段の掃除はまだ途中だというのに、これも慌ててどこかに走っていった。

その態度には明らかに、胡乱《うろん》なところがあった。

（やはり、何かある）

確信とともに、あやは境内をゆっくりと奥へと進んだ。

はたして、境内の西の奥にある奥の院とも呼ばれるこぢんまりとした八角の御堂、桂宮《けいくう》院《いん》の前まできたとき、あやは後ろから声をかけられた。

「御参詣ですかな」

口調は丁寧だが、どこか凄味を利かせた声だった。

はい、と振り返ったあやの前に、上背のある中年の男が立っていた。

有髪で、帯刀している。僧侶ではないが、半僧半俗で寺院に所属する、寺侍と呼ばれる身分の者と思われた。寺領の警衛や台所方の補佐などを務めとする者である。

探るような目で、あやを見ていた。

侍と見て、あやはまず丈庵を連れ去った侍のことを思い出したが、お千代の記憶をもとに描いてもらった人相書と目の前の男に、似たところはなかった。人相書の男は鷲鼻で目元にほくろがあったが、目の前の男は能面のようにのっぺりとした顔をしている。

「お一人とお見受けしましたが、どちらからおみえですかな」

「大坂です。仕えております主人から、お忍びの願かけを頼まれまして」

とっさにあやは、宿屋で女中に言われたままを口にした。

「ほう……お見受けしたところ、商家の方ではないようだが」

「もともとは江戸の者ですから」

言外に武家だと匂わせ、はぐらかすようにあやは微笑した。

なるほど、と侍の表情が動いた。

大坂で江戸から来た武家といえば、城代ほか御城在番衆か、町奉行くらいのものである。その屋敷の者となると迂闊な真似はできない――と侍が判断するのを見越しての応えであった。

こちらが一人とみて相手が妙な行動に出る可能性も、今は考えておかなければならない。すでに初めから、一定の距離を保ちながら、あやと侍は話している。

互いに武芸の心得があることは、初めの一瞥ですでに察しているのだ。あやは手にした風呂敷包みの中には愛用の小太刀を、懐には懐剣を忍ばせている。だが、相手が太刀を佩いているだけに、迂闊に間合いに入らないよう心にとめていた。今のところ殺気を感じる相手でもないし、万に一つも殺生禁断の境内で斬り付けてくることもないだろうが、念のためである。

「――何か寺の者にお訊ねのようだったが」

と、切り出してきたのは、侍のほうだった。あやは慎重に言葉を選びながら応えた。

「はい。少々、人探しをしておりますもので」

「ほう。事情をお伺いしてもよろしいかな」

「たいしたことではございません。以前に京都に住んでおりました知り合いが、お世話になりましたそうで、お礼を申し上げたいと思っただけでございます。その方は、こちらのお坊さまだと伺ったものですから――頰に大きな傷のあるお坊さまなのですが、ご存じありませんでしょうか」

「ございませんな」

「お名前を皆順殿とおっしゃるそうなのですが」

「存じませぬ」

そ知らぬ顔で寺侍は首を振った。表情を窺っても、そらとぼけた顔をしている。

さらにしつこく問い詰めようかとも思ったが、それで何か洩らしそうな男には見えなかった。

（ならば……）

そうですか、とあやはうなずいた。

「こちらの思い違いだったかもしれません。他をあたってみます」

いったん一礼して男の前から去ろうとし、ふと思いついたふりをして、あやは振り返った。

「その、以前京都に住んでおりました知り合いが、こちらにしばしば参詣にまいっていたと思うのですが、ご存じありませんか」

「御参詣の方を一人一人覚えてはおらぬが……なんとおっしゃる方ですかな」

「――山崎丈庵と申す医師です。金屋町に住んでおりました」

とたん、ぎくり、と寺侍の体が強ばったのをあやは見た。

瞬間、とぼけた素振りの奥が現れた。

次いで、うろたえた侍の右手が反射的に刀の柄に動くのを、あやは見た。

（抜く気か――）

利那、あやの体にも緊張が走った。

が、

「――存じませんな」

一呼吸置いてから、侍はごく自然な仕草で、右手を元通り下におろし、そう言った。やはりさすがに、寺社地で刀は迂闊に抜けないとみえる。取り繕うように言った言葉は、しかしながら、こころなしか上擦《うわず》っていた。

それで、十分だった。

手応えはあった、とあやは思った。

怪しい――広隆寺は一連の事件と無関係ではない。

とりあえずは、それが判ればいい。

（となると……）

これ以上長居はしないほうがいいだろう。

今ここで斬りあいをする気が侍にないとしても、一人きりでいつまでも相手の懐に入ったままでいるのは賢明とはいえない。別の策を考えるべきだった。

そう考え、あやはもう一度頭を下げると、すばやく踵を返した。

足早に場を離れようとしたあやを、

「お待ちなさい」

呼び止めたのは寺侍のほうだった。

警戒心を隠さずに振り向くあやに、寺侍は何気ない口調で言った。

「こちらの桂宮院はもうお参りですかな」

「――はい」

「ならばあちらはご覧になりましたか」

と、何やら奇妙な笑みを浮かべつつ彼が指差したのは、八角堂の東側に立つ社だった。

ひっそりと鎮座するそれは、広隆寺の伽藍神のようだった。寺院の境内にこういった神を分祀するのは、めずらしいことではない。

「いえ……」

唐突な話の切り替えに、訝りつつあやが首を振ると、寺侍は口元に笑みを刻んだまま、それはぜひお参りしていかれよ、と続けた。

「こちらには、この広隆寺の創建に関わった秦氏の、祖となる方々をお祀りしてありましてな。遠い祖といわれる秦《しん》の始皇帝、氏族の祖神である大酒明神《おおさけみようじん》、さらにはこの国に氏族を率いて移り住んだ偉大なる長、融通王《ゆうずうおう》の三神ですが……融通王というお方を、ご存じですかな」

いいえ、とこれもあやが言うと、

「そうですか。それは残念なことだ。融通王という方は、秦の始皇帝第十五世の孫にあたられましてな。文武に秀で楽を好み、王たるにふさわしく、ことにその雅びなお姿にだれもが心を奪われたと伝えられる方ですが――故郷につながる海を臨む大坂の地をことのほか愛されましてな。その生涯を大坂の地で終えられたとも伝えられております――和名を弓月王《ゆづきおう》と申されるのですが」

そこまで言うと、侍はもう一度あやを探るように見た。

自分の言葉に対する反応を窺っているのだ。

あやの顔にただ怪訝そうな表情しか浮かんでいないのを見て取ると、寺侍は何やら得心したようにうなずいた。

それから、

「いや、これは無駄なおしゃべりをしたようだ。探し人が見つかるといいですな」

言い置いて、去っていった。

あやはわけが判らずに、その背を見送るしかなかった。

寺侍は、あやのもとを離れると、講堂に足を向けた。

朱塗の鮮やかさ故に赤堂ともよばれる建物の内には、本尊として、見上げるほどに大きな阿弥陀如来像が安置されている。脇士《わきじ》に地蔵菩薩像を配したその須弥壇《しゅみだん》を真正面に、寺侍は立ち、

「大坂に知らせに行ってくれ」

視線は阿弥陀如来像に向けたまま、低く押し殺した声でそう言った。

は、と応えたのは、須弥壇の陰に潜むようにいつのまにか現れていた男だった。茶染の装束を身にまとい、幾重にも重なる蠟燭の光から、ちょうど隠れる位置で薄闇に溶け込んでいる。

「あの女はどうされます」

斬りますか、と無感情に男は言った。人を殺《あや》めることなど何とも思っていない口調だった。

「……そうだな」

一呼吸置いて、寺侍は応えた。

「たかが小娘一人、我らのことは何も知らぬようでもあるし、大して害にもなるまいが、念のためということはある。妙な娘が例の件を探りにきたと、大坂の弓月殿にも伝えておいてくれ」

それから、と寺侍はやや厳しい声音《こわね》になって続けた。

「あちらはいったいどうなっておるのか、ともな。一刻も早く取り戻してもらわねば困るのだ。もともと我ら自身がまいた種とはいえ、幕府の目にでも触れようものなら取り返しの付かぬことになる。あれは推古朝の昔からこの寺に伝わる宝。売買の場に現れればすぐにも出所は知れてしまおう。我らの抜け荷商いの証拠ともなりかねん。それでなくとも、寺宝の盗難が相次ぐ状況に、さすがに京都所司代や大坂城代も不審に感じ始めておるようだ。大坂の地がいろいろと大変なのも存じておるが、しかし、創建の由緒より連綿とつながる弓月殿の寺と我らが広隆寺との結びつきを軽くみてもらっても困る。ここであれを取り戻せぬようであれば、受け継いだ弓月王の名が泣こうというものだ――とな」

寺侍の低い声が、凄味を帯びて人気のない堂内に響いた。

は、と再び首肯する気配がし、音もなく茶装束の男は姿を消した。

半眼で阿弥陀如来像を見上げていた寺侍の視線が、男の軌跡を追って動いた。

本尊から離れた侍の目が止まったのは、須弥壇の後ろの壁に描かれた、すでに半ば消えかけている往古の壁画の上だった。

この寺が建てられた時代の、古い画である。

色褪せた色調で、しかし今なおくっきりと見ることができるのは、唐代の奏楽舞踊の図であった。

聖徳太子の時代には、国を頑なに閉ざしている今の世とは異なり、中国大陸から朝鮮半島を経由してさまざまな人や物や文化がこの国にはもたらされていた。壁画に描かれた、太子が愛した伎楽《ぎがく》も、その一つである。やがてこの国古来の神楽《かぐら》と融合し、雅楽と呼ばれる新たな芸能がそこに誕生した。広隆寺の創建者でもある秦河勝が大坂の四天王寺に楽人の集団〈在天楽所《ざいてんがくそ》〉を置き、自らの血を引く者たちに伝授を委ねたのがそれである。

異国の文物を積極的に取り入れ、海の息吹に心を傾ける余裕のあった、古き良き時代であった。

（それに引き替え、今のこの国は――）

寺侍は慨嘆を含んだ息を吐いた。

鎖国といい海禁《かいきん》といい、頑なに内にこもり、耳目まで閉ざし始めてすでに二百年。これが国是というのなら、徳川幕府は愚かすぎる、と思った。

だが、この国を現在支配しているのがその愚かな幕府である以上、建前だけでも従ってみせなければならないのもまた現実だ。

支配者に逆らって生き延びられるほど、今の我らには力はない。

もう一度、寺侍は深いため息を洩らした。

今はただ、大坂にある彼ら――今の世に残るもう一つの〈在天〉の力を、信じて待つしかないのだ。


あやが背後に強烈な殺意を感じたのは、広隆寺の仁王門を出てから、十間も歩かぬうちだった。

半ば予想していたこととはいえ、打てば響くような対応の速さに感心しながら、あやは刺客の刃を、すでに風呂敷包みから取り出していた小太刀を抜いて受けとめた。

「寺内を出れば殺生禁断も関係ないというわけか」

斬り結び、いったん離れた相手に、苦笑混じりにそう言う。その表情が強ばったのは、刺客が顔を隠すために付けている面に見覚えがあったからだった。まったく同じ物だというわけではない。だが、似ていた。大坂城の堀端であやが真っ二つにした、あの美貌の男が付けていた鬼の面と。

「まさか――」

続く言葉を発するより先に、二の太刀がきた。

身をひねるまもなく、左腕に衝撃が走った。二の腕を刺客の刃が掠めたのだ。

まずい、と思った。が、傷の深さを確かめる余裕はなかった。

左の下段から足を狙ってくる――と悟った瞬間、あやは飛んでいた。

「なに」

躱されたことよりも、鳥のように軽々と肩先ほどの高さまで跳び上がる、あやのその跳躍に、刺客は目を剝いた。

その隙を、あやは見逃さなかった。

「――！」

小さな気合いとともに、小太刀の峰を思い切り刺客の額に振り下ろす。

入った、と確信した瞬間、刺客は声もなく俯せに倒れた。

殺すつもりはなかった。峰打ちではよほど打ち所が悪くない限り、死にはしない。

念のため面をとって刺客の顔を確かめてみたが、あやの知っている顔ではなかった。

二の腕の傷は、鋭い痛みはあったが、そう深手ではなかった。医師に診せる程でもない。

応急処置の薬なら持ち歩いている。

それよりも、今はこの場を離れることが先だった。

広隆寺から次の刺客が来ないとも限らない。足元に男が倒れている状況を、近在の百姓に見られてもまずい。

あやは小太刀を元通り風呂敷包みに納めると、血のにじんだ左の袖を隠しながら、足早に歩き始めた。

九　新吉

「あやさん、腕、どないしはったんです」

　大坂に戻ったあやが、城で一晩休んだ翌朝、立ち寄った南組の惣会所で、新吉はすぐにあやの怪我に気付き、そう言った。包帯は着物の上からでは判らないが、縁側で出されたお茶を無造作に手に取ろうとして思わず顔をしかめたのを、新吉は見逃さなかったのだ。

「まさか、奉行所の連中か誰かに……」

　色めき立つ新吉に、

「いえ、違うの」

　大したことではないの、とあやは首を振った。

「けど——」

「いいの、気にしないで」

　新吉が心配してくれているのは判るが、騒がれるのは煩わしかった。傷を負ったことは、教孝にも鴉にも告げていない。告げて、危険だからと後の行動を規制されるのが面倒だった。

京都では、広隆寺を出たところで襲われて以来、周囲に気を配るように務めていたからか、あやは刺客と再び接触することはなかった。だが、近くに手が迫っていることに間違いはなく、一日目に泊まった宿に戻っても、

「なんや変なお侍さんが、お客さんのこと探しにきはりましたえ」

女中に探るような目で言われた。

（これは、一人でいては本当に危ない）

そう判断し、結局、広隆寺以外には足を伸ばさずに、早々に脇道伝いに大坂に退散してきたのだ。

「少し、転んだときに捻っただけ。左手だし、特に困ることもないから」

「けど――」

「いいの、本当に気にしないで。それより、新吉さんのお話を聞かせてもらわないと。大塩殿のことで、何か判ったんですって」

「ええ、まあ……。実は――」

再度促されると、視線はなおも時折、あやがかばうようにしている左手にちらちらと走らせながら、新吉は話し始めた。

南組会所の書役から、東町奉行所の目安方同心と懇意にしている手先衆の忠五郎《ちゅうごろう》という男を紹介してもらい、聞きだしたという話だった。

大塩平八郎の引退は、表向きはその直前に東町奉行高井山城守が職を退き江戸に戻って

しまったためだとされている。

　高井山城守は文政元年から東町奉行を務めていた人物で、西町の矢部《やべ》駿河守《するがのかみ》がまわりに金《かね》の噂の絶えない人物であったのに対し、誠実な人柄で知られていた。大商人からたっぷりと袖の下をとるのを目的に来坂する役人が多いなか、贈収賄を慣習とする大坂町奉行所の綱紀粛正に乗り出すなどの行いは庶民の支持を集めたものだった。

　清廉の士である大塩とうまがあったのもその故で、大塩の早すぎる引退は、高井のように自分を評価してくれる上司とは二度と巡り合えまいと悲観したからだ、と言われていた。商人と癒着し自分のやり方を認めてくれない上役のもとで務めるくらいなら、家督は養子に譲り渡し、学問に専念するほうがいい、と。

　だが、ここにいたってよく考えてみれば、あれほど職務に熱心で、大坂の町を守るために身を削って働いていた男が、吟味中の事件をいくつも放り出して突然に辞職するというのは、解せないといえば解せない。

　そう気付いたあやの胸にまず思い浮かんだのが、道修町のときと同様、どこかから圧力がかかったのではないか、ということだった。

　大塩にこれ以上吟味を続けられてはまずい立場にある者が、彼を辞職に追い込んだのではないか。大塩平八郎は、熱心なだけではなく、有能な与力だった。十年前の美濃屋の事件は公にできずに終わってしまったが、彼が再び手を抜かずに探索にあたれば、キリシタンであろうとそれに関わる抜け荷であろうと、今度こそは追い詰められてしまうだろう。

金で鼻薬を嗅がせようにも、清廉な大塩には逆効果になりかねない。

（だとすれば、残る手段は嚇《おど》し――）

何者かが大塩に嚇しをかけ、奉行所から追い出したのかもしれない。

そう考え、新吉に探りを入れてもらっていたのだ。そこから、事件の黒幕がたどれるかもしれないと考えた。

ところが、嚇しではないようだ、と新吉は言った。

「どうやら、一年ほど前から大塩さんのとこに、江戸から誘いがかかっとるらしいんですわ」

町奉行所を辞した大塩は、今、従来から傾倒していた陽明学の学問に専念し、与力職にあった時分から開いていた私塾洗心洞での講義に日を送っている。

「それもそのはずで、江戸のほうで、大塩さんを儒学者として昌平坂《しょうへいざか》学問所に推薦する、いう話があるらしいんです。なんや、幕閣のうちに大塩さんをえらい買《こ》うたはる方が居《お》るみたいで」

五代将軍綱吉によって開かれた幕府の学問所である昌平黌《しょうへいこう》は、もともとは林羅山《はやしらざん》が寛永七年に開いた私塾であり、代々の林大学頭が主宰していた。が、寛政《かんせい》二年、松平定信の改革により官立の学問所として正式に位置付けられ、林家以外の者にも教員に登用される道が開けたのである。

「ただ、そのためには奉行所与力のまま、いうわけにはいかんらしいんです」

町方の役人は、身分は武士だが、直参の御家人からはもちろん、藩士身分の者にまで、不浄役人と軽視される向きがあった。

「まず与力を引退して学者の立場になってからやないとあかん——いう話で」

「そのために町奉行所をやめた、というの」

「へえ」

昌平坂学問所に登用されるということは、いわば将軍お抱えの儒学者となることで、学問の世界では最高の地位を得ることになる。大塩はその夢を選び、彼が打ち込んできたキリシタン事件をはじめとする種々の探索は、途中で打ち切られた。

彼にとって、学問とはそれだけの価値があるものだった。

嚇しではなかった。大塩は無理矢理に引退させられたわけではなかった。

だが——、とあやは訝しんだ。

(今この時期に学問所からの誘いがきたのは、はたして偶然だろうか)

東町の由比が、待ち兼ねたように傍若無人な振る舞いを始めたのは、大塩が去った直後からだ。

「わいは学問なんか判りませんよって、大塩さんが何にそんなに惹かれたんか、ぴんときませんけど……」

新吉は一つ肩をすくめた後、今のとこ判ったんはそれだけです、また何かあったらすぐにお知らせします、と言った。

「わいがお城にお知らせにあがるわけにもいきませんけど、〈よしの〉に伝えといたら、判りますやろ。お咲さんやったら、お城につなぎとるんも簡単やろし」

新吉は、影役だった頃の咲をもちろん知っている。

が、一瞬迷った後、いえ、とあやは首を振った。

「咲姉さんを巻き込むのは悪いわ。姉さんはもうお城から下がられた身だし――私のほうから折りを見て南組の会所まで出向きます。お務めのお邪魔かもしれないけれど」

「そないなことかまいまへんけど」

新吉の主人である会所守の次兵衛《じへえ》は、あやの素性をはっきりと知りはしないが、城に関わる然るべき立場の人間であるとは察している。賭場にいた前歴を持つ新吉を快く雇ってくれたのも、あやや咲の口利きだったからである。町の年寄衆にとって、城につながりを持っておくことが不都合であるはずがない。

(向こうも計算してのことなんやから、こっちかて利用せな損やで)

屈託なく言ってのけたのもそういえば咲だった、と、あやはかつては仲間と呼ぶことのできた〈よしの〉の女将のことを思った。

咲は心配しているだろう、と思う。厄介な事件に一人で手をつけた戸惑いもあって、幾度か相談に訪れた。だが、その後、あやは咲に何の連絡もつけていない。新吉も心配していたと言ってくれたが、咲ならばそれ以上に気をもんでいるかもしれない。

(それとも……)

案外、お腹の子供にかかりきりで、あやのことなど忘れてしまっているだろうか。

城にいた頃にはあやや教孝にまっすぐに注がれていた咲の温かな笑顔を思い出し、あやは思わず目を伏せた。そんな横顔を、新吉はじっと見つめていたが、

「何？」

視線に気付いたあやに問い返されると、いえ、と口籠もった。

でも、何か言いたそうに見えるけど、と再度尋ねると、別になんでもありませんけど、と首を振った後、

「ただ——危ないことだけはせんとってください、言おうと思ただけです」

と言った。

「気をつけてはいるわ。だけど、こういう稼業なのだから、多少のことは仕方ないと思わないと」

あやが笑って応えると、新吉は今度は何やら赤い顔になってうつむき、

「けどあやさんは女の人なんやし——」

と早口につぶやいた。

「影役に男も女もないでしょう」

大丈夫、とあやは言った。

新吉が心配してくれるのは嬉しかったが、今はそんなことを言っているときではない。

これから道修町のほうに廻ってみようと思っているから、とあやは立ち上がった。

「あやさん、本当《ほんま》に、くれぐれも、気を付けてくださいまで言った。
新吉は会所の門まで見送ってくれ、もしも用事が早く片付いたら手伝いにいくから、と
まで言った。

「大丈夫よ。それに、そろそろ以前に仕掛けた網に何かかかる頃かもしれないから」

と踵を返しかけ、思いついてあやは新吉に尋ねた。

「そういえば、その大塩殿に声をかけていた幕閣の有力者というのは、いったい誰なのか判っているのかしら」

それなんですけど、と新吉は言った。

「——老中青山下野守さまやそうです。大塩さんに直接使者をよこして奉行所を辞めるように強く勧めたんも、その御老中本人やそうで」

「青山下野守さま——ですって」

その名を、あやは最近、すぐ身近で聞いたことがあった。いや、最近でなくとも、教孝のもとにおれば頻繁に耳にする名前である。

先々代の大坂城代にして幕閣において権勢を恣《ほしいまま》にしている現老中首座、そして、娘婿にあたる教孝に老中として江戸へ戻るきっかけを与えた人物でもあった。今日も教孝は、彼からの急ぎの使者と話をするため、内本町の下屋敷に出向いている。

何やら嫌な予感が、あやの背筋を走り抜けていった。

道修町は、会所のある南農人町からはさほど離れていない。以前、闕所処分となった薬屋について嗅ぎ廻っていたことである。あやが道修町に仕掛けた網とはもちろん、以前、闕所処分となった薬屋について嗅ぎ廻ったことであった。近江屋升次郎が受け取った薬の包みをめぐって錫杖の男——広隆寺の皆順と今は名前も判っているが——とやりあって以来、しばらくは道修町から離れて動いていたが、そろそろ何か動きがある頃合だった。

罠をかけた以上ある程度の危険は承知である。道修町といえば人通りも多い辺りのこと、白昼堂々と滅多なことにもなるまいと思うが、怪我をしていることもある。顔をさらして歩くのはまずいかと思案していたところに、ちょうどぱらついてきた雨は好都合だった。唐傘を買い、深めにさして歩けば、すぐには顔は判らない。

若者相手の小間物屋が続く心斎橋や道頓堀辺りとは異なり、薬問屋の並ぶ道修町には、晴天も雨も、さほど客の出足には関係ない。だんだんと本降りになってきた雨にも構わず、小売り目当ての客から仕入にきた合薬屋までが忙しく行き交うなかに、あやも自然に紛れることができた。

三丁目から逆にたどると、田辺屋、塩野屋、藤屋と以前に顔を出した大店はそれぞれ、変りない商いを続けていた。暖簾越しにのぞいてみても、手代が当たり前に客と言葉を交わしている光景しか見えない。訪れる客に対して、特に警戒したり顔を確かめたりしている気配はなかった。編笠を被った旅人がそのまま暖簾をくぐっても、穏やかに手代が出迎えている。

（仕掛けは本当にきいているのだろうか……？）

不安になりながら、あやは薬種仲間会所の前を過ぎたが、やはり変わった様子はなかった。あやに特に目を留める者もいない。

傘の下で左右に目を配りながら歩いていたあやが足を止めたのは、二丁目もすぎ、一丁目にさしかかったときだった。

一丁目の角に、妙な店があったのだ。まだ日も暮れぬうちから暖簾をおろし、きっちりと戸を閉ざしている。間口四間ほどの、そこそこに大きな店構えであるが、奇妙なことに看板はかかっていない。中には人の気配もなく、しんとしている。

（こんな表通りに看板も掲げず、いったい何の店が――）

そこまで考え、あやは思わずあっと声を上げていた。

（敦賀屋だ。あの近江屋が例の包みを受け取っていた）

あやが掏りとり、その後あの鬼に奪いとられた薬包だ。あれを、東町与力の片腕として闕所処分の手伝いをしている骨董屋に手渡していた、その敦賀屋が暖簾を掲げていた場所だ。

なのに、今は暖簾どころか看板もなく、ひっそりと戸を閉ざしている。

まさか、と思った。だが、間違いないと考えざるをえなかった。

（敦賀屋も、闕所になったのだ――）

原因は自分があの包みを掏りとったことかもしれない。探索の手がのびるのを恐れ、由比は先回りして敦賀屋を始末してしまったのかもしれない。

　さすがにあやも、由比がここまで思い切った真似をするとは予想していなかった。

　奉行所からこの処分に関しての吟味書は、城にはまだ届いていない。一件の調べに手を付けてからは、奉行所からの吟味書が届いたらすぐに報せてくれるよう公用人に頼んであるのだから、間違いないはずだ。許せない、と憤る反面、しかし、あやはこうも考えた。もしも奉行所が城代に届け出もなく勝手に処分を行なったのだとしたら、それは公式に城から奉行所に探索の手を入れる、いい口実になる——もちろん、教孝にその気があればの話だが。

　いずれにしろ、中を確かめてみようと思った。

　雨はやや小降りになっていた。

　傘を畳み狭い路地に入ると、蔵の正面辺りに裏口が見えた。試しに手をかけてみると、鍵はかかっていない。

　かすかにきしむ音をたてて、木戸は開いた。

　細く開けて中を窺ってみたが、やはり人の気配はなかった。

　そっと足を踏み入れれば、小さく整えられた中庭が目の前に広がっていた。

　濡れ縁の前には見事な菊が花を咲かせ、紅葉の葉が地面を赤く染めている。ほんの二、三日前までは人が住んでいたのだ。荒れた雰囲気はどこにもないのに、屋敷の雨戸はぴったりと閉ざされ、主人はすでにいなくなってしまっているのが奇妙な感じだった。

濡れ縁の側に、手文庫が転がっているのにあやは気付いた。家財道具を運びだした際、何かの拍子に転がり落ち、そのまま気付かれずに放っておかれたのだろう。蓋が外れ、中から櫛や鏡といった道具がこぼれだしていた。

敦賀屋のお内儀《かみ》が使っていたものだろう。遣り切れない気がして、あやは思わず傘を濡れ縁にたてかけてひざまずき、朱塗りの櫛を拾おうとした。

かすかな――ほんのかすかな違和感を感じたのは、その刹那だった。

いけない、と思い、反射的に懐剣に手をのばした。

が、半瞬、間に合わなかった。

うなじにひやりとした感触を察知し、あやは動きを止めた。

刃に間違いなかった。

「やはり、きたか。待っていた甲斐があったな」

頭上から浴びせられたのは、嘲笑う声だった。あの僧侶――皆順だ。

その声と、体にまといつく、煙草にも似た鼻につく匂いに覚えがあった。

「そろそろ現れるころだと思っていたのだ」

皆順はそのままあやの利き腕をねじりあげて懐剣を奪うと、襟首をつかんで立ち上がらせた。

「大人しくしろ。殺さずに連れてくるようにと由比殿に言われているのだ」

「……ではやはり、お前は由比の手下なのだな。広隆寺も由比とぐるなのか」

「あのようなちっぽけな寺とはすでに手を切ったわ。由比には手を貸してやっているだけだ。おれの主人《あるじ》は、あのような小物ではない」

言葉が終わるか終わらないかのうちに、あやは背中を襲った息も止まるほどの衝撃に倒れた。皆順が錫杖を振りおろしたのだ。

目の前が霞み、意識が途切れかけた。

だが、ここで気を失ったら終わりだと思った。次に目覚める日は永遠にこないかもしれない。冷たい濡れ土の感触にすがりつきながら、あやは懸命に意識を保とうとした。

「で、この娘をどこに運べばいい」

「――そうだな」

尋ねる皆順に呼ばれ、別の男の声が近付いてきた。あやには聞き覚えのない声だった。

「とりあえずは、裏の藤屋だ。話はこちらからすでにつけてある。人目につくとまずいからな。そこから駕籠を呼んで他へ移す。中之島の蔵屋敷でもいいのだが……今日は例の荷がまた入る故、慌ただしくてな。ここはひとまず由比殿に任せるとしよう」

判った、とうなずき、皆順は軽々とあやの体を肩に担ぎあげた。錫杖を武器とするだけあって膂力《りょりょく》には自信があると見える。

担ぎあげられた瞬間、ぼんやりと霞んだあやの視界に、近付いてこちらをのぞきこむ顔が現れた。鷲鼻に目元のほくろが目を引く男だった。

（お千代ちゃんの書いた人相書に似ている）

そう思ったとき、あやの意識ははっきりと此岸に戻ってきた。

(丈庵を連れ去った男――か)

すべての始まりを作った男だった。その男がようやく、あやの目の前に姿を現してくれた。これでお千代との約束が守れる、と思った。

だが、そのためには、隙を探してとりあえずはこの場を脱しなければならない。このまま大人しく拐かされるわけにはいかない。連れていかれれば殺される。

背中の痛みはまだ残っているが、動けないほどではない、とあやは判断した。

皆順の肩に担がれたまま、木戸を抜けて裏路地に出た。そのまま侍が先に立ち、さらに奥に歩いていく。薄く目を開け、気を失った振りを続けながら、あやは呼吸を数えた。

(一つ、二つ、三つ――)

機を計る。しかし、容易に隙は見いだせなかった。

武器はとられているうえに、皆順の万力のような腕に体を抑え付けられている。ぴくりともすれば気付かれてしまう。

そうこうしているうちに、次第に路地の奥に入り込んでいく。さすがにあやが焦りを感じたとき――予想外の出来事が起こった。

「――あやさん!」

後ろから上擦った悲鳴が聞こえたのだ。

新吉だった。

続いて、

「なんやお前ら、あやさんを放さんか！」

わめきながら路地を突進してくる気配があった。

ちっと舌打ちし、侍が刀を抜いて前に出た。

皆順も顔をしかめ、錫杖を構え直す――それより先に、あやは男の腕を振り払い、その肩から飛び下りて叫んだ。

「危ない、やめて、新吉さん」

侍の刀が一閃した。袈裟掛けだった。

「うわっ」

血飛沫が飛ぶのが見えた。

「新吉さん」

見開いた目に、新吉が泳ぐように手で空を掻くのが映った。

あやは一瞬立ち尽くした。

振り向いた侍の刀が、今度は的確にあやの肩を打ち、傷ついた体はそれ以上堪えられなかった。

あやは再び、声もなく地面にくずおれた。今度こそ、意識は完全に途切れていた。

――動かなくなったあやを見下ろし、

「殺したのか」

慌てた口調で、皆順は侍を詰《なじ》った。

「いや、女は殺していない。峰打ちだ」

すました声で侍はいい、血飛沫を払って刀を鞘に納めた。

「早くこの場を離れたほうがいい。あの血塗《まみ》れの若いのを誰かに見られるとまずい」

錫杖を手にした禿頭の男が、再びあやの体を肩に担ぎあげている。

消えかける意識の中で、最後の力を振り絞って顔を上げた新吉の目に映ったのは、その光景だった。

あかん、と思った。

(あやさん、助けな……)

それだけは、命に代えてもやらなければならなかった。

(あやさんは、女で、わいは、男なんやから……)

しかし、起き上がろうとした体は、まったくいうことをきかなかった。そんな場合ではないというのに、突然の睡魔にでも襲われたように、全身が重く目の前が濁っている。

遠ざかるあやの姿が、小さく霞んだ。

(あかん――)

絶望的になった新吉の前に、そのとき、人の気配があった。地面に倒れた新吉の前に、立ち止まる足があった。無我夢中で新吉はその足にしがみついた。いや、本人はしがみついたつもりだったが、実際はかすかに腕を動かし、その足首に触れた程度だった。

「どないしたんや――おい」

顔をのぞきこんだのは、白髪の老人だった。

助けを求めなければと思う舌がもつれた。新吉はそれでも途切れ途切れに最期の言葉を押し出した。

「あやさん、助けたってくれ……お城に……三休橋の〈よしの〉の、女将さんに、知らせ……」

そこまでだった。

もうだめだ、と新吉は悟った。何もかもが闇に落ちる直前、お道の顔が目の前に閃いて消えた。


「さて――どないする」

白髪の老人は、ことされた新吉の指を一本ずつ丁寧に足首からはずしながら、肩越しに後ろを振り返った。

「健気な若い衆の最期の願いや、きいたらんと罰あたるやろ。なぁ？」

「頼まれたんはお前や。おれの知ったことやない」

応えたのは、無表情に腕を組んで敦賀屋の板塀にもたれた美貌の若者だった。

おやおや、と老人は肩をすくめた。

「あの娘のことが気にならんのか？　儂はまたてっきり、気になっとるさかいつけて歩いとるんやと思っとったわ」

「皆順を見張っとっただけや。あれはもともと寺のまいた種やさかいな。それ以外は縄張《シマ》の外や」

「なるほど。本当にお前も律儀なやっちゃな。律儀いうんか融通がきかんいうんか知らんけども――」

「――」

白髪の老人は、着ていた薄鼠色の羽織を脱ぎ、新吉の亡骸にかぶせてやると、立ち上がった。片手で軽く拝む真似をしてから、若者の脇を素通りし、おもむろに表通りのほうに歩きだす。

「――どこへ行く」

「決まっとるやろ。三休橋の〈よしの〉や。健気な若い衆の最期の頼みは、ちゃんときいたらんとな」

飄々とした態度で、老人はそのまま路地から消えた。

本当に〈よしの〉とやらに伝言を届けてやるつもりだろうか。

後に残されたのは、もはや二度と動くことのない新吉の体と、黙ってそれを見下ろしながら、こちらも動く気配のない若者だけだった。

十　島場所

　ゆらゆらと、水の中にいるようだった。城の外堀の水は暗く、そのぼんやりとした視界に母の顔が浮かんだ気がした。蠟よりも白い顔だった。その白さが眩しくて顔を背けたとき、あやの意識は現実に戻ってきた。

　見知らぬ部屋に、あやは一人いた。

　眩しく感じられたのは、行灯の明かりだった。

　気を失っている間に、夕刻を過ぎたらしい。

　小袖は拐かされたときに身に付けていたままだったが、懐を探ってみると懐剣はやはりなく、忍び道具の類もほとんど取り上げられていた。

　あやは横たえられていた体を起こし、手足を動かしてみた。京都で斬られた左腕の傷以外は特に痛みもなかった。

（どうにか逃げられるだろうか——）

　隣の部屋を窺ってみると、明かりが灯っており、何やら話し声がした。

　音を立てないように膝をついて立ち上がり、あやは襖に耳を近づけた。

辺りをはばかるように小声でしゃべっていた声が、

「――ええ加減にしたらどないや」

不意に大きくなったのが、同時だった。

あやはびくりと身を縮めた。

知らない男の声だった。声は、襖越しに聞き耳を立てるあやの気配に気付いていないのか、さらに激した調子で続けた。

「そら、こっちかて商売や。銭になる言われたら御法度の商いでもする。それが浪華の商人や。大坂には大坂の、江戸のお武家には判らんやり方いうもんがある。……けどな、藤屋はん。そないな商人にかて、どないしても譲れん一線いうもんはあるやろ。わてはもうたくさんでっせ。これ以上御前さまのいいなりになっとったら、わてらもこの町も本当《ほんま》にどうにかなってまう。敦賀屋はんや和泉屋はんがええ見本やないか。京都のお寺はんかてそれが判ったから手ぇ引かはったんや。……なあ、藤屋はん。この辺が潮時と違うか。この辺りで足洗《あろう》て、お天道さまに顔向けできる商いに、戻ろやないか。せやないと、本当に取り返しのつかんことになるで。わてはこれ以上、この町を腐らせとうないんや」

最後の一言には、やり切れなささえこめられていた。

苦笑混じりの声が、それに応えた。

「何を言うたはるんや、田辺屋はん。今になってそれはないやろ。今まで御前さまのおこぼれでさんざん儲けさせてもろて、それは通りまへんで。綺麗事はたくさんや。商売人は銭儲けてなんぼや。この町が腐る？　そんなもん、商人の知ったことやない。わてらは仕入れたもん売っとるだけや。買《こ》うた者がどうなろうと、わてらが悪いわけやない。買うた者が悪いんや。……田辺屋はん、あんた、もしかして、敦賀屋はんまで闕所になって、恐ろしゅうなったんと違うか。それやったら余計に、いらんことは言わんこっちゃで。仏顔の御前さまが、いったん怒らはったらどないに恐ろしいか、あんたかてよう判っとるはずやないか」

　抜け荷商いの話をしているのだ、とあやは思った。

（とすると、御前さま、と呼ばれているのは……）

由比の一味の黒幕に違いない。

正体が知れるようなことを口にしてくれないものかと、あやはさらに耳をそばだてた。が、続けて伝わってきたのは、先に話していた男がため息混じりに立ち上がる気配だった。

「もうええ。あんたにはもう、何を話しても無駄や。けどな。藤屋はん。これだけは覚えとくこっちゃ。御前さまはたしかに恐ろしいお方や。けど、この町には、もっと恐ろしい鬼が、昔から棲んどるんや――っちゅうことだけはな」

　捨て科白を残して男は出ていき、残された男が、やれやれ、とつぶやいた。

　誰もそれに応える気配はなかった。

　一人になったとみて、あやは襖に手をかけ、開けようかと考えた。

突然、背中の障子が開いたのはそのときだった。

振り返ったあやには、入ってきた男の顔に覚えがあった。

（お千代ちゃんのもとから父親を――丈庵を連れ去った男）

そして、新吉を容赦なく斬り伏せた男だった。

「目が醒めたか――早速こそこそと盗み聞きとは、お役目熱心で結構なことだな」

鷲鼻の侍は鼻で嗤った。

「私の人相書を持ち歩いていたようだが、あの口中医の娘が描いたものだな。やはりあの娘はさっさと始末せねばならんようだ」

言いながら、無造作にあやに歩み寄ると、侍はあやの右の二の腕をつかんだ。振り解くことの敵わない強い力だった。

「新吉さんはどうなったの」

あやの押し殺した声には応えず、侍はそのまま後ろに声をかけた。

「おい、由比殿にお知らせしろ。娘が目を覚ました、とな」

背後の部屋にいたのは、皆順だった。

辺りには顔をしかめたくなる匂いが立ち籠めていた。いつも皆順の体に付いてまわっていた匂いである。濡れ縁に座り、月明かりに照らされる庭を見やりながら皆順がくゆらしているものを見て、あやはようやく匂いの源を悟った。

水煙草《みずたばこ》である。

市中の島場所や賭場を中心に、大坂でもこの数年、水煙草が急激に流行り始めていると は聞いていた。もともと清《しん》の商人が吸っていたもので、その強烈な刺激に惹かれた唐物商人たちから流行が始まったという。

一度呼ばれただけでは気付かなかった皆順は、再度声をかけられて、ようやく振り向いた。

「おお、お戻りだったか、右田《みぎた》殿」

首をひねって侍を見上げると、大儀そうに体を起こす。

侍は眉をひそめ、あまり過ごすなと言っておるだろう、と言ってから、もう一度、

「由比殿にお知らせしろ。娘は私が連れていく。奥の座敷だ。店の者には近付かぬように命じておけ」

「判り申した」

のっそりと僧形の男は立ち上がった。部屋を出ていく際にあやに向けた皆順の顔に下卑た笑いが浮かび、あやは思わず身震いした。

店の者、と右田は言ったが、どこぞの揚げ茶屋のようだった。三味線の音と女の嬌声が周りからは聞こえてくる。

大坂で遊所といえばまず新町《しんまち》だが、最近では難波新地や堀江《ほりえ》新地のほうが羽振りがよいと言われていた。高い金をとる幕府公認の格式ばった遊廓よりも、安価に遊ばせてくれる

島場所に人が集まるのだ。ここもそういった新地のどこかだろう、とあやは見当を付けた。

近くで川の流れる音がしているから、店は堀端にあるようだ。もっとも、大坂のように堀川の多い町では、それだけで場所のあたりを付けることはできない。

奥座敷で右田の前に座らされたあやは、さほど待つこともなく、皆順に案内されて濡縁を大股に渡ってきた髭面の与力と対面することになった。

由比政十郎は、あやの全身に舐めるような視線を這わせた後、どさりと上座に腰をおろし、言った。

「近江屋の言った通り、お篠《しの》によく似ておる——やはり、芹沢籐九郎の娘だな」

口の端を歪めて嗤った。

「城の堀に身投げしたはずが、城代の密偵《イヌ》になっておったとはな。親の仇を討とうというのか。まさかとは思うが、お篠も生きておるのではなかろうな？」

あやは応えなかった。

母親の名が由比の口にのぼるだけでもけがらわしいと思った。そのけがらわしい男の前で何もできずにいる自分が口惜しくてならなかった。何もできないだけではなく、あやの命は今、由比の手の中にあるのだ。父を殺し母を汚した男に自分も踏み付けにされるのかと思うと、あやは絶望的になった。

こんなことになるのなら、鴉の忠告をきき、時を待って動くのだったと悔いもしたが、今さら取り返しのつくことではない。

（だが、せめて、ただで殺されることだけはすまい――）

悲壮な決意をこめてにらみつけるあやの表情で、由比は答を察したらしい。ふんと鼻をならした。皆順が差し出した杯をうけとると、二杯、三杯と不機嫌に手酌で酒をあおった。

「……それで、どうするつもりだ、由比殿」

黙っている由比に痺れをきらし、あやの背後で右田が口を開いた。

「お主が殺すなといっておった故、生かしたまま連れてきたのだ。用があるなら、とっとすませていただこうか」

「用などない」

由比は忌ま忌ましげな口調で言った。また杯を口に運びながら、

「ただ、城でいったいどこまで話をつかんでおるのか、確かめておくほうがよかろうと思っただけでな」

「その必要はない。いざとなれば城の手など簡単に封じられる」

「そうか。そうであったな。御前さまにかかれば、な」

もう一度、由比の目があやに向けられた。酒に濁った目が再びあやを嗤った。

「そうとも知らずに、せっせとお役目とやらに励み、我が身を滅ぼす――父親と同じ道を選ぶとは愚かな娘だ。お篠も哀れなものだな。芹沢のような愚かな男に嫁がなければ、長生きもできたろうに」

「――母上を殺したのはお前だろう！」

思わず、あやは叫んでいた。

「父上を陥れ、母上に手をかけたのはお前だ。私が何も知らないと思っているのか」

夫の死を知らされた日に、絶望して身投げした母。芹沢籐九郎を罠にかけた由比が、その父の命乞いを条件に母に何を要求したのか、知らぬあやではなかった。そしてもとより、由比には約束を守る気などなかったのだ。

だが、

「何も知らぬさ」

由比の髭面に一瞬、投げ遣りな笑みが浮かんで消えた。

お前も芹沢籐九郎と同じだ、と由比は続けた。

芹沢も何も判らず、ただあの頑迷な町奉行や筆頭与力のいうままに動く愚か者だった、と。

「それほどにものの判らぬ男を選ぶとは、お篠殿も哀れな女子《おなご》よ」

お篠殿、と今度は由比は言った。そういえば、母のお篠と父籐九郎、それに由比政十郎は幼馴染みだったことを、あやは思い出した。

お篠の実家もまた町奉行所与力を務める家柄で、三人は同じ天満の屋敷地に育った遊び仲間だったのだ。

長じてお篠は芹沢を選び、選ばれなかった由比は自然に二人とは距離を置くようになった。

その後、東町に新しい町奉行高井山城守が着任し、町奉行所の改革が始まったことで、二人の与力の進む道はさらに離れていった。

「……すでにあの頃、何もかもが愚か者の思う方向へと動き始めておったのだ」

濁った目に虚ろな笑いを浮かべて、由比は言った。

江戸から赴任してきた新しい町奉行高井山城守は、大坂での奉行職を出世の一段階とのみ考える旗本の多いなか、めずらしく熱意のある男だった。繁栄を通り越して爛熟の域に入りかけていた大坂の町を、なんとか建て直さなければと理想に燃えていた。

「時代遅れで、傍《はた》迷惑な理想に、な──」

由比はもう一杯、杯を干しながら言った。

町人と馴染み、商いの流れのなかに身を置くことで町を守り自分の身も守る、そんな大坂の役人たちの理想とは相容れず、当然、奉行所の中には反発が大きかった。由比ももちろん、反対派の一人だった。

が、幸か不幸か山城守の部下には大塩平八郎がいた。大塩は、もともと大坂の町奉行所には馴染まぬ存在だった。十五歳の時に先祖が家康に仕えて武功をあげていたことを知って以来、商人と馴れ合うことを嫌い、武士として名をあげることを生涯の務めと定めた男だった。

大塩は同僚たちの批判にも耳を貸さず山城守に身命を捧げ、商いの道を断ち商人の力を削ぐことで大坂を取り締まろうとした。商人と誼《よしみ》を交わす同僚たちまでも容赦なく懲らし、往古の昔より商いに基盤を置いてきたこの町の色を、古くさい武家のやり方で塗り替えようとした。

「それでこの町の民を守ろうというのだから笑わせる」

と由比は目を細めた。

「浪華の町は商いの町だ。金が動けば町は潤う。物と金が動かなくなればこの町は終わる。それがたとえ抜け荷であってもかまわぬのだ」

そもそもが抜け荷が重罪などと思うほうが間違いなのだ、と由比は言った。

物の動きはそのまま金の動きだ。幕府の言うままにその監視下に物を動かせば、利はすべて幕府のもとに掠め取られていく。江戸に集まるようにできている。

「そんなばかげた仕組みにのせられたままでは、この町は成り立たぬわ」

大坂の町を維持していくには、それにふさわしいやり方というものがある。それを肌で感じていたのが地付の役人たちだった――。

そう話す由比は、酔いの赤みを宿してはいるものの、真顔だった。

あやは、さきほど襖越しに聞いた商人の言葉を思い出した。

(大坂には大坂の、江戸のお武家には判らないやり方がある……そう言っていた)

では由比は、大塩平八郎や芹沢籐九郎には判っていなかった大坂のやり方とやらを理解しているのだろうか――と、そこまで考えかけて、いつのまにか由比の言葉に耳を傾けかけている自分に気付き、あやは慌てて首を振った。

何をこんな男の口車に乗せられている。

この男は己れの利益のためなら町の民を踏み付けにすることも厭わぬ輩。加えてあやの双親《ふたおや》を陥れた、憎むべき仇敵ではないか。

あやはもう一度、正面から由比をにらみつけた。

「――だが、それは将軍家への反逆ではないか。与力職にあるものとして、恥ずべき行為のはず」

「だからどうだというのだ」

由比は傲然と言い放った。

「海に向かい湊に向かう水の都に自由な商いをするなというのは愚か者だ。公儀は我らに大坂の町を守れと命じた。我らはそれに従いただ町を潤してきただけだ。どんなものでもよいのだ。物を動かせば金になる。御禁制の品であろうと民を魅了する水煙草であろうとかまわぬ。町を守るとはそういうことだ。取り締まるだけでは何にもならぬ。それが判らぬ大塩も、その意に賛同し、言われるままに動く芹沢も、この町には必要のない人間だった。高井山城守や、おじけづいて足抜けしようとした美濃屋友太郎と同様にな。……もっとも、いつの世にも話の判るお方はおられるものであったがな。あの御前のように」

「由比殿」

そこで、やんわりと由比の言葉を遮ったのは、右田だった。

「無駄話はその辺りにされるがいい。娘の始末を先につけていただこうか。殺すならば我らにお任せいただければいいが――そうでないのなら、煮るなと焼くなと好きにされるがいい。我らは湊に向かわねばならぬのでな。このところ湊には取引を邪魔立てする鼠が現れるようで、油断がならぬのだ」

「そうか……」

いつのまにか喋りすぎておったらしい、と由比は苦い笑みを浮かべた。さらに一杯酒をあおり――由比政十郎は庭に投げていた視線を再びあやに向けた。あやの胸元を差すその目に、そこで初めてぎらついたものが宿った。

「ならば、殺す前に、母親と同じ目に遭わせてやろうか」

初めからそのつもりで捕らえたくせに、とあやは唇を噛んだ。こんな男の手にかかるくらいなら舌を噛んでやる、と思った。だが、それは最後の最後でとるべき道だ。

あやはまだあきらめてはいなかった。

由比が立ち上がりあやの小袖に手をかけようと腰を浮かせた。酒が足にきたのか、その体がわずかにふらついた。

「由比殿」

右田が呆れたように言い、その注意が一瞬、あやから逸れた。

あやが一か八かの賭けにでたのはその瞬間だった。

懐に潜ませていた七つ道具は取り上げられていたが、万一に備えて小袖の衿に縫い込んでおいた火薬玉は見つけられていなかった。目を覚ましてから右田が部屋に入ってくるまでのわずかな間に、あやはそれを取り出し手の中におさめておいたのだ。座敷に移され、行灯でなく燭台が使われているのを見てとったときから、機を計っていた。

あやの手から放たれた火薬玉は、そのまま蠟燭の火に弾《はじ》け、火花となって男たちの目を晦ませた。

刹那を逃さず、あやは右田に体当たりを喰らわせ、庭に飛び出した。

奥の座敷で、店の者もまわりにはいない。それが狙い目だった。相手は由比政十郎と皆順、それに右田だけだ。

あやは走った。裾の乱れも気にせず、植込を突っ切って走った。

小さな池を配した中庭の向こうに、腰の高さほどの板塀がある。水の流れる音はそちらから聞こえてきていた。おそらくは、塀の下がそのまま堀端になっている。とすれば、飛び込めば逃げられるかもしれない。

が、

「待て」

板塀に飛び付く寸前に、あやの動きを止めたのは、雷にも似た轟音だった。同時に、足元で何かが爆《は》ぜた。

振り向いたあやの目に、何か黒光りするものを構えた由比の姿が映った。

（短銃だ――）

城にいてすら滅多にお目にかかれない武器だが、長崎からの抜け荷の流通路を押さえている由比の一味には容易に手に入るのだろう。

あやは動きを止めた。

「大人しくすることだ。そうすれば、しばらくは生かしておいてやる」

近付いてくる由比の声に、誰がいいなりになどなるものか、とあやは思った。生きて由比の思うままにされるくらいなら、死んだほうがましだ。

あやの目に悲壮な光が宿った。

再度、炸裂音が庭に響いたのはそのときだった。

由比の手から短銃が弾き飛ばされた。

続いて、飛んできた小柄が追い掛けてきた皆順の顔面を捕らえ、彼はひっと小さく声をあげて顔をおおった。

何が起こったのか、あやには判らなかった。

誰があやを助けようとしているのか、判らなかった。

だが、この機を逃す手はなかった。

あやは迷わず身を翻し、塀を飛びこえて眼下に見える水の流れに身を投じた。

「ばかな――」

塀を越える瞬間、信じられないと言いたげな皆順の声が聞こえた。

「〈在天〉の弓月王《ゆづきおう》――なぜ、貴様が城の女を助ける」

弓月王。

その名はどこかで耳にしたことがある。

水面に落ちる瞬間、振り返ったあやの目に、屋根の上に立つ白い鬼の顔が映った。

あやの体はあっというまに水嵩の増した堀の流れに吸い込まれ——三度目の銃声が、辺りには響いた。


すでに丑三刻を過ぎ、川岸は静寂に包まれていた。

水面に棹を差す、かすかな音だけが暗がりに紛れて時折聞こえた。

二十石積みの上荷舟《あげにせん》が、わずかな月明かりの下、江戸堀川を上っていく。

舟は全部で五艘、続いていた。

闇に紛れて進む舟上では、昼間ならば威勢のいいかけ声を掛け合う加子《かこ》（水夫）さえも黙り込み、辺りをはばかりながら一心に中之島蔵屋敷を目指し櫓を動かしている。

大坂にたどり着いた諸国廻船の荷は、安治川の河口で小型の上荷舟に積み直され、そこから大坂市中に運び込まれるのがきまりである。

市中を縦横に走る堀川を使っての輸送は、近頃ではより安価で小回りの利くべか車（大八車）に押されてはいたが、それでも水の都にあって水路が果たす役割は大きかった。

少なくとも公にできぬ類の荷を運ぶには、べか車を動かすより目立たなくて都合が良い。

そうして、

（また、こうやって、新たな荷が西北橋を越え、目的地へと近付いていく）

岸辺から苦々しい顔で川面を睨んでいた幾つかの人影のなかで、ひときわ小柄な影が、目の前を通り過ぎていく舟に堪えきれないように見じろいだ。

その動きを抑えるように、背後からささやくような声がかかった。

――左近、先走るな。

判っている、心配するな常陸、と小柄な影は応えた。低く押し殺してはいるが、男の声と言うには細い響きだった。

だが、と左近はそのすぐ後に続けた。

――あまりに遅すぎる。そもそも、予定ではいつも通り安治川の湊で仕掛けるはずだったんだぞ。

なのに、彼を待つが故に機を逃し、舟は市中まで入り込んでしまった。

これ以上蔵屋敷に近付けば、仕掛けること自体、難しくなる。

苛立ちは、左近のみならず、場に集まった一党のなかにじりじりと広がりつつある。それは常陸にも判っていた。見逃すわけには絶対にいかない舟なのだ。

（いっそのこと、ここにいる者だけで仕掛けるか――）

常陸の頭をそんな考えがかすめた、そのときだった。

彼の目にようやく、川岸に沿って闇から溶け出すように歩いてくる人影が映った。

近付いてくる男が間違いなく待っていた若者だと見て取った常陸の顔に、安堵の色が浮かんだ。

ようやく現れた美しい若者は、刻限に遅れた弁解は一切口にせず、すぐさま、待ちわびていた一党に予定の行動を命じた。

茶染めの装束に身を包んだ男たちも、とりあえずは何を問うこともせず、いっせいにそれぞれの持ち場に動いた。

ただ一人、動かなかったのは左近だった。

何をしている、早く持ち場へ行け——目を向けた若者に、左近は言った。

「血の匂いがする——どこかで斬り合いでも——？」

「——」

若者は応えなかった。

応えず、ただ、早く行け、と促すように顎をしゃくった。

左近は不満げな顔で口を閉ざし、若者を突き飛ばすかのような勢いでその側をすり抜け、すでに水際近くまで下りている仲間を追っていった。肩が触れた瞬間に、若者がかすかに眉をしかめ腕を押さえたのには、気付かなかった。

あやが目を覚ましたとき、辺りに立ち籠めていたのは粥を炊く匂いだった。

障子の破れ目からは、日の光が差し込んでいる。すでに夜は明けているのだ。

あやは体を起こした。衝立てで仕切られた、裏びれた居酒屋の座敷といった場所だった。染みだらけの畳の上に、古びた夜着をかけられて眠っていたのだ。

息を潜めて辺りを見回し、あらためて我が身に視線を落としたとき、身に付けているのが肌小袖一枚とようやく気付き、あやは身を強ばらせた。

「目が覚めたんか」

のんびりとした声が衝立ての向こうから聞こえたのはそのときだった。

「着る物は枕元にあるやろ。ずぶぬれやったさかい、乾かしといたんや。着替えたらこっちに来。茶粥がでけたとこや。お腹すいとるやろ」

聞き覚えのある声だった。衝立ての向こうをのぞき、あやはあっと声を上げた。

「あなたは、あのときの……」

内本町でお千代とともに奉行所の手先に追われたことがあった。そのときに逃げる手助けをしてくれた、白髪の老人がいた。今、小さな鍋を杓子でかき混ぜながら、にこにことこちらを見ているのは同じ顔だった。

「覚えててくれたようやな」

「あなたが――」

あやは衝立ての陰で手早く衣を整えると、土間に降り、老人に歩み寄った。

「私を助けてくださったんですか？」

堀川に飛び込んだところまでは記憶がある。しかし、その後は意識が途切れていた。

「あんた泳げへんねんなぁ」

と老人は笑った。

「お城のお務め担《にの》うとる者が泳げもせんとは思わんかったわ。大変やってんで、堀江新地からここまで運ぶんは。弓月も、助ける気があるんやったら最後まで手ぇ貸せばええもんを、どうも肝心のところで思い切りのつかん男でな——まあ忙しい身やいうんもあるけどな。あの後すぐ舟のほうに行っとったし」

「弓月、って……」

「会《お》うたことあるやろ。白い綺麗な顔した男——言うたら判るか」

「あの鬼——」

あやは掠れた声を上げた。

ではやはり、由比のもとから逃げ出す手助けをしてくれたのはあの鬼だったのだ。

飛び込む間際に見た姿は、幻ではなかった。

(だが、なぜ)

丈庵の亡骸を狙って堀端に現れたときから、あやとは敵対する立場にあった男だ。

あやの懐から近江屋の薬を奪いもしたし、男の一味は城に忍び込み鴉の腕を切り落とした。あやを助ける筋合いなどどこにもない男だ。

(それが、なぜ、私を助けた——?)

信じがたいという顔のあやに、老人は言った。

「それにしても、あの新吉とかいう若い衆には可哀相なことしたなぁ。あんたを助けようとして斬られてしもて。儂《わし》が駆け付けたときにはもう手遅れやったんや」

「じゃあ、新吉さんは」

あやは息を呑み——両手で顔を覆った。

すべては自分のせいだと思った。新しい暮らしを始めようとしていた新吉を酷い運命に陥れ、自分だけはこうしてのうのうと生き残っている。慚愧《ざんき》の念に震えそうになる声を抑え、あやは口を開いた。

「……弓月というあの男はいったい何者なんです。あなたも奴らの一味なんですか」

「一味いうんとは違うなぁ。儂はただ昔からあの一党と縁があるだけの、居酒屋の主や。そうそう、名前を言うてへんかったな。仲間内では赤穂屋《あこうや》、呼ばれとる。よろしゅうにな——よし、でけた」

赤穂屋は満足げに味見をした後、椀によそい茶粥をあやの前に差し出した。手近の腰掛けをあやにすすめ、自分も飯台をはさんで椀を手に腰をおろす。

うまそうに粥をすすする音を聞くと、あやもさすがに空腹を感じたが、とても箸を付ける気にはなれなかった。

椀を持ったまま動かないあやを見、

「……なんや、食べへんのか」

赤穂屋は不満そうにその手元を覗き込んだ。

「口に合わんか。うまいと思うねんけどなぁ」

おかしいなぁと首を傾げている。それから、

「ああ、そやそや」

と唐突に思い出したように手を打った。

「忘れとった。こないだ弓月が店に来たとき、置いていったもんがあったんや。もともと、あんたの物やったらしいな、返しとくわ。ほれ」

そう言って赤穂屋が懐から取り出したのは、見覚えのある小さな紙包みだった。

「それは」

あやは椀を飯台に置き、包みに手をのばした。

「覚えとるやろ。敦賀屋が近江屋に渡そうとしとったもんや――中身が何か、判るか？」

あやは黙って、膝の上で包みを開けた。覚えていた通り、茶色の散薬だった。かすかな匂いがある。ためらうあやの脇から手をのばし、赤穂屋がその粉末を指の先にとり、舌先に運んだ。

「別に、毒の類やないねんけどな」

味わうように舌を動かし、目を細めるその顔を見ながら、あやは言った。

「ではやはり、阿片――ですね」

「ほう。よう判ったな」

「水煙草で阿片を吸うのは近ごろ大坂でも流行り始めています。長崎ではもっと以前から広がり始めているといいますし、由比に連れていかれた揚げ茶屋でも、奥の部屋から匂いが洩れていました。あの皆順という僧侶も吸っているようだったし、何より、一度吸い始めればやめられなくなる質のもの故、自然と売値も高くなり、唐物取引で法外な金を摑むにはいちばんの品だと聞いています。あの由比が目を付けそうなものです」

「せや。人に夢を見させる粉――金を生む薬やな」

赤穂屋は再び阿片の粉を、今度は指先に摘むと、目の前にかざしてみせた。にこにこと笑みを絶やさなかったその目付きが、不意にすっと険しくなったかと思うと、ごたごたの始まりはそもそもこいつやったんや、と言った。

「どういう意味です」

「知りたいか？」

はい、とあやはうなずいた。

「そうか――ほな、きばって調べることやな」

赤穂屋は笑い声をたてた。

「仮にもお城の影役さまや。そんくらいのことがでけへんわけないやろ。城に戻って体休めて一から出直すこっちゃ。この町守ろういう者は、そんくらいの気合いがないとあかん――さ、粥でも食べ」

「……」

肝心なところで話を打ち切り、赤穂屋にはそれ以上話す気はないようだった。問いつめたところで無駄だと、その飄々とした笑顔が無言で告げている。

あやはあきらめて、ひとつため息をついた後、箸を手にした。

「弓月もな」

微苦笑を浮かべながら赤穂屋が再び口を開いたのは、あやが粥を一口含んだのを確かめた後だった。

「あいつも、守ろうとしとるんはこの町なんや。そら、城の者とはやり方も何も違うけどな。それでも、もしもこの先あいつとやりあうことになっても、それだけは覚えとき——な、お姫さん」

にっこりと言うその笑顔に、

「——弓月という名を、私は太秦で聞きました」

あやはもう一度箸を置き、向き直った。

「海を愛し浪華の地を愛した異国の王の名だと。——あの男はなぜ、その名を持っているのです」

異国の王やない、と赤穂屋は首を振った。

「そもそもこの町ができたんは、異国も何もまだあらへんかった時代や。海にもその向こうも自由に行き来ができた。民を分ける境もなかった。自由な水の都、難波宮。千年の昔からその息吹を忘れんと生き続けとるんが弓月の一党や。まあもともと寺自体かて海の向こうからきた仏の教えを伝えるもんやし、異国や何や言うとったらきりがないこっちゃしな。……天に在りこの都を守る主——その名は、古来よりこの町の闇のなかにひっそりと伝えられてきたもんやった。戦国乱世の終わりにこの地に都を築いたあの太閤さんかて、〈在天〉の力にはそれなりに敬意を払っとったんやで。一度当時の弓月王にちょっかいかけようとして、手酷くやられて懲りたんやろな。家康公かて〈在天〉にはよう手ぇ出さんかったし……あいつらはいつの時代も、この町を陰から見守ってきとったんや」

そう語る老人の目に一瞬、これまでになかった輝きが宿ったようにあやは思った。

「……まぁ、けども、こんな話は、城の者みたいに他所《よそ》からきてすぐ去っていく連中には知る必要もないことやろな」

「でも——それでは、その弓月がなぜ私を助けたのです」

それだけが、どうしてもあやの心にはひっかかっていた。納得ができなかった。再度訊ねると、

「それはまあ、儂には判らんな。弓月に会《お》うたら訊いてみることや」

再び元のとぼけた表情に戻り、赤穂屋はうまそうに粥をすすった。

十一　大坂城代

「野堂町のはずれやさかいな。まっすぐ行けば、すぐに東横堀や。まだその辺に奉行所の連中が居るかもしれれんよって、寄り道せんと城に帰るんやで」

暖簾の向こうから赤穂屋の声に送られて、あやは居酒屋を後にした。

日の昇りきらぬうちに城に戻ったあやを千貫櫓で迎えたのは、驚いたことに、青ざめた顔をした咲だった。

「あやちゃん――」

あやの顔を見るなり、咲は半泣きになってとびついてきた。

「咲姉さん、どうしてここに」

目を丸くするあやを、

「何言うてんの！」

咲は涙顔のまま怒鳴り付けた。

「人にこんだけ心配かけといて……。あんたが奉行所の連中に捕まったって聞いて、生きた心地せんかったんよ。ここんとこちっとも来てくれんし、無事でいるんやろか、どないなってんのやろかて思てた矢先やないの。本当《ほんま》に、もう……」

　咲は激した感情が喉に詰まったかのように、言葉をとぎらせた。

「城代さまにお知らせしてなんとかしてもらわな、と思ても急のお出かけでどこにいはるか判らんし、他の影役衆は江戸へ出かけたきりや言うし、頼りの鴉は怪我で動かれんし……本当《ほんま》にどないしよかと思とったんよ」

　とぎれとぎれの言葉の合間にも、咲の目からは涙が零《こぼ》れだしている。両の目が真っ赤なのは、涙のせいだけではないだろう。きっと昨夜は眠っていないのだ。

「咲姉さん……」

(本当に心配していてくれたのだ)

　考えてみれば、もう自分のことなど煩わしく思っているかもしれないと勝手に思い込み、先に距離を置こうとしたのはあやのほうだった。また来ると言っておきながら、ぷっつりと姿を見せなくなった妹分のことを心配し、咲はあれこれと気をもみながら日を送っていたに違いなかった。そして、その身に危険が迫っていると聞くや、身重の体であるにもかかわらず、夫も店も放り出して城に駆けつけてくれた。

　ごめんなさい、姉さん、と頭を下げるあやの声が震えた。

「でも、咲姉さん、私が捕まったなんて、いったい誰から聞いたんです？」

「なんや知らん髪の白いお爺さんがいきなり店に来て、教えてくれたんや。新吉さんからの伝言や、言うて」

そこで咲は少し声を落とし、新吉さんのことも聞いた、と言った。

「まだあないに若かったのに、こんなことになるやなんてなぁ……」

声を詰まらせ、咲は袖口で頰の涙を拭った。

咲に知らせてくれたのは赤穂屋だろうと思った。

赤穂屋は咲がかつてあやとともに城の影として活躍した身であることも知っているのだろうか。

この町のことをいちばん何も知らないでいるのは、あるいは城のなかにいる者なのかもしれない。他所から来ては、短い時を過ごし、また去っていく。町を見下ろしながらそれを繰り返す城のなかにいて、自分もまた、この町の何を判っていたというのか。

「——こうなったら、新吉さんの無念を晴らすためにも、どないしてもうちらがこの件は明かしてみせなあかんで。な、あやちゃん」

咲の手があやの両手を包み込み握りしめた。

「小田原衆も居《お》らん今、この町はうちら御城影役の力で守らなあかんのや。な、そうやろ、あやちゃん。うちも出来るかぎり手伝うしな」

熱い咲の言葉に気圧され、あやはうなずいた。その一方で、この町を守るというその言葉の意味が、今ほど判らなくなったことはない、と思った。

城代大久保教孝は、昨夜から下屋敷に出かけたまま、まだ城には戻っていなかった。

咲はいったん店に帰ると言って城から出ていった。

一人になったあやは、二之丸屋敷の離れで、ぼんやりと障子の向こうに広がる中庭を眺めていた。

見慣れた景色だった。

生まれ育った天満の与力屋敷よりも、ずっと馴染みの深い場所だった。

双親を失い城に引き取られてから、いくつもの季節を過ごしてきた部屋なのだ。

抜け荷の闇を白日にさらそうとして命を落とした父。

（父さまは……なんのために命をかけてまで美濃屋の事件を暴こうとしたのだろう）

由比政十郎は、この町を潤すためには抜け荷は必要なことだと言った。幕府のいうままの商いをしていたのでは、町は成り立たない、商いを守りこの町の火を消さぬためにやっているのだ、と。

そして、弓月という男とその一党も町を守るために戦っているのだと、赤穂屋は言っていた。

その戦いは、何に対する戦いだ。

判らなかった。

ただ、あやに判るのは、自分はこの町のほんの一部しか知りはしないのだ、ということだけだった。

自分が大坂城代の命を受け、それを正義と信じ身命をかけて戦ってきたように、この町にはこの町にしか通じぬ幾つもの正義があり、それを守る者が在るのだろう。あの悪辣な由比政十郎にさえ、彼なりの言い分があるように。

　武家の力のみで一から作り上げた今の都江戸ならば、武家という一つの正義で治めることもできようが、この大坂の町においては、京の都よりもさらに古い歴史が、そびえたつ大坂城すら恐れずに町を徘徊している。ある者は商人の身形《みなり》をし、ある者は鬼の面に顔を隠して。

　そのことに気付かぬうちは、この町を守ることはもちろん、目の前に横たわる謎を解くことすら適わないのかもしれない。

　広隆寺であの鬼と同じ面を見た。ということは、弓月らが広隆寺とつながりのある者たちであることはまず間違いない。

　その寺のもとで、弓月たちは抜け荷に関わり何をしようとしているのか。

　広隆寺がかつて由比と結託していたことは確かだと思われた。皆順を橋渡し役とし、寺は丈庵ともつながりを持っていた。

　が、今現在、双方の間に協力関係はない。皆順は手を切ったと言っていたし、実際、三年前に寺から破門されている。揚げ茶屋で聞いた商人の話からも、両者がすでに袂を分かっていることは窺えた。

　にもかかわらず、丈庵の屍を堀端へ奪いにきたのは、弓月の一党だった。

（その目的はいったい何なのか）

抜け荷とはすでに縁を切った広隆寺につながる者が、かつて一味に加担していた者の屍を手に入れようとする。しかも、わざわざ大坂城内にまで侵入する危険を冒してまで、だ。よほどの事情があるはずなのだ。

何か、とても大事なことを見落としているような気がしてならなかった。

幾度か弓月と顔をあわせたときのことを、あやはもう一度思い起こしてみた。

一度目は城の堀端で。次は内本町の路上で。そして、昨夜だ。初めの二回はどちらも、ろくに言葉を交わすこともなく、刃を交えただけだ。昨夜はといえば、まともに顔すら見ていない。弓月が何を考えているのかなど、判るはずもなかった。

それから、

(もう一つ判らないのは……)

とあやはさらに思案をめぐらした。

合点がいかないもう一つの点は、由比の役割——だった。

丈庵を連れ出し殺害した侍とは奉行所内部の者かと思っていたが、どうやらそうではない。殺人者があの右田という侍であることは、新吉を斬り伏せた太刀筋が丈庵の亡骸にあった傷と同じ袈裟掛けであったことから想像がつく。

町奉行所与力という立場を利用して由比がやっていることといえば、薬屋を中心とする闕所騒ぎだ。家屋敷の差し押えと財産の没収——である。

それに、いったい何の意味があるのか。

混乱してきた頭をなんとか整理しようと一振りし、あやは今度は、丈庵の亡骸を見つけた翌日に心斎橋でたまたま見かけた、合薬屋の闕所の現場を思い出してみた。

あのとき、由比と近江屋が話すのをあやは聞いていた。

(彼らは何を話していただろう?)

懸命に記憶の糸をたどると、かすかによみがえってくるものがあった。

値踏みもいいが、肝腎のお役目を忘れるな――確か……そう、確か、由比は言った。

対する近江屋の応えは……。

「あや殿」

不意に名を呼ばれたのはそのときだった。

顔を上げると、いつのまにか教孝の側小姓が廊下に姿を見せていた。

気が付けば、すでに日は傾き始めている。

「殿さまがお帰りになられました。あや殿をお呼びです」

「――はい」

あやはうなずいて、立ち上がった。

部屋を出る前に、鏡をのぞき簡単に髪を撫でつけ襟元を整えた。教孝の御前に出る前にはそうしてしまうのが癖だった。

と、鏡台の上に置かれたお千代の守り袋が目に入った。

お千代に返さなければ、と思って手にとり、そういえば父さまの守り袋はまだ見つかっていない、とあやは思い出した。

部屋の中か、あるいは千貫櫓で落としたのではないかと思い、ざっとではあるが探してみた。だが見当らなかった。あれだけの小さなものだから、外で落としたとしたら、探してもむだだろう。あきらめるほかない——そこまで考えたとき、あやははっとなった。

(ちゃあんと探させてます。あれだけの小さなものやさかい、念入りに探さな判りませんやろ——)

合薬屋の前で、近江屋は由比にそう言ったのではなかったか。

だとしたら、由比は何かを探すために闕所騒ぎを起こしている、ということになる。誰かが持っているはずのもの。だが、いったい誰なのかが判らぬから、疑いのある者を片っ端から闕所にし、家捜しをする。

しかも、

(何か小さなもの。それでいて、多少怪しまれてでも手に入れたいほどに価値のあるもの——まさか)

あやの脳裏に、そのとき閃いたものがあった。

(そうだ、なぜもっと早く気が付かなかったのだろう。——山崎丈庵は、口中医だったのだ)

あやははじかれたように立ち上がった。驚いている側小姓を尻目に、離れを飛び出す。

丈庵の屍は、まだ埋葬されてはいないはずだった。

「これは……」

目の前に広げられた懐紙を見、城代大久保教孝は思わず声を上げた。

小石のようにざらざらと集められた小さな粒は、七つ。夕暮どきの仄暗さの中にあってさえ、まばゆく輝いている。水晶にもギヤマンにもないその煌めきは、まさしく金剛石（ダイヤモンド）のものだった。この世でもっとも堅く眩しい光を放つ宝石。古来より何にもまして珍重されてきた高価な玉。

「いったいこれを、どこから」

驚愕のあまり言葉も少なく、教孝はあやの顔を見つめた。

その顔が、かすかに青ざめていた。

「丈庵の歯の中からです」

「なに」

「丈庵は口中医です。長崎で修業した技を以てすれば、自分の歯を抜き代わりに金剛石を中に隠した作りものの歯を入れるのは難しいことではなかった。鬼の一党が丈庵の首を執拗に狙ったのはこれが目当てだったに違いありません。そして、由比の闕所騒ぎの目的も、おそらくはこれ。疑いを抱いた商人を始末し、欠落扱いで家屋敷を差し押え、これの行方を探していたのです」

「確かに、これだけの金剛石、滅多と見られるものではないが、だが、いったいなぜ町方の口中医がこんなものを持っていたのだ」

「出所はおそらく、寺です。決め付けるのは早計かも知れませんが、京都は太秦の広隆寺――」

「広隆寺、だと」

金剛石は、異国においては装飾品として何より高価な品として取引されるというが、国内ではまだその需要は少ない。これだけの量の金剛石があるとなれば、それは由緒ある寺社の寺宝として伝えられたものである可能性が高かった。

仏舎利という名で呼ばれる宝物の正体は、実はこれ――ということがままあるものなのだ。

あらゆる鉱石にまして堅いことから、金剛石は何者にも惑わされぬ堅固な智恵の比喩にも用いられ、仏教の世界では尊ばれてきた。仏の骨という由緒は別にしても、金剛石ならば、石としてそれ自体に価値があり、宝として伝えられる。

「殺された山崎丈庵の本名は美濃屋友太郎……十年前から由比一味の抜け荷に加担していた男です。その友太郎が金剛石を持っていたとなれば、それはおそらく、公儀の目を盗んで海外に売り払うためだったのではないかと」

各地の寺が昔から秘蔵してきた仏像や寺宝の類は、西洋人が珍しがって買うため、近頃は特に、長崎から海外に流れることが多かった。由緒のある品となれば国内での売買は足がつきやすく困難だが、異国に出てしまえば安心だということもある。

「では、売り飛ばすために、一味のものが寺より盗みだしたということか」

「あるいは、寺が自ら手放した可能性もないとは言いきれませんが」

仏教がもともと大陸から伝来したものである以上、僧侶の往来や書籍教典の輸入は寺には欠かせず、古来より寺とは異国とのつながりが密であるものだ。ことに西国の寺は海の向こうとの取引の中心にあり、漢文にも通じていることから、室町幕府の時代などは、禅宗の僧侶が外交文書の作成に携わることも珍しくなかった。徳川の世になり幕府が突然に海を封じたからといって、唯々諾々とその政策に従う者ばかりとは限るまい。

加えて、三年前の夏といえば、京都周辺の村々が突然の蝗害《こうがい》に襲われた年でもあった。広隆寺が経営に苦しんでいなかったとはいえ、大飢饉に襲われ餓えに苦しむ農民たちを目のあたりにしては、年貢を徴収するどころではなく、金には困っていたはずである。

「しかし、丈庵は何を思ったのか一味を裏切り、その金剛石を持ったまま京都から行方を晦ませた――」

「はい。京都を去ってから三年間の丈庵の足跡がまったくつかめなかったのは、追っ手から逃げようと懸命に身を隠していたためでしょう」

突然の裏切りに慌てた皆順や一味の侍たちは、必死になって行方を追ったが、丈庵も金剛石も見つからなかった。

「狼狽したのは広隆寺も同じだったはずです。盗み出されたのならもちろんのこと、万一、自ら手放したのだとしても、持ち逃げされては意味がありませんし、これだけ見事な金剛石となれば、そうそうあるものではありません。友太郎の手から人手にわたり公の場に現れるようなことになれば、すぐに出所がどこであるかは知れてしまいます」

それはそのまま、寺が合法ならざる商いの一味と関わっていた証拠になりかねない。

どうでも取り返さなければならない――そう思ったことだろう。

弓月の一党が事件に絡んできたのは、そのためと思われた。

「では、鬼の面の者たちは、寺における影役のようなもの――か」

「おそらくは」

広隆寺の様子を探りにいったあやを始末しようとしたのも、寺の立場を危うくする者だと判断したからだろう。

一方で、由比一派にとっても金剛石は取り戻さなければならないものだった。

密売の証拠品である点は、由比一派にも同様である。加えて、一味を裏切った友太郎を許すわけにいかない。一派の企みを知りすぎている者を野に放しておいては危険だとも考えた。

三年の間、由比の一派と広隆寺とは、それぞれに友太郎と金剛石の行方を追い続けた。

その間に由比の企みで闕所処分の憂き目を見た薬屋は、抜け荷に携わっていた頃の友太郎と親しかった者たちだろう。

「もっとも、由比の行動は、東町奉行所の良心ともいうべき大塩平八郎殿がいなくなった後のことですが」

大塩が去った後にこそ、誰も由比を咎めるものはなく、好き放題ができた。

「――だが結局、丈庵、いや友太郎は、一味の者に見つかって殺された」

「はい。伏見町の、裏長屋で」

きっかけとなったのは、その直前に友太郎が川で溺れている子供を助け、一枚摺《かわらばん》に載ってしまったことだった。逃亡者の身でそれは、致命的な失敗だった。友太郎はあっというまに一味に居場所を知られ、伏見町の裏長屋から連れ去られ、殺害された。

だが、そのときに、殺人者は友太郎が歯のなかに金剛石を埋め込んでいるとは気付かなかった。だから、屍を堀に捨てた。その後、友太郎の長屋を闕所処分とし金剛石を探したが、もちろん見つからなかった。見つかったのは友太郎を殺した男の目撃者であり、いるはずのない友太郎の娘――お千代だった。

「お千代、か」

と教孝が言った。

「ええ、そうです。由比がお千代ちゃんを捕らえようとしたのは、金剛石のありかを知っていると思ったからかもしれません」

「なるほど――」

教孝は脇息《きょうそく》にもたれこみ、ため息混じりにお千代の名を繰り返した。

「あのお千代に、そのような事情が隠されていたとはな」

疲れているのか心なしか青ざめて見えていた教孝の顔が、あやの話を聞くうちに、さらに沈鬱になったようだ――とあやはそこで気付いた。

この数日でやや痩せたようにも見える。

待望の老中昇進を前にしての大事の発覚に、きっとひどく頭を悩ませておられるのだ、とあやは思った。

初めは教孝自身が命じた探索だったにしろ、ただの町方の殺しと見えた事件に、大きな企みが隠されていた。それを教孝が予想していたはずもない。

あや自身もそうだった。

気が付けば、教孝とともにいられる時間は、刻一刻と短くなってきている。

本当ならば、今頃あやは、あと半月ほどとなった教孝のもとでの暮らしを、せめて悔いのないよう、精一杯に過ごしているはずだった。教孝が江戸へ心置きなく旅立てるよう、役務の引継ぎや屋敷の引き揚げを手伝い、心をこめて最後の奉公に務めているはずだった。

それが、実際は、ゆっくりと大坂城にとどまっている余裕もなく、探索に飛び回ることになってしまった。

(すべて、予想外のできごとだった)

教孝はまだ、額に手を当てて黙り込んでいる。

見慣れた横顔だ。

だが、この人はじきに手の届かない所に行ってしまう。もしかしたら、こうして二人きりでいられる時間もこれが最後かもしれないのだ。

改めてそのことに気付かされ、あやは口をつぐみ、うつむいた。

束の間の静けさを破ったのは、急の来客を告げる小姓の声だった。慌てふためいた足音が、それに続いた。

「殿」

と狼狽した顔で現れたのは、いつもは下屋敷につめている教孝の近習《きんじゅう》、中岡菊次郎だった。控えるあやを見て、中岡はさらに顔を強ばらせた。

はたして、彼が告げたのは、下屋敷よりお千代が拐かされた、という知らせだった。

「なぜそのようなことになったのです」

主君の御前も忘れ、思わず中岡に詰めよったあやに、

「迂闊であった」

すまない、と中岡は言った。

知るものもない下屋敷で淋しく日を送るお千代を哀れに思い、賄いの女中や侍女たちが暇を見て遊び相手になってやっていた。

「今朝も、お八重の方さま付の侍女やよい殿が……」

鞠つきでもしないかと、裏庭に連れ出した。それから半刻ばかり経ち、裏庭から聞こえた悲鳴に驚いて中間《ちゅうげん》たちが駆けつけたところ、侍女は倒れ、お千代の姿はなくなっていた。

不審な人影は、辺りにはなかった。

「そんなばかな」

「まさに霞のように消えてしまったのだ」

「そのようなこと、納得できません。下屋敷のなかではありませんか」

信じられない、と声を上擦らせるあやに、

「――しかし、ありえぬことではない。この大坂城内にとて入り込んだ者がおったではないか」

低く、静かな声で指摘したのは教孝だった。

「ですが、広い城内とは違い、中間たちも大勢おります」

「みなそれぞれに役目のある者たちだ。子供の守をしているわけではない」

「それでも、解せません。昼日中《ひなか》に下屋敷に賊が忍び込み、誰も見たものがいないなどとは――」

「だが下屋敷の者がそう申しておるのだ、間違いはあるまい」

半ば強引にあやの言葉を遮った教孝は、振り返れば、なお脇息にもたれ、疲れた顔で額に手を当てていた。その顔にいつのまにかはっきりと浮かび上がっている、何かに追い詰められているかのような表情に違和感を覚えながら、あやは言った。

「いずれにしろ、私もすぐに下屋敷に向かいます。何か手がかりがあるかもしれませんから――」

いや、と教孝は強く首を振った。

「下屋敷の者は、懸命に務めておるはずだ。お千代のことは下屋敷の者にまかせておけばいい。お前は城にとどまり、鴉とともに千貫櫓で下屋敷からの報告を待つことだ。いいな。城から出るのではないぞ。お千代のことでこれ以上、お前が動く必要はない」

「城代さま……」

しかしそれでは、と納得できずになお反駁しかけ――そのとき、あやの頭に一つの可能性が閃いた。

（まさか……）

とは思った。

が、下屋敷で事実上の主人として暮らしているのは誰なのか、ということに思いがいったのだ。

教孝の妻お八重の方――である。

そして、教孝が誰よりも大切に扱っている正室お八重の方の父親は、教孝にとって今回の老中昇進を先頭にたって進めてくれた恩人でもある、老中青山下野守であった。

当代将軍家斉公の政治嫌いをいいことに、幕閣で思うままの権勢をふるっている老中首座――彼はまた、抜け荷の探索に身命をかけていた東町与力の大塩平八郎に昌平坂学問所への誘いをかけ、彼を奉行所からていよく追い出した人物でもある。

「まさか……」

と顔色を変えるあやの目から逃れるように教孝は顔を背けた。

「城代さま……」

他に言うべき言葉を、あやは見つけられなかった。

考えてみれば、青山下野守は先々代の大坂城代でもあり、この町の商人や役人とつながりをもっていたとしても、何の不思議もない人物だった。しかも今の地位と権力を考えれば、大坂の薬種仲間に圧力をかけることなど容易《たやす》くできる。

（それだけではない。大坂城代に対してさえも……）

あやは愕然となった。

右田というあの侍は、お千代をすぐにも始末せねばならぬと言っていた。下屋敷から連れ出された以上、お千代の命は、そう長くはないと見るべきだった。

だが、勝手に動くことは許さん、と命じる教孝に、昨日、教孝を呼び出した老中青山下野守の使者に何を言われたのか、尋ねることが許されるあやではなかった。

教孝は大坂城代で、あやはその意を受けてしか動けぬ家臣なのだ。

「下屋敷に戻れ。あまり騒ぎ立てぬようにな」

教孝に告げられ、中岡菊次郎は、は……、と短く応えて立ち上がった。

退出する、その去りぎわに、あやにもう一度目を向け、中岡は言った。

「あや。すまぬ。お千代はずっとお前が父の仇を連れてきてくれるのを、信じて待っておったのに……」

それは、心底から口惜しげな言葉だった。

（中岡殿は何も御存じないのだ……）

あやは悄然と部屋を出ていく中岡の背を見つめた。

何も知らず――お千代を連れ去った黒幕が誰なのか、なぜ下屋敷で白昼堂々と拐かしが行なわれ得たのか、何も気付かず、ただ中岡は連れ去られた幼い娘のことを案じている。

下屋敷に帰れば、出てくるはずのない目撃者を探して辺りを駆けずりまわるのかもしれない。

そう思ったとき、あやの膝の上で握り締めた拳が震えた。

（私もお千代ちゃんと同じ独りぼっちだもの）

己れの口からお千代に告げた言葉が、耳によみがえってきた。

（だから私たちは同じ志を抱く仲間。卑劣な者たちに負けるわけにはいかないわ。絶対に、一緒に仇を討ちましょう……）

「あや。下がって千貫櫓に控えているのだ。お千代を探すのは下屋敷の者がやることだ。お前の役目ではない」

低く震えた主人の声が耳を打ち、あやはもう一度、拳を握り締めた。

判っている。影役とは大坂城代に仕え、その意を汲んで動く者だ。城に棲み、城代が役替えになれば新しい城代に仕え直す。命をかけて城を守り城代を守るのがその務めだ。

あやが守るべきは次期老中にして大坂城代大久保教孝の、命と立場とであって、親を亡くし謀略に巻き込まれた哀れな町娘ではない。それは判っている。大恩ある教孝に背くことなど、あやにはできはしないことだ。あってはならないことだ。

（けれど……）

「――城代さま」

あやは、顔を上げて主君を見た。

強い眼差しに教孝は一瞬ひるんだように見えた。

そのやつれた顔に刻まれた苦悩の色を見出したとき、あやは、初めて心に教孝に背く勇気が生まれたのを知った。

「一つだけ、お尋ねしてもよろしいですか」

「――何だ」

「城代さまは、この町を――この大坂という町で出会った者たちを、愛しておられましたか？」

一呼吸の間があった。教孝はゆっくりと応えた。

「この町は、お前の生まれ育った町だ。愛さぬわけがなかろう」

あやは黙って深く頭を下げた。

何も告げずに退出するとき、もう一度、ちらりと教孝を見た。

あるいは今生の別れになるかもしれない、と思った。

あやは二之丸屋敷を出ると、そのまま大手門から城を飛び出した。

十二　中之島蔵屋敷

まっすぐにあやが向かったのは、野堂町の居酒屋だった。赤穂屋の店である。

お千代を連れ去ったのは、青山下野守の手の者に違いなかった。

老中であり、かつては大坂城代でもあったその男こそが、いまなおこの町に巣食い、町の民を踏み潰そうとしている張本人なのだ。

が、町を守らねばならないはずの奉行所は初めから彼の手の内に取り込まれ、頼みと思っていた大坂城代も、老中であり義理の父親でもある存在を相手には、戦意を失った。

（けれど、だからといって――）

お千代を見殺しにすることは、あやにはどうしてもできなかった。

あや一人の手でできることなど限られている。

だが、あるいは力を借りられるかもしれない者を、あやは知っていた。

赤穂屋の店に行けば、つなぎがとれるはずだ。赤穂屋は一味の者ではないと言っていたが、彼らと行き来があるのは確実である。

決して味方でないのは判っている。

それでも、他に術はなかった。

それに、

(彼らにもお千代を取り戻さなければならない理由はあるはずだ)

そう、あやは考えていた。

丈庵を父として心から慕っていたお千代の胸のうちを考えれば、あまり当たっていてほしくはない推測であった。丈庵がお千代を大切にし、ほんの一時でも姿が見えなくなれば血相を変えて探し廻っていたのは、純粋に親子の情から出た行動であってほしいと思う。たとえ血のつながりのない親子であっても。

ところが、勢い込んで辿り着いた野堂町の居酒屋は、そろそろ夕刻で回りの茶屋には客が入り始めている時刻だというのに、がらんとしてまるで人の気配がなかった。

暖簾は内にしまわれたままで、看板障子を開けて店のなかに呼び掛けてみても、何の応えも返ってこない。苛々と店の奥まで入り込み、しばらく待ってもみたが、誰も帰ってくる気配はなかった。

(どうしようか……)

あやは焦り始めた。こんなところで時間をとられてはいられない。

そのとき、がたん、と何かが倒れる音が裏のほうから聞こえた。

はっとなってあやは立ち上がった。暗がりのなか、店を抜け、母屋の木戸のほうに廻り、そこで息を呑んで立ち止まった。

木戸にもたれ、うずくまる影があったのだ。鼻を突くのは、間違いなく血の匂いだ。

（怪我人、か？）

あやは人影に近付こうとした。

気配に気付き、うずくまる影が顔を上げた。

「お前は……」

どちらからともなく、声が漏れた。

店の明かりが灯り、二人を照らしだしたのはそのときだった。

「誰や、そこで何しとる」

鋭い誰何《すいか》の声――蠟燭を手に二人を覗き込んでいるのは、日に灼けた引き締まった体付きをした男だった。渡世人風に結った頭は黒々としている。

男はあやを見て目を丸くし、ついで、木戸にうずくまる影を見て声を上げた。

「弓月――お前、どないしたんや」

「見たら判るやろ、赤穂屋。失敗《しくじ》ったんや」

弓月はあやの存在など目に入らぬように、その秀麗な相貌を歪めて吐き捨てた。

（赤穂屋――？）

あやは驚いて、蠟燭を持った男の顔を見なおした。

目の前の男と今朝がた見た白髪の老人とは、どうしても一致しない。

赤穂屋は困ったように頭を掻いてみせた。

「あんたらみたいな堅気やない連中と関わっとると、そうそう素顔は他人様《ひとさま》にさらせんやろ」

今朝は確かに老人だったはずの赤穂屋は、そう言いながら、弓月とあやを店の中に招き入れた。髪は黒く、声も嗄れてはいないが、どこか人を喰ったような口振りに飄々とした態度は、紛れもなくあの赤穂屋のものだった。だが、いったいどちらが本当の年齢なのかは、見当が付かない。白髪のときには、その割りには動きが機敏だと思っていたが、落ち着きはらった言動は、それなりの年を経た男のものという気もする。

赤穂屋は表の戸を堅く閉ざし、行灯に火を入れ、弓月を奥の座敷に招いた。

血に染まった弓月の右肩を乱暴に酒で洗い、赤穂屋はてきぱきと手当てを始めた。

「弾傷やな。撃たれたんは、昨夜か」

「――」

「弾傷はすぐ手当てせぇ言うとるやろ。甘く見て放っといたら、そのうち腕が腐ってまうで」

渋面で言う赤穂屋に、弓月は何も応えなかった。時折痛みに顔をしかめる他はただ虚空をにらみ黙りこんでいる。

むせかえる血の匂いのなかで、何となく気勢を削がれてその様子を見ていたあやだったが、

「で、そっちの姫さんは何の用があって来たんや。まさか、儂と酒飲みにきたわけと違うやろ」

一段落し、血止めの晒《さらし》を巻き始めた赤穂屋に促され、一刻を争う用件を思い出した。

お千代、だった。あの娘のためにここに来たのだ。

だが、いざとなると、いったいどういうふうに切りだせばいいのか、判らなかった。

迷った末、結局あやはありのままを口にした。

下屋敷に匿《かくま》っていたお千代が拐されたこと。放っておいたら殺されてしまうだろうこと。にもかかわらず、あやの主君である大久保教孝には、お千代のために動く意思はないこと。あやはどうしてもお千代を助けたいのだということ――。

なるほど、と赤穂屋は苦笑した。

「――で、あんたは困って、こうなったら猫の手でも借りよか思て、敵味方も忘れてここにきた、いうわけか」

さすがに皮肉をこめた科白だった。身形が老人でなくなると、性格も少しばかり辛辣になるのかもしれない。

あやは、いいえ、と首を振った。

「いいえ、そんなことは思ってないわ」

弓月は、なおもあやの存在を無視し続けている。

その弓月の目を、どうでもこちらに向けさせなければならなかった。

　あやは、強い口調になった。

「ただ、あなた方にもお千代ちゃんを取り戻さなければならない理由はあると思うわ。なぜなら、美濃屋友太郎が歯に隠していた金剛石は、七つしかなかったのだから」

　次の瞬間、弓月の視線があやを刺した。

　――広隆寺に伝わる寺宝の仏舎利は全部で十粒あると、創建の由緒では語られていた。それが、友太郎の亡骸からは、七粒しか発見されなかった。

　つまり、残りの三粒を彼は別の場所に隠していたことになる。

　それは万一、自らが敵の手に落ちた場合を考えての策だったろう。

　一人食べるのも苦しいほどの貧乏暮らしをしながら、友太郎が決して側から放そうとしなかったお千代という娘に、親子の情以外に何か特別な事情があるとしたら、それは彼女こそが残りの金剛石の持ち主であるということ以外、考えられない。

　沈黙は、しばし続いた。

「――金剛石、なぁ」

　やれやれ、と大げさに額に手を当ててみせたのは赤穂屋だった。

「お姫さんも、なかなかやるやないか――まあ、気付くのがちぃと遅いいう気もするけども、な」

　あっけらかんと笑い、手当ての終わったばかりの弓月の肩を、ぽんとたたいた。

「ええやないか。ここまできてしもたんや。そういう事情やったら、お千代連れ戻さなならんのはお前も一緒やろ。奴らかて、金剛石の在処が判るまでは殺すわけにもいかんやろから、今やったらまだ間に合うわ。お前さん、こんな体やし、お姫さんの手、借りられたらちょうどええやないか」

屈託のない赤穂屋の言葉に、しかし、弓月は応えなかった。

あやから再び顔を背け、眉間に皺をよせたまま、毒消し用の酒の残りを、徳利に口を付けてそのまま飲みほそうとした。

「やめんか、怪我人が」

赤穂屋は慌てて徳利を取り上げた。

「何を考えとるんや。本当《ほんま》に酒の飲み方知らんやっちゃな」

「うるさい」

ようやく口に出した言葉はそれだけだった。吐き捨てるように言い、それきり、あやにはもう顔も向けず、黙って血に染まった袖に腕を通した。立ち上がろうとする。

「それなら」

とあやは慌てて言った。

「手を貸してくれたら――お千代ちゃんの持っている金剛石はすべてあなたに渡します。私はお千代ちゃんの命が助かれば、それでいい。それなら、あなたの損にはならないでしょう」

弓月はやはり応えなかった。

「赤穂屋、薬礼は付けや、今度とりたてにこい」

裏の引き戸をあけ、さっさと庭に出ていく。

「――待って」

その背中に声を上げ、あやは追うように庭に飛び出した。

その手は小太刀の柄にかかっていた。

結局はこれしかない、と思った。

力ずく、という奴だ。

弓月の実力は知っている。

だが、一か八かだ。

闇に生きる者の間で、これに勝る言葉はない。

刃を向け、それであやの力を認めさせることができれば、弓月はきっと手を貸してくれる。

「おいおい、人の庭で何する気や」

慌てる赤穂屋にも構わず、あやは小太刀の鞘を払った。

誘われるように、弓月が振り返る。

その動作が終わるのを待たず、あやは地を蹴った。

不意打ちの卑怯は承知だった。だが、尋常に勝負して勝てる相手ではない。

刀が空を切る音がした。

あやの突きをぎりぎりで躱した弓月の体が、目に留まらぬ速さで動き、あやが再度斬り結ぼうとしたそのときには、振り向きざまに彼の左手から放たれた鉤縄に、あやの小太刀は右腕ごと捕えられていた。

（やっぱり、敵わない――）

あやの動きは、完全に封じられた。

弓月の手が刀にかかった。

斬られる、とあやは思った。

仕掛けて敗れた以上、それは仕方のないことだった。

だが、弓月は動かなかった。

刀に手をかけたまま、止まっている。

月の光にかすかに照らされたその表情に、迷いが見えた。

動くこともできず、さりとて退くこともかなわない。

張り詰めた場の空気を変えたのは、やはり赤穂屋だった。

なあ弓月、と彼は動かない若者に呼びかけた。

「お姫さんのことはともかくとして、どのみちお前かて、お千代取り戻しに行かなならんのやろ。けど、その怪我で大立ち回りはきついわ。どや、儂なら一晩、銀一貫目で加勢するで」

のんきな、場違いに楽しげな声だった。

「……あほか、高すぎる」

と、一拍置いて、弓月は応えた。

「なら金十両、どや」

「まだ高い」

「なら、一人おまけつけて、二人で十二両。それで文句ないやろ」

しばしの、間があった。

「……腕があるならな」

弓月が低く応え、

「ただし、薬礼も込みや」

言いながら、あやの腕を捕らえた鉤縄の先を無造作に赤穂屋に投げ渡した。

「よし、決まりやな」

赤穂屋はそう言って、にっと笑った。それから、あやに向き直り、

「そういうわけや。お姫さんには二両だけやるわな。ほんま、お城育ちは商いが下手で困るわ」

何がどうなっているのか判らず、なお戸惑っているあやの手に、ほいと鉤縄を手渡した。

「……青山下野守は、城代としてこの町にやってくる前から、すでに抜け荷に手を出していたのでしょうか」

「来ると同時に、いうんが正解やろな。この町は、芯から商いの町や。欲の皮の突っ張ったお武家とつるんで一儲しようという連中が、大勢待ちかまえとったやろからな」

辺りをはばかる小声の会話を乗せながら、一艚の小舟が静かに土佐堀川を下っていた。

夕涼みにはすでに時期はずれで、吹き抜ける風は冬の兆しすら感じさせる。

辺りは闇に近いというのに、赤穂屋は迷う様子もなく棹を操っていた。いったいどこから調達してきたのか、一面黒塗りの、闇に溶ける舟である。昼間に水面にあれば目立って仕方ないだろうが、月が雲に隠れ星も少ない闇夜には好都合だった。

大坂市中を南北に分ける大川は、難波橋をすぎた辺りで中州を挟んで二つに別れ、その南側の流れが土佐堀川である。城の北から中之島を過ぎ、安治川の湊へと向かう。

幸い、辺りには、他に舟影はなかった。

あやの向かいで、弓月は腕を組んで目を閉じ、眠ったように動かなかった。何を考えているのかは、やはり、窺い知れない。

「十年前に奉行所に目をつけられた美濃屋は、さしずめ、そういう連中の、筆頭やった男やな」

赤穂屋は、そ知らぬ振りで話を続けた。

美濃屋を中心とし、城代青山下野守のもと、道修町まで巻きこんでの唐楽密売が、大坂市中を舞台に行なわれるようになった。

抜け荷でよく扱われる品といえば、縮緬《ちりめん》、緞子《どんす》などの反物類か、大黄《だいおう》、甘草《かんぞう》、人参や杜仲といった高価な唐薬種である。

全国の薬種流通の要である道修町を持つ大坂にあって、より売買がやりやすいのは、薬種のほうであった。

年間に銀で六千貫と定められた正規の唐物商いでの取引量に不満を抱いていた道修町薬種仲買たちは、すぐに乗ってきた。城代の権力が背後についているとなれば、公儀に咎めを受ける可能性も少ない。瞬く間に道修町は抜け荷の温床となり、薬種仲間ぐるみで下野守の闇商いの基となった。

「けど、その順風満帆やった下野守の取引も、東町に高井山城守が赴任してきた頃から、おかしくなったんや」

「由比も、そう言っていました」

商人とつるむことを嫌い、商人たちから甘い汁を吸い取ることにより彼らの動きを規制することを重く見た山城守は、この商いの町にはそぐわない人材だったのだ、と。

「由比政十郎と下野守が結びついたんも、その頃やった。あの欲深な御仁、おそらく、町奉行所で息がつまっとったんやろなぁ」

奉行所が血道をあげる美濃屋の探索を密かに妨害するのが、由比に与えられた役割だった。由比は忠実にその役をはたした。抜け荷のおこぼれを懐に納める一方で、奉行所の動きを美濃屋にもらし、調べを攪乱した。同僚の与力を罠にかけることもした。

美濃屋の友太郎も下野守に言いくるめられた一人だった。

「親の喜兵衛は店と一緒に灰になってしもたけど、友太郎は長崎へ学問しに行く金出したるいう甘い誘いに乗っかってもうてな」

二年後、長崎での学問修業を終えた友太郎が京都に居を構えると、下野守一派は再び彼に近づいた。当時、下野守は大坂城代から京都所司代にお役替えになっており、抜け荷の拠点も京都に移していたためである。下野守はほどなく老中に昇進して江戸に戻ったが、その後も上方での抜け荷は続き、友太郎は意を決して足抜けするまでの三年間、山崎丈庵という医者の看板の裏で唐薬抜け荷取引の拠点として動くこととなる。

ただ、そのときに丈庵と一緒に京都にやってきた易学者水野軍記がキリシタンであったことは、青山下野守一派にとって最大の計算違いであった。

占いの礼金詐欺事件を発端にキリシタンの捜索に手をつけたのが、十年前の美濃屋事件で因縁のある大塩平八郎だったことも、一派を慌てさせた。

「あの事件は蘭学者や町の者まで巻き込んだ途方もない騒ぎやった。キリシタン一味には大坂在番のお武家が関わっとるとか、長崎奉行も一枚かんどるんと違うかとか、いろんな噂があった。根も歯もない作り話からそうでないものまでな。大塩はんは、本当に優秀な与力やったし、あの事件にはことのほか力を入れてた。あのまま調べが進んどったら、本当に下野守は終わりやったかもしれん」

赤穂屋の口調には、慨嘆が含まれていた。

さすがの下野守もとっさに有効な手を打つこともできぬまま、大塩の調べは着々と進み、とうとう丈庵までもが奉行所に呼び出された。皆順を橋渡し役として抜け荷に加担していた広隆寺の力をもってなんとか釈放はされたが、強引なそのやり口は、逆に大塩に疑念を起こさせる結果を呼び、調べはさらに峻烈をきわめた。このままでは、すべて暴きたてられるのは時間の問題と思われた。

なんとかせねばならぬ。

焦った青山下野守の目が、大坂町奉行所の懐柔策にのみ向けられた。丈庵が金剛石を持ったまま京都から姿を晦ませたのは、その隙をついてのことだった。

「では、丈庵が逃げたのは、やはり、大塩殿に捕らえられるのが怖くなったからですか」

長年、由比の一味として動いてきた丈庵である。金剛石の持ち逃げなどしようものなら、ただではすまないことは察していたはずだ。にもかかわらず、独りで逃げる道を丈庵が突然に選んだ理由が、あやには判らなかった。

「そら、それもあったやろけどな」

それだけではなかっただろう、と赤穂屋は首を振った。

「結局はな、友太郎も恐くなったんや。抜け荷やいうて、仏像売り飛ばしたり薬運んだりしてるうちはええ。けど、いつのまにかそれだけではすまん妙なもんがはびこるようになっとる。仮にも長崎で医学を学んどった身や。異国のこともよう知っとったやろし、このままやったら町はもちろん、この国全体がえらいことになる——そう判ったんや。広隆寺も、それから弓月の一党も、同じやった。もともと海の向こうに目の向いとる者には、先のことがちゃあんと見えるもんなんや——なあ、そやろ」

と赤穂屋は弓月を振り返ったが、やはり弓月はじっと岸辺を見やりながら話など耳に入らぬふりをしている。

赤穂屋は苦笑し——そこで、舟の上を渡る風が止まった。

赤穂屋が棹をさし、舟を止めたのだ。

「——さあ、おしゃべりはここまでや。着いたで。どないする」

中之島の真ん中をすぎ、越中橋をこえた辺りだった。

岸辺に見えるのは、白い壁に囲まれた広大な屋敷地である。

丹波篠山藩主青山下野守の、蔵屋敷であった。

お千代が連込まれたとしたら、まずここだと思われた。

各藩の蔵屋敷の内部は、幕領である大坂の地にありながらも一種の治外法権区域で、町方役人はもちろん、大坂城代の権限をもってしても、立ち入りの詮議はできないことになっている。

堂島川と土佐堀川に挟まれた中州、中之島は、そんな諸藩の蔵屋敷が集中する場所だった。

領地から送られてきた蔵米の揚げ下ろしがしやすいように、大きな堀川に隣接するところを選ぶためである。

舟をそのまま屋敷内に引き込めるように、水路も作られている。

篠山藩の蔵屋敷にも、その屋敷地のもっとも下流にあたる西の端に、水門が造られていた。

が、こんな夜更けには当然閉ざされ、そこからの侵入はまず不可能と見てよい。

川と蔵屋敷との間には狭い石積みの浜があり、浜を断ち切るように立つ壁が、屋敷地の内と外を分けていた。

壁は同時に、川に背を向けて並ぶ米蔵でもあった。

弓月もいつのまに身を起こしたのか、舟の上に立ち上がり、城壁のように立ちふさがる蔵を見据えている。

「ま、子供一人取り戻すくらい、易いことやろ。お前さんには」

「それだけやったらな」

赤穂屋の軽口に、妙に力をこめた声で、弓月は応えた。

「……ほんまは水門開けて、下から潜ったほうが易いんやけどな。お前さん、怪我しとるしな」

上町の武家屋敷の壁ならばせいぜいが二間半程度の高さだが、蔵がそのまま壁でもあるとなれば、高さはゆうに三間をこえる。飛びこえるのは二人がかりで一人を踏み台にしたとしても、まず不可能だ。鉤縄を使って上るのはそう困難ではないが見つかる可能性は高い。

弓月は肩をすくめた。

それから黙って浜に下りると、何も言わずに歩きだした。

一瞬戸惑ったあやに、赤穂屋はうなずいてみせた。

水路の際まで浜を歩き、水路にかかる舟入橋を渡ったところで弓月は足を止めた。

高さ三間はある蔵の屋根に、懐から取り出した鉤縄を素早く投げあげる。
二、三度引っ張り重さに耐えられることを確かめた後、弓月はその縄を登り始めた。傷ついているはずの体のどこにそれほどの力があるのかと不思議なほど、動きには淀みがなかった。瞬く間に屋根の上に上がると、すばやく身を屈め敷地内の様子を窺った。傾斜のある屋根の外側に屈んでいれば、中からは姿は見えない。
あやが続いて屋根に上がると、弓月はそのまま敷地内に下りることはせず、屋根を伝って西側に移動し始めた。

屋敷の見取り図を完全に把握しているかのように、確かな足取りだった。

蔵屋敷と一言でいうが、その敷地は町の一区画をしめるほどに広大で、四方を建物がぐるりととり囲んでいる。川と通りにそれぞれ面する南北の側には蔵が立ち並び、東西には屋敷で働く者たちの長屋が軒を列ねていた。中央には、川から伸びる水路を真正面から迎える形で留守居役の住む館がある。

水路に平行に軒を列ねる西側の長屋の屋根を選んで、弓月は動いた。

引き入れた舟荷の揚げ下ろしに携わる、仲仕《なかし》の長屋だった。ちょうど反対側、敷地の東の端に列なる蔵役人の長屋が一軒ずつきちんと棟割りされているのに対し、こちらは大部屋で、おそらく中は雑魚寝だろう。全体に雑然としており、屋根の上のかすかな気配に気付く者も少ないはずだ、との判断だった。

留守居役の館の、裏側まで弓月は回った。

辺りに人影のないことを確かめ、そこでようやく敷地内に下りる。

あやは黙って、ただ弓月に従っていた。舟をおりてからの弓月は、怪我のことなど忘れさせるほどに確実な足取りで走っていた。そのいうままに動けば間違いはないことが、あやには判っていた。

屋敷内の警備は、意外なほどに手薄だった。

留守居の館のまわりは簡単な板塀がとり囲み、木戸がつけられている。見張りが一人いたのが、敷地内で初めて見かけた人影だった。

木戸にたどりつくや、弓月はその見張りを背中から羽交い絞めにした。

「今日、町方から連れ込まれた娘はどこに居る」

「な、なんだ、貴様は――」

「応えろ。殺されたいか」

弓月の手にはいつのまにか、鈍く光る苦無《くない》が握られていた。元来土を掘ったり箱をこじ開けたりするための道具だが、忍びの者はしばしば武器に使う。

見張りの顔から血の気が退いた。

「知、知らん」

「そうか。なら、お前は用済みやな」

弓月の指に力がこめられた。

「待、待て――東の米蔵……いちばん端の蔵に」

それ以上を弓月は聞かなかった。膝で鳩尾《みぞおち》を蹴り上げその場に転がすと、すぐに踵を返した。

東の蔵の並びに近付くには、南門の前を横切らなければならない。

明かりを持った門番が、時折気が向いたように、辺りを見回っている。明かりの向きが逸れた隙に、まず弓月が、次いであやが門の脇を走りぬけ、米蔵の前にたどりついた。

ここにもやはり、見張りはいない。

が、大きな錠前が鉄の扉にはぶらさがっていた。

弓月はすばやく懐から合い鍵の束を取り出した。忍び道具としては珍しいものではないが、城の影役が使うものよりも小ぶりで鍵の数も少ない。

不安げにあやが見守るなか、弓月は錠前の鍵穴をちらりと見ただけで、束から迷わず一本の鍵を取り出し、差し込む。慎重に一、二度、合い鍵を動かしただけで、すぐにかちりと小さな音がした。

音を立てぬように錠前をはずすと、弓月はそこでようやく、あやに目を向けた。中に入るように目で示している。外の見張りは自分がすると言っているのだ。

あやはうなずき、重い観音開きの戸を力をこめて引いた。

ひんやりと寒く暗い中に、天井高く米俵が積み上げられていた。

扉から差し込むわずかな月明かりでは、とても中までは見通せない。入り口に吊された蠟燭に火を灯した。

「……お千代ちゃん」

探るように奥に向かって呼び掛けると、何やら気配があった。うめき声がする。

声は右手の角から聞こえていた。蠟燭を手に進んでいくと、あやはすぐに、米俵の隙間に埋もれるように転がされている人影に気付いた。

「お千代ちゃん？」

繰り返し名を呼びながら、蠟燭の灯を向ける。はたしてそこには、両手両足を縛られ猿《さる》轡《ぐつわ》まで噛まされたお千代が、泣きだしそうな目であやを見上げていた。

十三　阿片

「お姉ちゃん、来てくれると思っとった」

縄を解かれ自由になるや否や、お千代はそう言ってあやにむしゃぶりついてきた。

小さな体が小刻みに震えている。

父を殺した侍たちの手に落ち、縛り上げられて暗闇に放り出され、幼い娘がどれだけ恐ろしかったかと思うとたまらず、あやもお千代の体を強く抱き締めてやった。震えが止まるまでそうしてやりたかったが、状況がそれを許さない。

「お千代ちゃん、行こう。ここから逃げださないと」

手を引いて、お千代を立たせた。

「どこも怪我はない？　走れる？」

こくんとうなずくのを確かめて、あやは改めて小太刀を握り直した。

扉まで戻ってきたときに、弓月の白い顔がその向こうにのぞいた。

それを見るなり、

「あ、お寺のお兄ちゃん――」

とお千代が声を上げたのに、あやは驚かされた。

「お兄ちゃんも来てくれたんや。お寺で貰《もろ》うた護り札、やっぱり効き目あったんやね」

それに応えて、

「悪かったな。助けたる言うとったのに遅うなって」

と弓月が笑ったのには、それ以上に目を丸くした。二人のつながりが判らなかったこともある。それに、弓月がこんなに優しい笑みを浮かべられる男とは思っていなかった。あやの前では見せたことのない表情だった。

「ぐずぐずしとる間はない、行くぞ」

あやに向き直ったときには、もとの顔に戻っていた。

蔵の外に出ると、やはり異変に気付いた者はいなかった。来た道をそのまま選び留守居館の裏をまわると、仲仕長屋の塀の陰にまで一息に駆けこむ。弓月がさきほどと同じように屋根に鉤縄を投げあげた。行きに乗り越えた蔵に比べれば、平屋作りの長屋の屋根は格段に低く登りやすい。まずあやが上がり、上からお千代を抱えあげ登らせた。暗闇を怖がるお千代の手を引きながら、屋根を伝い川岸の米蔵の並びまで走る。

すべては順調に動いていていた。

それどころか、

(あっけなさすぎる――)

とさえ、あやは感じた。

老中の蔵屋敷であり、十年以上も続く抜け荷の本拠地でもある場所のはずだ。

だが、ここが本当に、すべての企みの主が拠点とする館なのだろうか。

警戒はさぞかし厳重で、お千代を取り戻すのも命懸けになるのでは、と覚悟していた。

（それなのに）

ろくに見張りにも出くわさず、簡単にお千代を連れ出すことに成功しそうだ。

こんなことなら、あや一人でもなんとかなったのではないか、と思えるほどだった。

もとの場所までくると、侵入するときに使った鉤縄はまだ残されていた。

弓月はそれを確かめると、まずあやに下りるように言った。先に下りて、お千代を受けとめてやれという。

あやはいったんは、鉤縄を手に、弓月の指示に従おうとした。

だが、

（ここまで忍び込んでおきながら、ただ何もせずに帰るのか――）

そう思った。

（ここにきて――すべての悪事の拠点であるこの蔵屋敷にまで入り込んでおきながら、ただお千代ちゃんを連れ出すだけで帰るわけにはいかない）

そもそも、あやが両親を失い、寄る辺ない孤児の身の上になったのも、すべてはこの蔵屋敷の主のせいではないか。

あやの父が謀殺され、母が絶望のうちに身を投げ、幼いあやが孤独の涙にくれていた、そのときにも、この蔵屋敷の主は、してやったりと勝利の酒を酌み交わしていたに違いない。

（丈庵も――新吉さんだって）

この屋敷の連中に殺されたのだ。

（そんな奴らを、絶対に許せない）

あやは拳を握りしめた。

幕閣に絶対の権力を有する大物を相手に、もはや町奉行所も大坂城代もあてにならないというのなら、自分一人でも戦ってみせる、と思った。

ずらりと並ぶ蔵の中から、抜け荷の証拠をこの目で確かめてみせる。それをどうでも白日のもとにさらすことができないのであれば、あるいは、蔵に火を付けてやってもいい。すべての蔵に火を放ち、荷を全部灰にしてやるのだ。

「先に行ってください。お千代ちゃんをお願いします」

「なに」

「私は、まだここで、しなければならないことがある」

言うなり、あやは身を翻した。そのまま米蔵の屋根をこえ、仲仕長屋のほうに駆け戻っていく。

弓月が何か言うのが聞こえたが、耳には入らなかった。

ただ、この蔵屋敷を自分の手で潰してみせるのだと――その思いだけがあやを走らせていた。

あやの姿は暗がりのなか、あっという間に見えなくなった。

とっさに伸ばした弓月の手を擦り抜け、猫のように身軽に走っていった。

虚しく空を摑んだ手を握りしめ、

「阿呆が」

苦々しくつぶやいた弓月の声に、

「おい、何しとる」

赤穂屋の声が重なった。

見下ろせば、浜から赤穂屋が合図している。

「さっさと下りてこんか、見つかるで」

「お兄ちゃん」

お千代が震える手で弓月の袖をつかんだ。その目に怯えがある。

心配ない、と言いきかせると、弓月はまずお千代を、鉤縄を使って下におろした。

下で赤穂屋が両手を広げている。

次いで、自分も下りると、赤穂屋はすでにお千代を舟へと乗り込ませていた。

そろそろ雲が動き、半月が辺りを照らし始めている。

「いくらなんでも、そろそろ気配に気付きよる奴が出てくるはずや。早《は》よ離れたほうがええ――お城の姫さんはどうした」

弓月は黙って顎をしゃくった。示す視線の先を見て、赤穂屋が目を丸くした。

「なんやて」

赤穂屋の視線が、まだ辛うじて静寂を保っている塀の向こうに向いた。

あやが何を考えて突然戻っていったのか、弓月には判っていた。

あまりに容易《たやす》くお千代を救出できたことで、あの娘は勘違いしたのだ。

この程度の相手ならば、自分一人ででも何かができると思ったのだろう。

(抜け荷の証拠の品でも持ち出すつもりか——あるいは火付けでもするか)

けれど、現実は、

「そんなことで太刀打ちできるようなもんやない……」

ひとりごちる弓月の顔を、赤穂屋が横目で見た。

そんな簡単なことなのだったら、とうの昔に自分が片を付けている、と弓月は思った。

証拠品を持ち出すどころか、一蔵の中身をすべて盗みだすことをとて、弓月王の力を以てすれば、不可能ではなかっただろう。

だが、それに踏みきることができなかったのは、やったところで一時しのぎの鼬《いたち》ごっこにすぎないと判っていたからだ。

いったんは荷を運び出しても、すぐに新たな舟が入る。どれだけの手を駆使しても、次々に湊を訪れる舟のすべてては、妨げられない。

安治川の湊に見張りを立て荷揚げの邪魔立てをしてはみるものの、結局のところ、十分な成果をあげてなどいない。寺の上層部がいい加減に手を引けとうるさいのは、抜け荷の妨害などそもそも弓月王のするべきことではないという理由もあるが、何よりもそれが判っているからだ。町を守るというお題目を掲げるのは立派だが、すでに時代は難波宮の昔とも、武力がものを言った戦国乱世とも違う。所詮、この太平の徳川の世に、闇に棲む身ができることなど限られている。お前たちは〈在京〉をはじめとする身内からの頼みの筋だけをきき、あとは大人しく精霊会や経供養の準備でもしていればいいのだ。今の四天王寺に――〈在天〉に、〈別流《べつりゅう》〉は必要ない、と。

（かといって――）

正面から証拠の品を集め訴え出た者があったとしても、老中の権限の前には、あっというまに握り潰されるのが落ちだろう。十年前にあの娘の父親が、下野守の手のひらにあっけなく握り潰されてしまったように。

蔵屋敷の警戒が手薄なのは、逆にそんな老獪な下野守の余裕のあらわれなのだ。

徳川幕府の中枢に位置するものに、楯突くことなどできはすまいと嗤っている。

そして着々とこの町を――ひいてはこの国をも滅ぼしかねない企みに、異国の言うままに乗せられている。

「……阿呆が」

弓月はぽつりとつぶやき、

「舟を出すぞ、赤穂屋」

低く言った。

浜に着けていた黒塗りの小舟を、お千代と赤穂屋を乗せたまま思い切り川のなかへと蹴りだした。

「とっとと退散するこっちゃ。今に騒ぎになるやろ。その前に逃げたほうが利口や」

「――お前がそれで、ええんやったらな」

「ええも悪いも」

弓月は肩をすくめてそれだけ言い、足早に水辺を歩き、小舟を追った。

城の女が一人や二人どうなろうと、おれには関わりのないことだ。そう思った。

気紛れで、由比に捕われたところを助けてやったことはある。だが、あれは、あやが十年前の事件に関わる娘と知り哀れに思ったからだ。

手を引けと忠告したにもかかわらず、出しゃばってきた娘だ。

二度目の情けをかける義理はなかった。

そもそも、弓月にとって大坂城とは、目障りな余所者《よそもの》の住処でしかないのだ。

お千代が捕われたことを知らせてくれたのは有り難かったが、そのお千代も取り返した今、城の女に関わらねばならない筋合いはない。

歩きながら、米蔵を登るのに使った鉤縄を腰の革袋にしまおうとした。

革袋に手を入れたとき、何か小さなものが指に触った。

何の気なく取り出したそれは、いつかあやから掏りとった守り袋だった。

中には確か、珊瑚の根付が入っていたはずだ。職人にそれを作らせたもともとの持ち主は、守るべき妻と娘を持つ身でありながら、真正直にお役目に身命を捧げ、あげく権力者の手にかかり、無残な死を遂げた男だった。

己れをわきまえることも分を知ることもなく、竜車《りゅうしゃ》に蟷螂《とうろう》の斧を振り上げ、あっけなく踏み潰された。

それを愚かだというのだ。

いくらでも代わりのいる町方役人ならば愚か者にもなれようが、〈在天〉の弓月王と呼ばれる身には、愚かであることは許されない。

弓月は守り袋をしまい直そうとした。

と、そのとき、紐で閉じられているはずの口が開き、中から珊瑚の根付けが飛び出し、あっというまに水面に吸い込まれ、見えなくなった。

珊瑚は厄除けやからな、と赤穂屋が言っていたのを弓月は思い出した。

瞬間、蔵屋敷のなかで、銃声が響きわたった――気がした。

思わず振り向いた弓月の名を、一拍置いて、赤穂屋が呼んだ。

顔を向けると、赤穂屋は棹にもたれるようにして舟の上からこちらを見ていた。

めずらしく、真顔だった。

弓月、ともう一度呼んでから、後悔すんな、と短く言った。

ついで、足元から油紙の包みを拾い上げ、投げてよこした。

受け止めた手触りで包みの中身を悟った弓月は、顔をしかめた。

火薬だった。しかも、かなりの量がある。

こんなものをどこから手に入れた、と言おうとした。

異国の品には違いない。が、弓月ら〈在天別流〉が都合してやったものではない。

貴様いったい誰とつるんどる、と問い詰めようかとも思った。

だが、どちらも弓月はしなかった。

時間がなかったのだ。

「――判っとる」

それだけいうと、弓月は踵を返した。

まっすぐに蔵屋敷へ戻っていくその背を、赤穂屋は苦笑混じりに見送っていた。


川に面した南側と、お千代の閉じこめられていた東側の並びと、合わせれば敷地内に蔵は十二棟ある。

そのうちの半分以上は年貢米を貯蔵する通常の米蔵のはずだ。

では抜け荷の品を詰めた蔵は、南か、東か。

(東側だろう)

と屋根から敷地内に下りたあやが見当をつけたのは、河辺の蔵の入り口に、米粒が散らばっているのを見つけたからだった。

蔵屋敷に年貢米を運び込む際には、一つ一つの米俵について、刺米《さしまい》と呼ばれる検査を行なうのが通例だった。細い竹筒を俵に刺して引き抜き、取り出した米から質を確かめるのである。この調べた米はすべて後で仲仕の懐に入ることから、同じ米俵に関して幾度も刺米をする場合もあり、必然的に、米粒が散らばるというわけだ。

東に並ぶ七つの蔵のうち、もっとも南の蔵にも米が詰まっていた。お千代を助けだしたときに、それは確認している。

あやは北側の蔵から調べていくことにした。

辺りにはやはり人影はなく、見張りが現れる様子もない。

観音開きの扉につけられた南京錠の前に、あやは膝をついた。懐から忍び道具の合い鍵を取り出し、束のなかから当たりをつけて鍵穴に差し込む。弓月は一度であっさりとはずした鍵だったが、あやが試してみると、合い鍵の質のせいか、あや自身の腕のせいか、なかなか簡単にはいかなかった。

二つ、三つと鍵を試すうちに焦りが指先に伝わり、やっとのことではずれたときにはがちゃりと大きな音が鳴って慌てて辺りを見回した。

重い扉をわずかに開け身を滑り込ませると、あやはさきほどと同様、まず蠟燭に火を入れた。

小さな光に照らしだされた蔵の中には、米俵は一俵も見受けられなかった。かわりに壁を埋めているのは、すべて箱詰めの荷だった。

（抜け荷の品に違いない――）

当たりだ、胸が躍るのが判った。ここに、下野守の悪業の、動かぬ証拠がある。

はやる心を抑えながら、あやはそのうちの小さめの一つを床におろし、懐剣を使って蓋をこじあけた。

釘で打ち付けられた蓋は、音をたててはずれた。

中にびっしりと詰められていたのは、一見、茶褐色の大きな餅のように見えるものだった。

人参や杜仲といった馴染みのある唐薬種を予想していたあやは、見慣れぬものの出現にとまどった。薬種問屋の店先で見かけたことはない品だった。かすかに匂いがあるが、覚えがない。

（いや、この匂いは――）

あやが、そう気付いたのと、蔵の奥からさらに強烈なその匂いが伝わってきたのが同時だった。

いけない、と思ったときには、しかし、男の声が炸裂音とともに響いていた。

「動くな――そこで何をしとるんや」

呂律《ろれつ》の怪しい、酔っ払ったような声は、どこかで聞いたことがあった。

あやはぴたりと動きをとめた。

相手が飛び道具を手にしている以上、迂闊に動くことはできない。

だが、続いて聞こえてきた声は、明らかに尋常でない様子だった。

「貴様、盗人か——この荷は渡さんど——動くな——荷は一つたりとも渡さんのや……畜生っ、由比の奴、儂を馬鹿にしやって」

奥から近付いてくるが、どこかにぶつかってよろけ、倒れた気配があった。

あやがすかさず小太刀を構え直した瞬間、再び銃声が響いた。

銃弾はどこを狙ったのか、壁に並ぶ箱の一つにあたった。

ちっと舌打ちしながらそこでようやく目の前に現れた男のすさまじい形相に、あやは息を飲んだ。

男は幽鬼のように見えた。口元は弛《ゆる》み、よだれを垂れ流し、げっそりとこけた頬に落ちくぼんだ目だけが血走り、異常ともいえる輝きをもってあやを見ている。いや、あやではない。あやの手元にある箱の中身を見ているのだ。

「触んな……その箱に触るんやない……」

何かに憑かれたように、男はつぶやいた。

銃を持たない左手には、強烈な匂いを発する長煙管《きせる》があった。

男が誰であるのかを悟った瞬間、あやは思わず声を上げていた。

近江屋升次郎だった。

由比の配下で動いていたはずの骨董屋は、そういえば、道修町で敦賀屋から薬包を受け取るのを見て以来、姿を見かけなくなっていた。

身を強ばらせたあやの目に、近江屋の震える右手に握られた銃口が、狙いをさだめて動くのが映った。

同時に、何かが風を切る気配があった。

あやの目に、脇腹に刺さった苦無を信じられぬというように見る近江屋の姿が映った。

短銃はその苦無のせいで銃口の向きが代わり、飛び出した弾丸は、蔵の壁に跳ね返り闇に吸い込まれた。

そうと判るより早く、あやの指から懐剣が飛んだ。

近江屋の眉間にそれは突きささり、近江屋は仰向けに倒れた。

大きく肩で息をついたとき、あやの目はようやく、開け放たれた扉の向こうに立つ茶染装束の男の姿を見いだした。

お千代を連れて先に行ったはずの弓月は扉を閉め、あやのほうへと歩いてきた。

あやの足元に倒れている近江屋の屍から短銃を奪いとると、すでにぴくりとも動かない近江屋を見下ろしながら、吐き捨てた。

「――運び屋が最後はこの始末。自業自得や」

「では、やはり、これは阿片の……」

阿片の吸引が、度を越せば習慣性となり、やがては狂い死を招くものであることは聞き知っていた。が、その悲惨な有様を目のあたりにしたのは初めてのことだった。市中にじわじわと流行り始めている阿片煙草の、

（いきつく先がこれ――）

あやは肌寒さを覚えながら、壁一面に積上げられた箱を見上げた。

この箱の中に詰められているのがすべて阿片塊だとしたら、その量は膨大なものだ。

「ここから道修町に卸し、散薬にして水煙草用に売り広めとるんや」

と弓月が言った。

「四年ほど前から下野守が始めた商いや。おれが――〈在天別流〉が下野守を見限ったんは、これのせいやった。この水の都に根を張っとる以上、抜け荷自体が悪いことやとはおれは言わん。この町は海の都、難波宮の裔。浪《なみ》の彼方に目を向けることを忘れたときが、この町の終わるときや。江戸の幕府が何を言おうと、〈在天別流〉と弓月王の名にかけて、それだけは譲れん。けどな……」

と、そこで弓月は立ち上がってあやを見た。

「このまま下野守の行いを見逃せば、いくらもせんうちに、阿片のためにこの町は腐って落ちる。異国と交わることと、異国の言いなりになって町を滅ぼすこととは違う。頑なに国を閉ざす幕府も、清の商人に踊らされる下野守も、それが判っとらんのや。判っとったらこないな阿呆な真似はせんはずや。清の商人の後ろには、さらに厄介な西洋の国もついとるようやしな」

「さらに厄介な国？　それはいったい――」

あやが尋ねようとしたとき、

「おい、何かあったのか」

「誰か中にいるんじゃないのか」

扉の向こうで何やら人の声がした。

しまったと思う間もなく扉が開き、

「な――何だ、お前たちは」

「うわっ」

入ってきた二人の男は、あやと弓月がそれぞれに放った手裏剣と苦無とに胸を貫かれて倒れた。互いに申し合わせたわけでもないのに、見事に間合いが重なっていた。

弓月がかすかに苦笑した。

続いて、弓月は懐から取り出した油紙の包みをあやに投げ渡した。

その中身を確かめると、あやは弓月を見返した。彼がうなずくのが判った。

扉の向こうに再び足音が響いてきた。

今度は五、六人――いや、七、八人はいる。

あやはすばやく、壁の端にぶらさがっている蠟燭を見た。

二拍ほどの間があって、扉が外に開きかけた。

瞬間、蔵の中に火柱があがり、辺りは昼間のごとき明るさになった。

爆音が響き、観音開きの木の扉ごと、外の男たちは吹き飛ばされた。

――それが、始まりの合図だった。

蔵屋敷の内部は瞬く間に蜂の巣をつついた騒ぎになった。

不審者の侵入に気付き蔵の回りに集まりつつあった者たちが、吹き上げる炎と音とに狼狽し、後ずさった。

次に彼らを襲ったのは、火災の恐怖だった。

「蔵が――蔵が燃えてるぞ」

たった今扉が吹き飛ばされた蔵のなかに、赤く揺らめく炎が見えたのだ。土蔵の奥に、確かに火が蠢《うごめ》いている。

「大変だ、火を消せ、早くしろ――」

領地からの年貢米と、それ以外にも大量の蔵物を抱える屋敷において、火災はもっとも忌むべきものだ。

半鐘を鳴らせ、仲仕を呼べ、と叫びがこだました。

その絶叫も虚しく、蔵は油でも撒かれたかのように次々と延焼し、四半刻もせぬうちに、中之島の北西部にあたる篠山藩主の蔵屋敷は昼間のごとき明るさとなった。

東の一隅を中心に火の唸りが渦を巻き、天には火の粉が舞い上がった。

ただの火災とは思われぬ爆発音が、あちこちに響いた。

火を消せ、蔵の荷を運びだせとの怒号が飛びかい続けた。

町場とは異なり、武家地の火災には町火消しによる消火活動が禁じられている。屋敷地への町人の立ち入りを規制する慣習から出た決まりであるが、そのために、いったん武家地に火が出ると、鎮火に手間取る場合が多かった。

仲仕長屋も役人長屋も総動員で消火にあたっても、川辺からの風にあおられて、なかなか思うようにいかない。

莫大な金を生むはずの荷が、次々と灰と化していく。

「どういうことだ、荷が着いたばかりだというのに、こんなときに火事とは――――！」

留守居館から怒鳴りながら右田が飛びだしてきた。

寝巻のままだが、剣客らしく刀だけは左手に摑んでいる。

「――火付けに相違ない。そうに決まっておるわ、右田殿」

一歩遅れて館の中庭を越えて走ってきたのは皆順だった。寝乱れた着物の前をあわせながらわめく僧侶の、手にしているのがどう見ても女物の帯だというところが、彼が僧籍にありながらいったい離れで何をしていたのかを窺わせた。

右田は生真面目にその姿に眉をひそめながら、

「では、いつも安治川で荷揚げの邪魔をするあの者たちの仕業か？」

「いや――まさか」

と皆順は首を振った。

一味のうちで彼らの事情にもっとも精通しているのは皆順である。一度は同じ寺に属したこともある身なのだ。その皆順の目から見て、奴らにこれだけの勝負を仕掛ける度胸があるとは思えなかった。

月夜に燃え上がる炎はすでに、中之島一帯を巻き込む騒ぎとなっている。

蔵の中身を見られては困るため門を閉ざし中に入れぬようにしてはいるが、近隣の蔵屋敷から火消し人足も大勢駆け付けてきている。

これは、奴らのやり口ではない。

古来よりの一族といい浪華の闇に棲む王と名乗りながら、結局奴らは影でこそこそと動き回るのが関の山の鼠にすぎないのだと、以前から感じていた皆順だった。

青山下野守が阿片商いに手を出し始めたのを見て、それまでの立場を翻し、商いの妨げに出た〈在天別流〉は、しかしながら結局、表立っては何もできなかった。安治川の湊に見張りを立てるのが関の山。町を守るなどと偉そうなお題目を唱えながら、幕府の中枢にあり公の権力を持つ者に対して正面きって刃向かうことなどできない。幕府に楯突き、万一反撃を受ければ、己れの存在自体が危うくなることがちゃんと判っているからだ。

（禁裏《きんり》にも寺社にも武家にも縁をつなぎ時代を生き延びてきた一族ゆえに、結局、どこにも本気で楯突く勇気などない）

その臆病さ卑怯さに愛想がつきて、寺を見限った皆順だった。

（闇に棲む王とは、つまるところ、闇にしか棲めぬどぶ鼠の王のこと）

日のもとに暮らす真の権力者を前にして、

「あの若造にこんな思い切ったことができるわけがない」

皆順は侮るように言った。話している間にも、絶え間なく紅の火の粉が中庭に降り注いでいる。

「このように明るい火祭りは、鼠どもには似合わぬわ」

「だが、それならいったい誰が火付けなど——もしや、城の者であろうか。あの娘がやはり無事に逃げおおせて……」

右田は言いかけて、いやいや、と首を振った。

「大久保相模守殿はすでにこちらの手の内。となれば、あるいは西之丸老中水野忠邦の手の者か、その縁につながる九州の……」

その言葉を遮るように、上から声が降ってきたのは、そのときだった。

「なるほど——相変わらず敵の多い御仁のようやな、ここの主殿は」

何、と右田と皆順は揃って頭上を振り仰いだ。

うぬ、と先に呻くような声を上げたのは皆順のほうだった。

屋根の上に、ありえぬと思った人物の姿があったのだ。

炎に照らされた白い顔が、皆順を見下ろしていた。

たった今、このような真似ができるわけがないと皆順が嘲笑った、その若者だった。

「貴様——弓月王」

「これで抜け荷の阿片どころか、年貢米もすべて灰や。御老中もさぞお困りやろ」

「貴様……」

皆順は上擦った声を上げた。

「このような真似をして、貴様の一族がただですむと思っているのか。愚かな――」

言いかけて、弓月の隣に添うように立つ影があることに、そこで皆順は気付いた。

見覚えのある娘だった。

確か、城の手先であるはずの女だ。

が、

〈そういえば、弓月の野郎は、この娘を助けにわざわざ新地の揚げ茶屋にまで姿を見せていた――〉

城と〈在天〉とは知らぬ間に結んでいたというのか、と狼狽える皆順を見下ろしながら、愚かはどっちや、と弓月は声をたてて笑った。

「昨日や今日の権力者に、〈在天別流〉が潰せると、本気で思とるんか」

「何を」

「〈在天〉の血を引くお前には、判っとるはずや――この都の本当の主が誰か」

こんなはずはない、と皆順は思った。

奴にこんな真似ができるはずはないのだ。

城の娘が後を弓月に任せるように、一歩退くのが見えた。

「――くそっ」

とっさに皆順はいつものように懐に手を入れ、短銃をとろうとした。が、すぐに寝巻姿のままだと気付いた。

焦った瞬間、皆順は胸元に激しい衝撃を受け、そのまま仰向けにひっくり返った。

自分の胸に突き刺さった苦無を見ることもなく、皆順はそのまま動かなくなった。

東側の蔵から浜に面した米蔵にと燃え移った炎は、なおも納まる気配を見せない。

「丸腰の相手を攻撃するとは卑怯ではないのか」

皆順の屍に一瞥をくれながら、右田が言った。

弓月は鼻で嗤っただけだった。

右田の手が刀の柄に動いた。

弓月は動かなかった。

丈庵を殺し、新吉を斬った右田の剣技は並ではない。が、地面から屋根までの距離がある限り、刀に利はないはずだった。

ましてや弓月の腕だ、案ずることはない、とあやは思った。

安心して任せておいていい。

ただ弓月の邪魔にならぬようと思い、あやはさらに一歩脇へ退いた。

位置のずれたあやの目に、そのとき、弓月より一瞬早く、そのからくりが映った。

（――違う）

右田の手が抜き取ろうと動いたのは刀ではない。

（仕込み銃――）

刀ではなく、脇差に仕込まれていた隠し短銃だった。

それと判った瞬間、あやは何も考えず、己れの小太刀を抜き放ち、そのまま屋根の上から飛んだ。

翼を持つかのような、飛翔だった。

同時に、右田の手に握られた銃は間を置かず、弓月に向けられた。

右田が引き金をひいた。

はじかれたように弓月が身を伏せた。

右田の額に、あやの刃が入った。

声もなく、右田は倒れた。

銃声に驚いて駆け付けてきた蔵役人が、惨劇を目のあたりにし、悲鳴をあげた。

まだ火の回らぬ庭に大声が響き、何事かと人の集まってくる気配があった。

とっさに逃げ場を探してあやは辺りを見回したが、四方を建物と塀に囲まれた中庭に、退く道はなかった。

駆け付けてきた侍たちが、あやの手にある朱に染まった小太刀と地に倒れた右田の亡骸に事情を悟り、

「――この女っ」

次々と白刃を閃めかせた。

伏せろ、と声がしたのはそのときだった。

目の端に、屋根の上に身を起こした弓月の姿が映った。

無事だったのだ、と安堵する間もなく、その右手に握られているものに気付いた。油紙の包みだ。赤穂屋に渡された爆薬の残りが入っている。

伏せろ、と再度弓月が言い、あやはとっさに従おうとした。脇腹に鈍い痛みを感じたのはそのときだった。振り向くあやの目に、背中から突き立てられた刃が映った。刃を握っているのはまだ若い侍だった。あやはすかさず小太刀で肩先から斬りつけた。

その瞬間、焼けるような痛みが全身を駆けぬけた。堪えきれず体が傾いた刹那、弓月が屋根から身を躍らせ、駆けてくるのが見えた。

あや、と名を呼ばれ、抱き支えられると同時に、鮮やかな朱が目の前に広がった。

炸裂音とともに全身に衝撃が走り、目の前が真っ暗になった。

――爆風に煽られて、火勢はさらに激しくなった。炎は留守居館に燃え移り、なお消える気配を見せなかった。

十四　四天王寺

丹波篠山藩主青山下野守の大坂蔵屋敷は、一晩燃え続け、隣接する薩摩藩蔵屋敷にまで火が移りかけたところで、ようやく蔵役人らにより消し止められた。

幸いにして死者こそでなかったが、留守居館と十五棟の蔵は全焼であった。

もっとも、蔵物は八割以上が灰となったが、今年の分の年貢は領地から廻送する直前で難を逃れ、被害はさほど大きなものにはならなかった——と老中青山下野守は江戸城に出仕した際に将軍家に告げた。

火災の十日後のことであった。

火付けの疑いもあったが町奉行所の調べでも下手人はあがらなかった、ただ、その代わり、大坂城代大久保相模守教孝が火事の後始末に際し何くれとなく気を配ってくれ助かった、とも言った。

同じ頃、大坂市中では、中之島に暮らす諸藩の蔵役人たちを中心に、焼け残った篠山藩の蔵物の中に、その交易範囲を考えればありえないはずの唐薬が大量に含まれていたらしい——との噂が広がり始めていた。が、相手が老中首座であり、ことが蔵屋敷地内の話でもあるため、表立った事態に発展する気配はなかった。

ほぼ同時期、市中の島場所を中心に一時大量に出回っていた水煙草用の阿片がふっつりとその姿を消すということがあった。

その二つの時期が重なったのは、はたして偶然だろうかと、恐いもの知らずの浪華雀のなかには噂する者もあったが、こちらにも、町奉行所が捜査に乗り出すことはなかった。

が、浪華雀の口と近隣諸藩の目を恐れたかのように、篠山藩蔵屋敷にしばしば出入りしていた道修町薬種仲買衆の姿が見られなくなり、同時に、安治川の湊から定期的に厳重に封印された荷を蔵屋敷に運び込んでいた一団も消えた。

堂島川の北浜に仮の館を移した篠山藩の蔵役人は、ただ、商いを忘れたかのようにひっそりとしていた。

「大塩はんが居たはったら、こういうことかて、きっちり調べてくれはったんやろけどなぁ」

町の民の一部にはそうやって引退した名与力を惜しむ声が絶えなかったが、これぱかりはどうなるものでもない。当の大塩本人は、あいかわらず学問三昧の日を送っていた。

そして、半月あまり。

大坂の町は平穏な時を取り戻しつつあった。

城の中も、同様であった。

いよいよ間近に迫った城代の引継ぎに備え、出立の準備に余念がない。

ただ、その忙しい合間を縫ってしばしば千貫櫓に出入りし、しきりに探索を続けている者があった。

下屋敷で城代の馬廻りを務める中岡菊次郎に、影役の鴉である。

探しているのは二人の娘の行方であった。

一人は山崎丈庵という口中医の娘、お千代。

いま一人は、大久保教孝のもとで大坂城影役を務めてきた娘、あや。

ことに、影役あやに関しては、かつての仲間でもある咲も身を粉にして走りまわり探しているのだが、その行方は杳《よう》として知れなかった。篠山藩蔵屋敷で火災のあった夜、大坂城二之丸屋敷を出ていったことは判っている。しかし、その先がまったく判らない。彼女が厄介な事件に一人で手を出していたことを知っているだけに、みな案じているのだが、手がかりはまるでなかった。丈庵殺しに関わっていたとみられる鬼の面の一味も、あれ以来すっかりなりをひそめている。

生きているのなら、あやは城か下屋敷に必ず何らかの知らせを送るはずだ。それがないということは、もうあやは戻ってはこないのかもしれない――。

何の手がかりもなく時が経つうちに、口にこそ出さないものの、それぞれの胸のうちにはそんな思いが生まれ始めていた。

「あるいは、殿はあやがどうなったのかご存じなのかもしれんな」

火事から一月が過ぎたとある昼下がり、城に来たついでに千貫櫓に顔を出した中岡菊次郎は、鴉相手にぽつりと洩らした。

「でなければ、あれほど目をかけていた娘がいなくなったというのに、探そうともなさらない、その理由が判らない」

沈鬱な言葉に対して鴉は何も言わず、ただ乾いた笑いを見せただけだった。

いずれにしろ、もうじきこの城ともお別れだ、と中岡は寂しげに言った。目を細め見上げる先に、大坂在番の十年間に幾度も足を運んだ城代屋敷があった。

それにしても、と去りぎわに中岡菊次郎は、その城代屋敷をもう一度見やりながら、言った。

「あやのことに限らず、近ごろ殿はお変わりになられたような気がする。お役目の最中も何やら憂鬱なお顔をなさっていることが多いし、ご気分がすぐれぬと下屋敷にもお運びになられぬ。それればかりか、江戸より幾度となくお見えの下野守様よりのご使者にもまるで会おうとなさらない。奥方さまも気に掛けておられてな。市中の妙な噂のゆえに殿が御老中を避けておられるのではないかなどと仰せだ。そのようなことはあるまいと思うのだが――」

困ったものだと首筋に手を当てる中岡に、鴉は、しかし、と首を振ってみせた。

「明日は、一月も延び延びになっていた四天王寺での舞楽法要がようやく行なわれるはず。下野守さまの御名代もお見えだと伺いました。となれば、御城代も同席なされるのでは」

「ああ。その予定だ。舞楽を奏する四天王寺楽所に急の怪我人が出たとかで、日取りが変わって困って居《お》ったのだが――これが殿には大坂城代としての最後の御参詣」

何事もなく終わればいいが、と生真面目な若者は何とはなしに不安げな眼差しで空を仰いだ。

翌日、昼すぎより営まれる経供養の舞楽法要に臨席するため、城代大久保教孝は、中岡菊次郎ほか十数人の伴を連れ、大坂城を出、そのまま上本町を下り、四天王寺へと向かった。

四天王寺は、市中から見れば南の端、古来より大坂の中枢部が常に位置した上町台地のほぼ中央にある。太秦広隆寺と同じく聖徳太子の発願による大坂最古の寺院であり、中世には幾度も戦火に焼かれたが、徳川の世にあっては、家康がじきじきに復興の命を下し、幕府の信奉も篤かった。一方で、その西門はそのまま海を隔てて極楽浄土の東門に通じるという信仰が庶民の間に深く浸透し、市中の民が参詣に後を絶たない、町に根付いた庶民の寺でもある。

その西門までたどりつくと、すでに寺僧が列をなして、将軍家の名代を出迎えようと待ち構えていた。

城代の一行はそのまま、舞楽法要の行なわれる広大な石舞台を真正面に眺める、六時堂の中へと案内された。

すでに中では老中青山下野守の名代、留守居家老の松岡伝右衛門《まつおかでんうえもん》が座に着いている。

仁王門から五重の塔、金堂、講堂が一直線に並びその周囲を回廊で囲む、いわゆる四天王寺式の伽藍配置は広く知られているが、六時堂はその直線の延長上に位置していた。講堂との間に楽人《がくにん》が笙《しょう》や篳篥《ひちりき》を演奏する楽舎があり、その左右に大太鼓を配し、中央にしつらえられた広大な石舞台の上で舞が披露されるのだ。

雅楽と呼ばれるその芸能は、もともとは中国大陸から朝鮮半島を経由して伝えられた伎楽が、日本古来の神楽と融合して生み出されたものである——と、法要の準備を待つ間、寺僧が得意げに説明を始めた。

左方《さほう》の舞と呼ばれる唐楽《からがく》。右方《うほう》の舞と呼ばれる高麗楽《こまがく》。この新たな管絃をこよなく愛した聖徳太子は、その創建にかかるすべての寺に、楽に携わる楽人をおき、彼らのつかさどる楽所を置いた。が、千年の時を経た徳川の世にあって、なおその楽所を残しているのは、朝廷にある京都方〈在京〉、奈良興福寺を中心とする南都方〈在南〉、そして大坂の四天王寺〈在天〉の三ヶ所だけになっている。古代の息吹を今に残し、由緒ある家筋によってなる一千年の歴史を持つ四天王寺方楽所には、通称〈在天伶人《ざいてんれいじん》〉と呼ばれる楽人衆が属し、現在もなお、正月や新嘗《にいなめ》祭といった年中行事の際には、禁裏にも江戸城にも出向き奏楽する栄誉に与かっているのだ——。

とうとうと語る寺僧の演説が一息ついた頃、ようやく、石舞台の背後に設けられた楽舎に笙や竜笛《りゅうてき》といった楽器を手にした楽人たちが入ってきた。

鮮やかな朱の装束に同色のかぶとをかぶり、それぞれの座につく。

やがて、ゆるりとした竜笛の音が流れ始め、石舞台に朱の装束を着た左方、緑の装束をつけた右方の舞人が一人ずつ交互に現れた。

舞楽法要は、鉾《ほこ》を持って舞う直面《ひためん》の振鉾《えんぶ》から始まるのが習わしである。が、振鉾が始まってまもなく、堂の外にいたはずの中岡菊次郎が、何やら慌てた様子で教孝の傍らにやってきた。

「殿」

場を乱さぬよう身を潜めながら中岡は、訝る主に耳打ちした。

「実は町奉行所より内々で使いの者が参っておりまして……何でも青山さまの蔵屋敷に火を放った不届きな輩が今度は殿のお命も狙うとの噂があるとかで、直にお話をしたいと申しておりますが」

「町奉行所――だと」

教孝は聞き返した。

同じ大坂在番の武家でありながら、公式の席での同席がほとんどないのが大坂町奉行と城代である。当然、町奉行配下の同心が城代の警衛にあたることは少ない。

なぜ突然にそのような申し出をしてきたのかと疑問に思うのは自然な反応だった。しかも、青山屋敷の火付けに関わるという。

教孝は隣席の篠山藩留守居家老を窺い見たが、初老の武士は、そ知らぬ風で舞台に見入っていた。

不審に思いながらも中岡のさすほうに目を転じれば、楽舎の脇、鐘堂の陰に、三人ばかり町方役人の形《なり》をしたものが控えている。

真ん中にいる男が、教孝のほうを見て、恐縮するように頭を下げた。

法要の最中に邪魔をしようというのだから無礼きまわりないが、警衛にきたと言われれば、教孝としても無視するわけにはいかなかった。

仕方ない、と教孝は隣席の僧侶に断りをいれ、いったん中座することにした。

中岡に命じて町方役人を六時堂の側まで来させ、自らも席を立つ。

「何事だ、このような場所にまで」

手短に話せ、と中岡にも促され、真ん中にいた町方役人が一歩進み出て顔を上げた。髭の剃り跡の目立つ年配の男だった。

「実は先日の蔵屋敷の火災のことで、御城代にぜひお伝えしたき儀がございまして――」

「何だ、申してみろ」

は、まずこれをご覧ください、と役人は懐から何かを取り出す仕草をみせた。

その瞬間、だった。

何かが空を切る音がした。

同時に、

「――城代さま、危ない」

誰かの叫ぶ声が、管方の音色を切り裂いて響いた。

城代の警衛のため堂内に控えていた寺侍の中から、小柄な影が走り出て来るのを教孝は見た。

教孝の身を体でかばうように動いたその影は、飛んできた刃を小太刀で弾き落とすと、そのまま刀を六時堂の屋根の上に放った。

屋根の上でわあっと叫ぶ声がした。

堂内から悲鳴が上がり、一拍置いて、辺りは騒然となった。

「——どういうことだ」

教孝が目の前の町方役人に問い詰めるより先に、彼はちっと舌打ちし立ち上がった。懐から取り出したのは、短銃だった。

「大久保相模守……貴公の裏切り、すでに下野守さまはご存じだ」

わめく形相が歪んでいた。

その歪んだ顔で、由比政十郎は銃口を教孝に向けた。

さきほどの小柄な寺侍が、再び教孝の前に身を割り込ませた。

が、その手にはすでに小太刀はない。徒手空拳で何ができるはずもない。

撃たれる、と誰もが思った瞬間、横合いから矢をも凌ぐ速さで黒い何かが飛来し、由比の顔面を捕らえた。

「わ——」

額を割られ動きを止めた一瞬を見逃さず、寺侍は由比にとびつき、その手をねじあげ短銃を奪い取った。同時に、由比の腰から刀も抜き取ったが、そこで由比は寺侍の体をはねのけ、逃げ出そうとした。その背に寺侍はすかさず一太刀浴びせた。ついで駆け付けた中岡も加勢し、動けなくなった由比を地面に組み伏せた。

「御城代、お怪我は」

「大事ない、ご案じめさるな」

狼狽した僧侶の問いに教孝は、一つ息をついてから応えた。

その声に、安堵したように、由比を斬り伏せた小柄な寺侍が振り向いた。

教孝は瞠目した。

向き直り教孝を見上げる微笑に、心からの安堵が浮かんでいた。

教孝は、目を細め、寺侍の形をした娘を見やった。

「生きていたのだな——あや」

名前を呼ぶと、はい、と静かに応えた。

「手傷を負いまして——動けるようになるのに一月かかりました。ご心配をおかけして、申し訳ありませんでした」

「——うむ」

教孝はうなずき、それから、六時堂の中に目を転じた。

篠山藩留守居家老松岡伝右衛門は、青ざめた顔をしてただその場に立ち尽くしていた。

教孝と目が合うと、慌てて立ち上がった。そのまま、何も言わずにそそくさと場を後にする。

「御城代……」

寺僧が狼狽し教孝を見た。

教孝は動かなかった。

動くことはできなかった。

逃げるように去っていく義父の腹臣を、呼び止めて問い詰めることの無意味さを、教孝は知っていた。

そういう人だ、青山下野守という人は。

（そんなことは、初めから判っていたはずだ……）

教孝は嗤い――泳いだ目が、ふと石舞台の上を捉え、止まった。

舞台の上には、振鉾に続く左方舞の舞人が上っていた。

走舞《はしりまい》「蘭陵王《らんりょうおう》」は直面ではなく、舞台に立つものは舞楽面を付けている――はずであった。

が、その男は、朱を基調とした美しい毛べりの裲襠装束《りょうとうしょうぞく》に身を包みながらも、面を付けず、白い相貌をさらしていた。

美しい、男だった。

まっすぐに教孝を――あやを見ていた。

そこで、教孝は気付いた。

さっき、横合いから飛来し、あやをかばい、由比の動きを止めた黒い何か。

足元をみれば、それは真っ二つに割れて転がっていた。

面、だった。

しかも、

(鬼に似た、面——)

教孝は振り返り、もう一度石舞台の上を見た。

雅びな、それでいてどこか挑むような笑みが、白い相貌に浮かんでいた。

大久保教孝は黙ってその視線を受け止めていたが、やがて、静かに目を閉じ、天を仰ぎ深い呼吸を一つした。

それから、襟を正し、背筋をのばして今度は正面から石舞台を見返す。

その上に立つ男に、教孝はゆっくりと背を向けた。


——それから二日後、江戸城にときならぬ嵐がまきおこった。

大坂城代の職にあり、次期老中とも内定していた大久保相模守教孝が、突然に正室お八重の方を離縁し、その父親でもある現老中青山下野守忠良《ただよし》を、抜け荷の廉《かど》で告発したからである。

ことは幕閣を揺るがす大事となった。

お役替で半月後に大坂を離れるはずだった大久保教孝はとりあえず昇進凍結となり、代わりに早々に江戸城に呼び出され、下野守ともども評定所の詮議をうけることとなった。

抜け荷が事実であれば、非は下野守にある。

が、義理とはいえ一度は父親と呼んだ者を罪に問うことは、忠孝を第一とする武家の道徳に背くものでもあった。

扱いはきわめて難しい。

詮議は慎重にならざるをえなかった。

ただし、あまりにも大事であるためことは公にされず、すべては内々の詮議となった。

帰府を延期され大坂に残された小田原の家臣団は、じりじりと江戸よりの知らせを待つ日々が続いた。

「下手をすれば共倒れ――」

「幕閣の方々は、あるいはそれを狙っておられるのではないか」

「事件の裏には西之丸老中水野忠邦殿の姿も見えるというからな……」

声を潜めた噂話が、城内を絶え間なく飛びかった。

あやが赤穂屋から呼び出されたのは、そんなある日のことだった。

今年いちばんの木枯らしが町を吹き抜けた、ひときわ寒い日だった。

三休橋の一つ東、〈よしの〉からも見える中橋の上で、赤穂屋はあやを待っていた。

懐かしい白髪頭が、あやを見つけて手を振った。

「元気そうやな」

「ええ、おかげさまで――」

笑顔を返したあやに、赤穂屋は懐から一通の手紙を取り出し、手渡した。

「お千代からや。一昨日わしの店に届いたんや。元気にしとるようやで」

行き場のなくなったお千代に、赤穂屋が住み込みの奉公先を紹介してやったとは聞いていた。赤穂屋のことだから、と安心はしていたが、結局、篠山藩蔵屋敷を脱出して以来、顔を合わせることなく別れてしまったのを、残念に思っていたあやだった。

「播州姫路《ばんしゆうひめじ》の城下町に居るんや。わしもよう知っとる小間物屋やし、何も心配はいらん」

あやは欄干にもたれて手紙を開いた。

自分は元気でいること、父親の仇を討ってくれたあやにはとても感謝していること、会いたいけれどしばらくは会いに行けそうもなくて残念だということ、下屋敷で世話になった中岡菊次郎にもよろしく伝えてほしいとのこと。たどたどしい文章と文字とで綴られた内容に、あやは顔をほころばせた。

「丈庵――美濃屋の友太郎とお千代が本当の親子やないんは、あんたかて初めから知ってったんやろ」

赤穂屋がゆっくりとした口調で言った。

「はい」

「お千代はな、そのこと、あんたにだけは言うといたほうがええん違うかと思いながらも結局言えんかったて、えらい気にしとったわ。それだけは何があってもしゃべったらあかんて、丈庵にきつうに言われとったらしいんや。――足抜けしようとして京都を逃げ出した丈庵は、一味の目を避けながらあちこち転々としとったようでな」

　それでも、逃亡生活が長くなると、路銀も尽き食べるものもなくなった。ついに行き倒れ同様に転がり込んだのが、たまたまお千代の暮らす百姓家の物置小屋だった。

　街道ぞいにあるお千代の村は貧しかった。子供たちは街道を通る旅人に物乞いをしてわずかな食物を手に入れるのを生業《なりわい》にしていた。赤子の頃に母親を亡くし、父親をも前年の飢饉で失っていたお千代は、親類の家で肩身の狭い暮らしをしていたにもかかわらず、手に入れた雀の涙ほどの食物を、弱り切っていた丈庵にこっそりと分け与え面倒をみてやった。

「もしかしたらお千代は、そのときから、亡くしたばかりの父親と丈庵とを重ねとったんかもしらんなぁ」

が、その行いはやがて養い親にばれ、丈庵は物置から叩きだされ、お千代も、居候の分際で貴重な食物を行き倒れ風情に与えるとは何事かと厳しく折檻された。

　丈庵がお千代を養家から連れ出し、ともに村を出たのは、その晩のことだった。

「どこの誰ともしれん自分に無邪気になついてくれるお千代見とるうちに、丈庵にもなんか感じるもんがあったんと違うやろか。何とかもう一度日のあたる場所へ戻りたい、お千代も一緒に貧しい暮らしから連れ出してやりたい、と思い始めたんやろなぁ」

　一か八か町に出て、持ち逃げした金剛石を切札に、広隆寺と取引しようとした。寺から金を引きだした後、大坂を離れるつもりだったことは、あやもお千代から聞いていた。

その取引にのぞもうと町に戻る際に、丈庵にとって、お千代はまた、絶好の隠れ蓑にもなる存在だったろう。

敵もまさか、丈庵がいきなり子連れで現れるとは思っていまい。

とはいえ、さすがに京都に乗り込む勇気はなかったのか、広隆寺と縁の深い大坂の寺を通じて取引をしようとした。それが、四天王寺だった。広隆寺と四天王寺とは、聖徳太子の発願という創建の由緒を同じくするばかりではなく、広隆寺の祀る秦河勝の子孫が、今の四天王寺楽所を支える〈在天〉の楽人衆であるという関わりがある。

お千代が弓月の顔を知っていたのは、その際に寺で顔を合わせていたからだった。

「丈庵は、裏長屋に隠れ住んで、なんとか寺と交渉しようとしとったようやけどな」

結局、先に町奉行所の由比に見つかり、敢えない最期を遂げることとなった。

因果は巡るのだ、とあやは思った。

丈庵の偽証ゆえにあやの父は罪に陥れられた。

だが、その丈庵が後にたどった哀れな運命を思えば、恨む気にはなれなかった。

お千代を娘として慈しんでいたのも、追われる身でありながら人助けをし一枚摺《かわらばん》に載ってしまったことも、丈庵が根っからの悪人にはなりきれなかった証だと思った。

手紙を畳みながら小さくため息をついたあやに、赤穂屋は、それにな、と続けた。

「丈庵はいつか、お千代に話しとったらしい。自分は昔、脅されて悪巧みに乗ったことがあった。そのために罪もない人が殺され、まだ幼かったその人の娘さんまでが命を落とすことになった。お千代を見ていると時折、顔も知らんその娘さんと重なって、せめてお千代に償いせなならん、思うんや、てな」

赤穂屋は欄干から、このところすっかり水嵩も落ち着いた長堀を眺めると、

「因果は巡るもんやな」

あやの胸のうちを見透かしたようなことを言った。

それから、がらりと表情をかえ、

「しかし、あんたが城に戻るとは意外やったわ」

言いながら、橋を降り、長堀に沿って西へ歩きだしている。

「てっきりあのまま〈在天〉に残るもんやと思とったけどな」

「――」

返す言葉の見つからないまま、あやは黙って赤穂屋について行った。

蔵屋敷で瀕死の重傷を負ったあやは、弓月に救けだされた後、三日ほど生死の境をさまよっていた。なんとか三途の川を渡らずにすんだのは、弓月の一党の適切な対処のおかげだった。自力で動けるようになるまでの一月、住みかと食物を与えてくれたのも彼らである。ことに、一党の紅一点でもある左近と呼ばれる娘は、口では文句を言いながらも、何くれとなく世話を焼いてくれた。あの舞楽法要の際に、東町与力の由比政十郎に何やら怪しい動きがあると前もってあやに知らせ、教孝を警護できるようはからってくれたのも彼

女だった。

　いろいろな意味で、あやにとって〈在天〉の一党は恩人だった。

（けれど——）

　黙ったままのあやに、赤穂屋は続けた。

「城と〈在天〉が結んだら、そら面白いやろと思っとってんけどな。千年続く〈在天別流〉にも、たまには新しい風を吹き込んだほうがええ」

　古来難波宮より残る四天王寺楽所に属し、舞《まい》と楽《がく》を業《なりわい》として、町人の身分にありながら、今なお、将軍にも天皇にも直接拝謁を許される他に類を見ない特権集団、〈在天伶人〉衆。彼らのなかでも、秦河勝を祖とする薗《その》、東儀《とうぎ》、岡、林の四家一族によって支えられてきた表の〈楽所〉に対し、同じ血を引きながらも、鎮護国家の要であった四天王寺に難波宮警護のために密かに置かれた組織の裔として〈在天〉の弓月王の名のもとに集う一党を、裏の〈別流〉と呼ぶ——とは左近が語ってくれた。

　その長が代々、海を渡りこの国に移り住んだ偉大な王の名を襲うように、水の都の血を誇りとし、海の息吹を忘れぬ者たち。

　たしかに、その歴史と力とに、今のあやは素直に敬意をはらう気になっている。

（けれど——）

「私は城のものですから」

〈別流〉のもとにいた折りに、一度だけ、あやは弓月と語ったことがあった。

弓月は言っていた。

阿片にさえ手を出さなければ、どれだけ大がかりな抜け荷を企もうと、〈別流〉には青山下野守と敵対する気はなかった。徳川幕府のめざすものと〈別流〉の守るべきものは同じではない。〈在天別流〉には〈在天別流〉の、守るべきものがある――と。

ただ、

（徳川の支配が続き、闇に棲む身も太平の世にまどろみ、いつのまにか忘れかけとったそのことを――）

思い出させてくれたあやには、感謝している――そうも、弓月は言った。

「まあ、今は城も城で大変やろし、あんたが戻る言う気持ちも判らんでもないけどもな」

「ええ。城代さまもあるいは処罰を免れないのではないかと、御家来衆も心配なさっていますし……」

それでも教孝は、義父であり幕閣の有力者である男を敵に回す道をあえて選んだ。

それは、教孝が、たとえ大きな犠牲を払うことになっても大坂城代という自らの役目に忠実であろうとした、その証に他ならなかった。

教孝には教孝の務めがあり、また、弓月も弓月の守るべきもののために決断し、動いた。

男たちはそれぞれに、己れの道を選んでいるのだ。

だとすれば、あやもまた、自らの務めを――道を選ばなければならない。

それは、大坂城に棲み、影としてこの町を守ること、だ。城代のためでも他の誰のためでもなく、何より自分のために。

「まあ、そう悪いようにはならんやろ」

赤穂屋はあやを振り返り、言った。

「今度のことは青山殿にあまりにも分が悪い。なんせ阿片や。幕閣連中も阿呆やない。異国船がひっきりなしに周りをうろちょろしとるこのご時勢、目先の利益に惑わされて異国の言いなりになるんは愚か者のすることやて、ちゃあんと判っとる。――ただ、異国と渡り合おうと思たら、海を封じて目を背けるだけや無《の》うて、正面から向き合わなならん時期にそろそろきとることまでは気付いとるかどうか。このままやったら、気付いたときには町も国も骨抜きにされとるかもしらんなぁ。実際、阿片商人を陰で操とった西洋の国は、もう、すぐそこまで手ぇのばしてきとるんや。直に清の国は戦に巻き込まれる。この国かて、いつまでも今のまんまではおられん。そのときのためにも、今が正念場なんや。この十年、この二十年をどう乗り切るかで、国の行く末は揺らぐやろ。そのことをきちんと判っとる者が幕閣に居《お》るかどうか。居らんようなら徳川幕府もそれまでや。腐りきるのにあと十年かからん――ま、それもそれで面白いけどもな」

けど、まだ早い、あと三十年は保《も》ってもらわなならんわ、と赤穂屋は空を見上げて軽く笑った。

その横顔を見ながら、あやは、言った。

「あなたも――」

「ん……なんや？」

「あなたも不思議な方ですね。あなたといい弓月といい、この町にはどこか遠くを見ながら生きている人が大勢いるような気がします」

「そうか？　やとしたら、この町がもともと、浪《なみ》の果てに向かって造られた、水の都やったからやろな」

　赤穂屋はそこで、足を止めた。

　遠く見通す先に、小さく四ツ橋が見え始めていた。

　南北に走る西横堀と、東西に流れる長堀とが交差する場所で、四方向にそれぞれ橋が架けられた浪華の奇景である。

　いつのまにか心斎橋も行きすぎていた。

　城からはだいぶ、離れている。

「そういえば、丈庵の持っとった金剛石な。あれ、あんたが城を離れとった間に、弓月が城代屋敷に忍び込んで取り返したらしいわ。ま、金剛石はもともと城の物と違うさかい、かまへんやろ。今回の件では皆順が広隆寺にえらい迷惑かけとるさかい、弓月としても放ってはおけんかったんや。お千代の持っとった残りの三粒の方も、弓月のことや、誰の手に渡っとったとしても、いつか、きっちり取り戻しにいくやろ」

　なんせ、〈在天〉の連中にかかったら、この町は隅から隅まで庭みたいなもんやさかいな、今の大坂城なんか、普請のときに忍びこんどった当時の弓月王が、抜け穴から隠し部屋まで書き残して、今に伝えとるそうやで――そう言いながら、赤穂屋はあやに向き直った。

「この先、城のほうがもしもどうしようもなくなったら、西之丸老中の水野忠邦殿に頼ってみるこっちゃ。あれは十年先まで見通しとる御仁や。三十年先は見えとらんやろけど、今はそれで十分やさかいな。――ほな、しゃべりすぎにならんうちに、儂はこの辺りで退散するわ。あんたも元気で」

ひらひらと手を振って歩き去ろうとする赤穂屋の背に、あやは言った。

「また――会えるでしょうか……？」

「儂はしばらくは野堂町に居るさかいな。気が向いたらいつでも飲みにきたらええ――弓月はな。あいつはこの町の主みたいなもんやさかいな。あんたがこの町におる限り、いつかどこかで会うやろ。心配はいらん」

赤穂屋は、あやの胸中を見透かすように、にっと笑った。

のんびりと踵を返すその横顔が、どことなく弓月に似ているように、そのとき初めてあやは思った。

と、

「ああ、そや、忘れとったわ」
二、三歩行ってから振り返った赤穂屋が、小さなものをあやに投げてよこした。
手のひらに受け止めたそれは、驚いたことに、なくしたと思っていたあやの守り袋だった。

ただ、握りしめた手触りがどこか以前と違う。

首を傾げ、あやは紐を解いて中を確かめてみた。

手のひらに転がり出たものを見て、あやは、思わずあっと声を上げた。

入っていたはずの珊瑚の根付けの代わりに、小さな輝きを持つ石が三粒……。

慌てて顔を上げて赤穂屋を見た。

赤穂屋はもう一度にっと笑い、今度こそ背を向けた。

あやは守り袋を握りしめ――泣き笑いの顔で、その背に深く頭を下げた。


それから三月後のこと。

大坂城代大久保相模守教孝は、老中昇進が再び決定し、大坂を離れた。

同時に、老中首座青山下野守忠良は職を辞し、江戸の下屋敷に隠居の身となった。

篠山藩大坂蔵屋敷にて留守居家老松岡伝右衛門が御法度の抜け荷に手を出し、のみならず、それを摘発しようとした大坂城代を、町方役人を使い殺害しようとした――その責任をとっての引退であった。

幕閣の決定を促したのは、大久保教孝と同時に老中昇進が決定した西之丸老中水野忠邦が、密かに大坂に放っていた密偵に捜査させ、抜け荷の証拠を将軍家に差し出したことだという噂もあったが、一方で、〈在天別流〉の名はもちろん、一切、公の場に現れることはなかった。

抜け荷に加担していたとみられる東町奉行所与力由比政十郎は、事件について有力な証言を何一つ残さぬうちに、取り調べの最中に獄死した。

取り調べにあたった与力は引退した大塩平八郎の養子格之助《かくのすけ》で、父親譲りの厳しすぎる取り調べが直接の死因ではないかと噂されたが、あるいは、四天王寺の舞楽法要の際に城代を守ろうとした影役の娘に斬られた傷が致命傷になったのかもしれない。

いずれにしろ、大塩格之助は由比の獄死について責任を問われることはもちろんなく、その後も東町の寺社方、吟味方を歴任した。

格之助が職から離れるのは八年後、養父平八郎が「救民」の旗を掲げて決起し、市街地に砲声を轟かせて大坂市中の五分の一を灰にした、いわゆる大塩平八郎の乱に際してである。

このとき、かつて名与力と呼ばれた大塩平八郎は四十五歳。

その死は、奉行所を退いて以来ただ一心に学問を究めてきた廉潔の士の壮絶な最期として、民の同情と共感を誘い、その後、多数の追随者を呼ぶこととなる。大坂の町を徳川の太平から目覚めさせ、幕末へと流れる時代の翔風《かぜ》を呼び起こした、天保《てんぽう》八年二月十九日の乱。

その裏に隠された、ついに江戸に呼ばれることなく生涯を終えた一幕吏の無念を、知る者は少ない。

大坂の町が再び外国に開かれ、川口の居留地に外国人居住が認められることになったのは、その三十年後、慶応《けいおう》三年のことであった。

あとがき

いつかデビュー作を文庫化するときが来たら、全面的に書き直そう。そのときに私の著書が合計何冊になっているか判らないけれど、その時点の私に可能な限り「上手に」書き直そう。そのほうが絶対に良いはずだ——と思っていたのですが、結局のところ、「明らかな間違い」以外はほとんど手を入れることなく、十年以上前に発表したときの姿で、再び『浪華の翔風』を世に送り出すことになりました。

あやも、弓月も、赤穂屋も、左近も、初めに世に出た姿のままです。今ならもう少し違う形で書くかもしれないと思った箇所も、そのままです。

『浪華の翔風』の次に執筆し、同じ登場人物（弓月、左近、赤穂屋ら）が出てくる『緒方洪庵　浪華の事件帳』シリーズが、出版八年後の二〇〇九年にいきなりＮＨＫ土曜時代劇としてドラマ化されたりしていなかったら。

私はデビュー作に、思い切った改稿をしていたかもしれません。弓月や左近はもう少し「成長」した形で世に現れることになったのかも。

でも、まだデビュー作の単行本が品切れの海に眠っている間に、弓月も左近も赤穂屋も、別シリーズのキャラクターとして映像にまでなり、作者の手を離れて先に行ってしまいました。世に出たのは後だったそちらのシリーズのほうが、先に文庫にもなり、多くの人の目に触れました。

なら、もう、しょうがない。

腹をくくって読み直してみれば、この作品の世界を私はやはり、愛しています。

大坂城に影役がいて、四天王寺には〈在天別流〉がいる、この大坂が、私はとても好きです。怪しげな野堂町の居酒屋の主人や、そこに出入りする若者たちが好きです。上手でなくても、もっと成長させたい面があっても、それでも本当は、このままの形で、大好きなのです。

本書が彼らとの初対面の方はもちろん、別のシリーズで弓月や左近に出会った方にも、そもそもの始まりの物語である（それでいて、時系列では後になるのですが）本書を、楽しんでいただければ幸せです。

闇の一族〈在天別流〉に関しては、大坂の陣の直後、戦の傷跡から復興しようとする町を舞台にした『浪華疾風伝あかね』シリーズで、本書の時代から二百年ほど前の一族の姿を描きました。弓月や左近が登場する文政期の新作も（なんと、九年ぶりに！）、書くことができました。

千年以上の歴史を持つ一族ですから、この先も私は、〈在天別流〉のいる大坂を舞台にした物語を書き続けていくと思います。

この町の物語を気に入ってくださった皆様とは、またどこかで、お目にかかれますように。

二〇一一年　春

築山　桂

（執筆時のＢＧＭだったLINDBERG「君のいちばんに…」を聴きながら）

解説

東　えりか

読み終わって、ため息が出てしまう小説に年に一度か二度、出会うことがある。それは、全く知らない小説家の作品であったり、あるいは有名作家の意表をついたジャンルの転換だったり、思いもしない仕掛けに引っかかったりしたときで、本読みにとっては嬉しいため息だ。

しかしそれは悔しいため息でもある。なぜこの小説家を知らなかったのか、なぜこんな予想も出来ない結末なのか、など自分の「読み手」としての能力不足に情けない思いをしてのため息でもある。

築山桂『浪華の翔風』を読み終わり、その出来のすばらしさにため息し、この小説を十年以上も知らなかったという、己の不甲斐なさに歯嚙みした。

名前は知っていた。NHKの土曜時代劇『浪花の華―緒方洪庵事件帳』の原作に異例の抜擢をされた女性作家がいる、という話は当時いろいろ噂されていた。佐伯泰英《さえきやすひで》氏が火付け役となり、時代小説がブームになって数年が経つ。出版各社、実力派の作家が競って書き下ろし文庫を出し、まさに百花繚乱の状態が今もって続いている。その中のひとりに築山桂がいた。しかし、文庫になって間がなかったため、私が読んだのは相当後になってからだ。他の読者もドラマを見て、その外連見《けれんみ》あふれる物語の虜になって本を買い求めた人が多かっただろうと思う。

本書『浪華の翔風』は築山桂のデビュー作である。本作と『緒方洪庵　浪華の事件帳』シリーズはもともと鳥影社から発売された。残念ながら出した当時は「注目の新人」という扱いはされず、非常に厳しい状況だっただろうというのは想像に難くない。本作の解説を書くにあたり、著者にデビューのきっかけを尋ねてみた。

――書き上げたとき、新人賞に出すかどうか迷ったのですが、枚数と内容に合うような賞もあまりありませんでしたし、それ以上に、当時、研究者のタマゴもやっていまして、小説家への夢をあきらめるかどうか迷っていたところでしたので、自分自身に区切りをつけるためにも、一度とにかく、小説を活字にして世に問うてみたかったのです。それで世間にまったく相手にされなかったら、諦めもつくかなと思いまして。

そういう思いで、初めて知り合いの編集者さんに読んでいただいたところ、「うちで出してもいい」とのことでしたので、お願いすることになりました――

築山桂が幸運だったのは『浪華の翔風』が時代小説書評家の細谷正充《ほそやまさみつ》氏の目に留まったことだ。彼が新聞の書評でこの小説を賞賛した。そしてゆっくりではあるが、実力をつけ今では注目の時代小説作家に成長したのである。

ときは江戸の文化文政期。さまざま文化が大輪の花を競い合っている時代である。武士が大手を振って歩いている江戸とは違い、商人《あきんど》の町・大坂には武士と呼ばれる人たちはわずか千五百人ほどしかいなかったと言われている。幕府から遣わされている大坂城代、北と南の奉行所の役人、あとは蔵屋敷などの家臣たちだ。

主人公の美少女・あやは幼少のころ両親を亡くし、大坂城代・大久保相模守教孝に拾われ、城を守る「影」として仕えている。ある日、城の外堀に死体が上がる。この死体の身元はある口中医。この事件をきっかけに奉行所と商人の結託、あやたち「影」との暗闘、「弓月王」率いる謎の集団の登場、と息つく暇のないストーリーが広がっていく。

「天下の貨、七分は浪華にあり、浪華の貨、七分は船中にあり」とうたわれる水の都、大坂。私たちのイメージは、商人の町で「もうかってまっか」「ぼちぼちでんな」と言い合うことがお約束であり、この町で力を握るには「金」がいるという思い込み。この大坂の持つ独特の色を、築山桂は独自の目線で解体していく。京都に生まれ、近世史の研究者でもある彼女にとって、ステロタイプの大坂とは違う小説を書きたかったという。

――この小説を書いたときに強くあった思いは、大坂という町の既存のイメージ、たとえば、商売、人情、庶民性、銭金でなんぼ……といったものと離れたところで大坂の物語を書きたい、というものでした。なので、主役が「城に住む武家」と「伝統芸能を担う一

「大坂言葉だけど正統派のヒーロー」を活躍させたくて「弓月」のキャラを作りました――
「庶民的」「そうでなければ、やくざ」といった定型のイメージが強いもので、そうでない、
族と寺社」になりました。さらに、関西弁のキャラクターには、「三枚目」「商売第一」

この思い、確実に結実していると私は断言する。本文中に書かれたあやの独白が、この物語のすべてを表しているといってもいい。

《自分が大坂城代の命を受け、それを正義と信じ身命をかけて戦ってきたように、この町にはこの町にしか通じぬ幾つもの正義があり、それを守るものがあるのだろう。(中略)この大坂の町においては、京の都よりもさらに古い歴史が、そびえたつ大坂城すら恐れずに町を徘徊している》

私は以前、北方謙三《きたかたけんぞう》氏の秘書をしていた折、大塩平八郎の乱をテーマにした『杖下に死す』(文春文庫)の取材で、しばらく大阪に滞在し「大塩焼け」にあった道をすべて歩いたことがある。東京近郊で育った私にとって「大塩平八郎の乱」はひとりの正義漢が、賄賂で汚れた大坂を立て直すための義挙であったと教えられてきた。しかし地元では町を焼き払った大悪人のイメージがあることを知り、とても驚いた。大坂の言葉も武家と商人、男と女、身分の違いなど微妙なところがわからず、大阪天満宮研究所の助力を得て、書籍化のときに会話を全部直したことを思い出す。築山桂の会話は、さすがに自然でするする

と身体に入ってくる。やはり地元の言葉は地元の作家に敵うはずもない。

さて、この『浪華の翔風』はテレビドラマ「浪花の華」およびその原作の『緒方洪庵浪華の事件帳』シリーズのファンにとっては垂涎《すいぜん》の作品といっていいだろう。栗山《くりやまち》千明《あき》扮した左近が、本作品のそこここに登場し、千年の歴史を持つ〈在天別流〉の面々も胸をすく活躍をする。この時代の大坂という世界を、表と裏、反対の角度から見る双子の小説と言ってもいい。今から十三年前、とてつもない新人が登場していた。そしてその作家は順調に大きくなっている。このデビュー作がもう一度注目され、ステップボードとして大きな物語を創っていって欲しいと強く願う。

（書評家）

本書は、１９９８年9月に鳥影社より刊行された作品に加筆・訂正し、文庫化したものです。

浪華《なにわ》の翔風《かぜ》
築山《つきやま》 桂《けい》

2011年5月8日初版発行
発行者……坂井宏先
発行所……株式会社ポプラ社
〒160-8565 東京都新宿区大京町22-1
電話……03-3357-2212(営業)
03-3357-2305(編集)
0120-666-553(お客様相談室)
ファックス……03-3359-2359(ご注文)
振替……00140-3-149271
フォーマットデザイン 荻窪裕司(bee's knees)
印刷・製本 凸版印刷株式会社

ポプラ文庫ピュアフル

ホームページ http://www.poplarbeech.com/pureful/

N.D.C.913/324p/15cm
ISBN978-4-591-12451-2

ポプラ文庫ピュアフルの好評既刊

豊臣家の隠し財宝と生き残りの姫をめぐる
〝恋する青春時代小説〟

築山桂
『浪華疾風伝　あかね　壱　天下人の血』

装画：藤田香

大坂夏の陣から8年。復興に沸く町に、軍師真田幸村の嫡男・大助を伴い、天下人太閤秀吉の血を引く娘・茜が還ってきた。ともに身代わりを立て戦火を生きのびた弟を捜すために――。豊臣家の隠し財宝と、その秘密を握るとされる生き残りの姫君をめぐり、異なる思惑と野望を秘めた新興商人や幕府の残党狩りの連中が、一斉に動き出す。過渡期の町・浪華を舞台にした、胸躍る、新感覚青春時代小説！

〈解説・青木逸美〉

ポプラ文庫ピュアフルの好評既刊

装画：さやか

めっぽう愉快でじんわり泣ける——
期待の新鋭による人情妖怪譚

小松エメル
『一鬼夜行』

江戸幕府が瓦解して5年。強面で人間嫌い、周囲からも恐れられている若商人・喜蔵の家の庭に、ある夜、不思議な力を持つ小生意気な少年・小春が落ちてきた。自らを「百鬼夜行からはぐれた鬼だ」と主張する小春といやいや同居する羽目になった喜蔵だが、次々と起こる妖怪沙汰に悩まされることに——。あさのあつこ、後藤竜二両選考委員の高評価を得たジャイブ小説大賞受賞作、文庫オリジナルで登場。

〈刊行に寄せて・後藤竜二、解説・東雅夫〉

ポプラ文庫ピュアフルの好評既刊

史上最も有名な陰陽師、安倍晴明――
少年の成長をドラマチックに描く！

三田村信行
『風の陰陽師（一）きつね童子』

装画：二星天

きつねの母から生まれ、京の都で父親に育てられた童子・晴明は、肉親と別れ、智徳法師のもと、陰陽師の修行を始める。その秘めたる力は底知れず……。尊敬する師匠や友人たち、手強いライバルとの出会いを経て、童子から一人前の陰陽師へと成長してゆく少年の物語。賀茂保憲、蘆屋道満など、周囲の人物も含め、新たな解釈で描く安倍晴明ストーリー。第50回日本児童文学者協会賞受賞の長編シリーズ第1巻。

〈解説・榎本秋〉

作家・あさのあつこの全魅力が詰まった
青春エンターテイメント・シリーズ

あさのあつこ
『光と闇の旅人Ⅰ　暗き夢に閉ざされた街』

装画：ワカマツカオリ

結祈は、ちょっと引っ込み思案の中学1年生。東湖市屈指の旧家である魔布の家に、陽気な性格で校内の注目を集める双子の弟・香楽と、母、曾祖母らと暮らしている。ある夜、禍々しいオーロラを目にしたことをきっかけに、邪悪な「闇の蔵人」たちとの闘いに巻き込まれ……。「少年少女のきらめき」「時代小説的な広がり」「SF的な奥行き」といったあさのの作品の魅力が詰まった新シリーズ、第1弾！

〈解説・三村美衣〉

ポプラ文庫ピュアフルの好評既刊

イケメン毒舌陰陽師とキツネ耳中学生の
へっぽこほのぼのミステリ!!

天野頌子
『よろず占い処　陰陽屋へようこそ』

装画：toi8

母親にひっぱられて、中学生の沢崎瞬太が訪れたのは、王子稲荷ふもとの商店街に開店したあやしい占いの店「陰陽屋」。店主はホストあがりのイケメンにせ陰陽師。アルバイトでやとわれた瞬太は、実はキツネの耳と尻尾を持つ拾われ妖狐。妙なとりあわせのへっぽこコンビがお客さまのお悩み解決に東奔西走。店をとりまく人情に癒される、ほのぼのミステリ。単行本未収録の番外編「大きな桜の木の下で」を収録。

〈解説・大矢博子〉

エンタメ小説の大家が手がけた、
ユーモア青春ミステリ!

山田風太郎
『青春探偵団』

装画：黒田硫黄

とある町の北はずれ、こんもりとした山を中心として、南の麓に霧ガ城高校、東の麓に男子寮の青雲寮、西の麓に女子寮の孔雀寮がある。この町で青春を謳歌するクラスメイトの男女6人が、探偵小説愛好会「殺人クラブ」を結成。その活動は月に1度、山頂に集まっての会合と学園内外で起こる珍事件の解決!?
エンターテイメント小説の大家・山田風太郎による、ユーモア青春ミステリの傑作が、堂々復活!

〈解説・米澤穂信〉

ポプラ文庫ピュアフルの好評既刊

迫りくる「闇の力」とたたかう子どもたち――
不朽の名作が装いも新たに文庫で登場

天沢退二郎
『光車よ、まわれ！』

装画：スカイエマ

はじまりは、ある雨の朝。登校した一郎は、周囲の様子がいつもと違うことに気づく。奇怪な事件が続出する中、神秘的な美少女・龍子らとともに、不思議な力を宿すという《光車》を探すことになるのだが――。《光車》とは何か。一郎たちは「敵」に打ち勝つことができるのか。魂を強烈に揺さぶる不朽の名作が、待望の文庫版で登場。

〈解説・三浦しをん〉

「日本のクリスティ」が贈る、兄妹探偵シリーズ傑作選！

仁木悦子 著／戸川安宣 編
『私の大好きな探偵　仁木兄妹の事件簿』

装画：中村佑介

のっぽでマイペースな植物学者の兄・雄太郎と、ぽっちゃりで好奇心旺盛な妹・悦子。推理マニアのふたりが行くところ、事件あり。どこかほのぼのとした雰囲気の漂う昭和を舞台に、知人宅で、近所で、旅先で、凸凹コンビの名推理が冴えわたる！
「日本のクリスティ」と呼ばれた著者の代表作「仁木兄妹」シリーズの中から、書籍初収録作を含む5編を厳選し、新たな装いで文庫化。

〈解説・戸川安宣〉

ポプラ文庫ピュアフル7月の新刊

天野頌子
『よろず占い処 陰陽屋のなやみごと（仮）』

元ホストの毒舌インチキ陰陽師と、狐耳（本物）の天然高校生男子がお迎えする占いの店に、またも難題が持ち込まれた!? 大好評『よろず占い処 陰陽屋へようこそ』待望の続編！

倉数茂
『黒揚羽の夏』

東北の田舎で過ごす夏休み。それぞれ葛藤を抱えた少年少女たちを翻弄する、不穏な事件と六十年前の秘密――選考委員が満場一致で選出した第一回ピュアフル小説賞「大賞」受賞作！

小松エメル
『一鬼夜行 鬼やらい〈上〉〈下〉』

文明開化の東京で、可愛い小鬼と閻魔顔の若商人が妖怪沙汰を万事解決――今度のお相手は、女性だけを狙う色鮮やかな妖怪……？ 大好評を博した『一鬼夜行』シリーズ第二弾！

都合により変更される場合がございますので、ご了承ください。
★ポプラ文庫ピュアフルは奇数月発売。